dtv

Berlin, im Frühling 2013. Ein Fahrradunfall führt sie zusammen: Clara, eine junge Ärztin, und Amal, eine Studentin, die aus dem Irak geflohen ist und in Deutschland auf Asyl hofft. Die impulsive Amal und Clara kommen einander näher, gerade als Claras Freund Tarun, ein in Berlin lebender Architekt, zum ersten Mal seit Jahren mit seiner Geburtsstadt, dem indischen Kolkata, konfrontiert wird: Tarun soll unweit des Ortes, an dem er in bescheidenen Verhältnissen aufwuchs, ein Bauprojekt leiten. Als Amals Großmutter unerwartet stirbt, beschließt Clara spontan, an Amals Stelle nach Bagdad zu Rauya, Amals Mutter, zu fliegen. Bei ihrer Ankunft in Bagdad weiß Clara noch nicht, dass sich Amals, Taruns und auch ihr Leben entscheidend verändert hat. Hannah Dübgen erzählt spannend von einer ungewöhnlichen Freundschaft, der Suche nach Wahrhaftigkeit und dem Leben in der Fremde.

Hannah Dübgen wurde 1977 geboren. Sie studierte Philosophie, Literatur- und Musikwissenschaft in Oxford, Paris und Berlin. Sie arbeitete für Schauspiel und Musiktheater, und schrieb die Libretti mehrerer international erfolgreicher Opern. Ihr Debütroman ›Strom‹, ausgezeichnet mit Preisen der Landeshauptstadt Düsseldorf und des Literaturfestivals von Chambéry (Frankreich), erschien 2013 bei dtv.

Hannah Dübgen

Über Land

Roman

dtv

Von Hannah Dübgen ist bei dtv außerdem erschienen:
Strom (24972, 14382)

Ausführliche Informationen über
unsere Autoren und Bücher
www.dtv.de

MIX
Papier aus verantwortungsvollen Quellen
FSC® C019821

2018 dtv Verlagsgesellschaft mbH & Co. KG, München

Umschlaggestaltung: Wildes Blut, Atelier für Gestaltung,
Stephanie Weischer unter Verwendung eines Fotos
von plainpicture/Elise Ortiou Campion
Gesamtherstellung: Druckerei C.H.Beck, Nördlingen
(Satz nach einer Vorlage von Gaby Michel, Hamburg)
Gedruckt auf säurefreiem, chlorfrei gebleichtem Papier
Printed in Germany · ISBN 978-3-423-14643-2

Das Leben besteht aus zwei Teilen:
der Vergangenheit – ein Traum.
Und der Zukunft – ein Wunsch.

Arabisches Sprichwort

I

Amal

Die Beine rennen einfach weiter, als gehörten sie nicht ihr, gejagt von den Schlägen im Brustkorb und ihrem keuchenden Atem. Amal sieht einen Pfosten vor sich auf dem Gehsteig, sie greift nach ihm, schwingt ihren Körper um das geriffelte Eisen, und endlich – gehorchen die Füße. Stillstand. Erschöpft legt Amal ihre Stirn auf den Pfosten, kalte, trockene Luft sticht in ihren Bronchien, kratzt wie der Staub in einem Sandsturm. Sie zwingt sich, langsamer zu atmen, schließt dazu den Mund und die Augen, folgt konzentriert ihren Atemzügen und beginnt, sie so zu steuern. Seinen Atem kontrollieren heißt, sich im Griff zu haben. Heißt, die Welt wieder klar zu sehen: die stille Straße vor ihr. Die ordentlich geparkten Autos, aufgereiht am Straßenrand wie bunte Steine auf einer Kette. Weiter hinten, an der Kreuzung, eine Bushaltestelle, wahrscheinlich mit einer Karte der Gegend. Einer Karte, die ihr den Weg weisen wird, zurück.

Amal seufzt, stößt sich aus der Hüfte heraus von dem Pfosten ab und reibt sich die Stirn mit dem Ärmel ihrer viel zu großen Regenjacke trocken. Dann nimmt sie die Haarsträhne, die sich beim Laufen gelöst hat, zwirbelt sie und rollt sie dreimal fest um ihren Haarknoten, bevor sie die Haarspitzen unter der Spange feststeckt. Hinein ins Nest, wie Großmutter sagt. Ischtars gezwirbelter Haarknoten. *Hält den ganzen Tag, Amal.* Einen Tag lang im Garten. In der Universität. Der Knoten hält sogar im Gedränge vor den Straßenkontrollen. Nur für hektisches Davonlaufen ist Ischtars Nest nicht gemacht.

Sie starrt noch immer auf die leere Straße, der Entflohenen hinterher. Als käme die gleich zurück und erklärte ihr, was genau geschehen ist, warum der Rucksack nicht im Fahrradkorb, sondern auf dem Pflaster liegt und Clara, das Fahrrad zwischen den Beinen, mitten auf der Fahrbahn steht. Zitternd, als wäre sie angefahren worden und nicht die junge Frau. Die vielleicht noch gar keine Frau, ein Mädchen ist, genau war das nicht zu erkennen, als die Frau, das Mädchen neben ihr auf dem Boden gelegen hat, dann hastig aufgesprungen und weggerannt ist. Sie lief schnell und wendig und doch mit ungewöhnlich ausladenden Bewegungen, ob diese Art zu rennen mit ihren Schuhen zusammenhängt, hat Clara noch überlegt, hohe, enge Schnürstiefel, die so gar nicht zur Kleidung passten, zu der weiten Stoffhose und der Regenjacke, die das Mädchen umflatterte wie ein Fallschirm.

Clara blickt an sich hinunter, entdeckt am Saum ihrer Jeans den Abdruck einer Profilsohle und auf dem Schutzblech ihres Fahrrads etwas Dunkles, sie schaut genauer hin, es sind mehrere Stofffasern. Eine Spur, denkt Clara unwillkürlich, Fetzen von ihrer Kleidung, wahrscheinlich der Hose. Als sie die Fasern in die Hand nimmt, spürt sie, dass sie klebrig, blutig sind. Die geflohene Frau ist also verwundet. Schwer, braucht sie Hilfe? Als sie davonrannte, war von einer Wunde nichts zu sehen, und auch auf der Straße ist nirgendwo Blut. Clara greift sich ins Haar und hält sich an ihren kurzen Locken fest. Hätte sich die junge Frau schwerer verletzt, sich den Fuß gebrochen oder beim Aufprall auf dem Pflaster ein Schädel-Hirn-Trauma erlitten, wäre sie nicht so schnell entkommen, das ist sicher. Dafür waren ihre Reaktionen zu prompt und zu präzise. Sicher ist aber auch, denkt Clara weiter, dass ihre Flucht derart panisch war, dass leichte

Schmerzen im Bein oder dem Ellenbogen sie nicht aufgehalten hätten. So wie die Rufe sie nicht aufgehalten haben, an die sich Clara jetzt erinnert: Sie hat der Flüchtenden nachgerufen, mehrfach, mindestens zwei Mal, »Hej!«, und dabei das Gefühl gehabt, ihre Rufe prallten an dem Rücken der Rennenden ab wie an einer Mauer.

Die Straße, auf der sich das alles zugetragen hat, liegt noch immer leer und still in der Vormittagssonne. Eine Ruhe, die Clara misstrauisch macht; gäbe es die Stofffasern nicht, könnte man meinen, sie wäre schlicht einen Augenblick lang unachtsam gewesen, hätte sich, wie öfters nach dem Nachtdienst, in ihren Gedanken, einer Träumerei verfangen ... Doch es gibt die Fasern, blutverschmiert kleben sie aneinander. Vorsichtig legt Clara die Fasern auf ein Taschentuch, faltet das Taschentuch zusammen und steckt es in ihr Portemonnaie, neben die Münzen.

Straßen, so leer, als gäbe es seit Wochen kein Benzin mehr. Gehsteige, verwaist wie bei einem Bombenalarm. Doch bei genauerem Hinsehen stimmt das nicht, denn bei einem Alarm wären Spuren des hektischen Aufbruchs sichtbar, eingedrückte Früchte auf dem Pflaster, ein Fußball im Rinnstein und offene Türen, hinter denen verschreckte Katzen hervorlugen … Hier, auf diesen Straßen, ist jedoch alles aufgeräumt, an seinem Platz. Auf den Autos Schmutz von höchstens ein paar Tagen, die Türen und Fenster verschlossen. Eine Sorgfalt, die von Leben zeugt, einem geordneten Leben, und von ruhigem Schlaf. Hier schlafen einfach alle noch, murmelt Amal und versucht ein Lächeln, das jedoch beim Auftreten ihres linken Fußes verkrampft. Das Ziehen in ihrem Knie, dem mit der Schürfwunde, ist auf den letzten Metern stärker geworden, es ist immer noch kein höllischer Schmerz, aber unangenehm genug, um nicht einfach übergangen werden zu können. Amal schaut sich um, sucht nach einer Sitzgelegenheit, einer Bank am Wegrand, einem Café oder ein paar Stühlen vor einem geöffneten Kiosk, doch nichts davon scheint es hier, zwischen den hinter Rasenflächen und Büschen zurückgesetzten Häusern zu geben. Inmitten dieses saftigen Grüns, das im hellen Frühlingslicht geradezu übernatürlich leuchtet; gut genährt vom Regen glänzen und funkeln die Blätter, zwinkern einem zu. Magische Natur zwischen dem kalten Weiß der Hauswände und dem Einheitsgrau der Gehsteige. Amal hebt den Kopf in den Nacken und blinzelt, sie mag das überaus klare, scharfe Schatten werfende Frühjahrslicht hier in Deutschland, solange es auf Blätter, Halme oder ihre Haut fällt, auf lebendige Materie, nicht auf die glatten Fassaden oder den stumpfen, graubraunen Beton, der die Häuserblocks um das

Heim herum dominiert. Dieses Graubraun, eine Unfarbe, ein »Rest aus alten Tagen«, hatte der Heimleiter erklärt, »als es bei uns noch keine Freiheit und so gut wie keine Flüchtlinge gab«.

Das Ziehen in ihrem Knie wird stärker, doch Amal will sich ihm nicht beugen, sie ballt beim Laufen wütend ihre Hände zu Fäusten. Warum ist sie überhaupt heute, an einem Sonntag, aus dem graubraunen Beton in Brandenburg hinaus, nach Berlin gefahren? Ziellos, einfach so in die Stadt hinein, nicht, um Arbeit zu suchen oder aus der Ferne den Trödelmarkt zu beobachten, von dem es heißt, dort träfen sich die Araber. War das nötig? War das klug? Ist es nicht widersinnig, erst sein Leben zu riskieren, um der Gefahr zu entkommen, und sich dann derart leichtfertig in Gefahr zu begeben? Amal bleibt stehen, blickt sich um und pfeift verächtlich durch die Zähne: Was heißt hier Gefahr! Um auf diesen Straßen in einen Unfall verwickelt zu werden, braucht es geradezu Talent. Wahrscheinlich hat die Stille sie verstört, leichtsinnig gemacht, sie ist so viel Ruhe in einer Großstadt einfach nicht gewohnt, sie, *a kid of the red zone!* Die Straßen ihres Viertels in Bagdad galten schon vor zehn Jahren als gefährlich, Großmutters Garten, *a potential death-trap*, haben die Amerikaner gewarnt, als sie sahen, dass Ischtars Garten direkt an die Rückwand der alten Moschee angrenzt. Aber was heißt das schon, denkt Amal und beschleunigt ihre Schritte: Wer bestimmt, was gefährlich ist, wer sagt, dass es die Gärten oder offenen Straßen sind, zeigt Vaters Schicksal nicht, dass die größte Gefahr nicht im Freien liegt, sondern in geschlossenen, lange vertrauten Räumen?

Die Straße vor ihr gabelt sich, Amal muss sich entscheiden, wählt links. Eins ist vor allem wichtig, denkt sie beim Weiterlaufen, in Bewegung bleiben, wachsam sein und niemandem leichtfertig vertrauen. Lächerlich, das Loch in der Hose. Lächerlich, die kleine Wunde und das Ziehen im Knie, kein Vergleich zu den Schmerzen in ihrem Rücken, im Kopf, als sie sich nachts im Fieber auf dem Waldboden wälzte … Amal sieht auf und hält ihr Gesicht jetzt direkt in die Sonne: in Bewegung bleiben, im Rhythmus und im Licht. *Alles Leben vergeht ohne Licht.* Ischtars Worte. Zeigen, was zählt. Die Nächte auf dem Waldboden, auf der schimmelnden Matratze im Knast – welchen Sinn hätten sie gehabt, wenn sie nicht einmal hier herumläuft, wie und weil es ihr gefällt! Amal rennt jetzt fast, der Sonne entgegen, die Straße vor ihr macht eine Kurve und mündet schließlich in eine breite, befahrene Allee.

Clara

Ihr Impuls, immer wieder auf die Internetseite mit den Verkehrsregeln zurückzukehren, führt Clara vor Augen, dass sie nicht zur Ruhe kommt. Obwohl sie bereits vor über einer Stunde erfahren hat, was sie wissen wollte: Der Zusammenstoß heute Morgen ist nicht ihre Schuld gewesen. Denn auch Fußgänger sind angehalten, eine Fahrbahn »unter Beachtung des Straßenverkehrs« zu überqueren, und das Hervorspringen zwischen parkenden Autos heraus auf die Fahrbahn ist sogar ausdrücklich zu vermeiden. Clara schließt das Fenster auf dem Bildschirm. So weit die Rechtslage. An ihrem schlechten Gefühl ändert die jedoch nichts. Was, wenn die junge Frau die Vorschriften nicht kannte? Obwohl sie sie kennen müsste, aber was bedeutet das schon, wenn die Frau hier fremd ist und sie sich in dem ruhigen Wohngebiet auf die Umsicht der anderen verlassen hat? Geht es hier denn nur um Schuld oder auch um Vorsicht, um genau jene Vorsicht, denkt Clara, die sie selbst doch oft beim Anblick ihrer Patienten einfordert … In der Notaufnahme sieht sie täglich Menschen nach einem Unfall vor sich auf der Trage, Patienten mit leichten Prellungen, komplizierten Knochenbrüchen oder lebensgefährlichen Blutungen. Und wie oft fragt sie sich, wenn im Bericht die Wörter »angefahren« oder »zu Boden gerissen« stehen: War das nicht vermeidbar? Wer Schuld an dem Unfall hatte beziehungsweise ob ein Schuldiger auszumachen war, steht in den Berichten der Rettungssanitäter nicht, oder nur dann, wenn es für den Zustand des Patienten unmittelbar von Bedeutung ist: »wurde überrascht«, oder: »schlitterte wegen technischen Defekts frontal …«. In den meisten Fällen aber sieht sie nur das Resultat und fragt sich zuweilen nach dem Zunähen, oder während sie Jörg, ihrem Chef, bei schwierigen Operationen assistiert, was es gebraucht hätte, um den gequetschten Brustkorb oder das künstliche Koma zu vermeiden. Glück? Anderes Wetter? Oder mehr Vorsicht bei allen Beteiligten? Clara beißt sich auf die Unterlippe: bei allen Beteiligten … Denn auch wenn die junge Frau heute Morgen offensichtlich nicht vorsichtig um sich geschaut hat, bevor sie zwischen den geparkten Autos heraus auf die Straße lief – hätte sie selbst den Zusammenstoß dennoch verhindern können, wenn sie anders reagiert hätte? Langsamer gefahren wäre? Wie schnell ist sie denn gefahren, überlegt Clara und merkt, wie schwer sie diese Frage beantworten kann. Sie ist nicht gerast, das ist sicher, kann aber auch nicht genau sagen, wie schnell sie im Moment des Zusammenpralls gewesen ist oder wo ihre Gedanken waren. Ihre Erinnerung ist lückenhaft. Unverlässlich. Und das ärgert sie.

Zumal die junge Frau, je länger Clara über den Vorfall nachdenkt, wirklich nicht so wirkte, als kenne sie sich in der Gegend aus. Dafür schaute sie beim Davonlaufen zu oft hektisch um sich. Wie eine Touristin wirkte sie in ihrer Panik aber auch nicht. Clara schließt die Augen und versucht, die Frau so deutlich wie möglich vor sich zu sehen: Ihr dichtes, schwarzes Haar, das schon dabei war, sich aus dem Knoten am Hinterkopf zu lösen, ihr Teint, den Clara zwar nur flüchtig, selbst noch benommen, mehr mit den Augen gestreift als wirklich gesehen hat – war er nicht eine Spur dunkler, gebräunter als das deutsche Durchschnittsblass? Und das Haar ein wenig kraus? Wahrscheinlich. Eindeutig und scharf ist das Bild vor ihrem inneren Auge nur, wenn es um den Rücken der Frau geht, um ihre schlecht sitzende, wie zusammengewürfelt wirkende Kleidung, ihre hohen Schnürstiefel und ihre ausladende Art zu rennen, aus der geschlossen werden kann, dass die junge Frau vermutlich keine geübte Läuferin ist, aber eine gute Kondition hat. Dass sie, wenn es darauf ankommt, schnell und effizient die Flucht ergreifen kann. Nur warum, vor wem rannte sie so panisch davon?

Es klopft. Tarun öffnet zum zweiten – oder bereits dritten? – Mal die Tür und erkundigt sich vorsichtig, ob Clara vielleicht jetzt Hunger habe? Statt einer Antwort steht Clara auf, geht auf Tarun zu und streckt die Arme aus, während sie ihn fragt: »Und du?« Tarun zieht stumm die Wangen ein, reißt die Augen auf und hält sich den Bauch. Clara muss lachen, derart »eingesogen« wirkt Tarun noch größer als sonst, sie küsst seinen in der Grimasse spitzen Mund, und sie verlassen das Zimmer.

Als Tarun das duftende Lammcurry und den Reis auf ihren Tellern verteilt, ist ihm die Vorfreude anzusehen. Sonntagabend, der einzige Tag in der Woche, an dem Tarun kocht, da man zum Kochen, wie er sagt, »Zeit, Musik und Muße braucht«. Musik heißt bei ihm meist eine der Bands, denen Tarun »lebenslange Treue« geschworen hat: *Portishead, Krosswindz* und, seitdem er in Deutschland lebt, auch *Rammstein*; wohingegen Zeit bedeutet, dass das Lammfleisch bereits seit heute Vormittag in seiner Marinade immer aromatischer geworden ist. Clara schenkt den Rotwein ein. Ihre Gläser berühren einander kurz und klirrend, und sie lächeln sich an, anstatt etwas zu sagen. Es folgt das Klappern des Bestecks, ein stummes, genussvolles Kauen. Clara streift sich die Hausschuhe von den Füßen und legt ihre Zehen auf Taruns Füße, die wippen zweimal, wie immer. Nach einer Weile beginnt Tarun zu erzählen, berichtet, er habe am Nachmittag lange mit dem Bauleiter vor Ort in Haora telefoniert.

»Heute, am Sonntag?«, fragt Clara nach.

Tarun nickt: »Wir haben über das Fundament gesprochen. In ungefähr zwei Monaten beginnt der Monsun, bis dahin muss das gesamte Fundament fertig ausgehärtet sein.«

»Ich verstehe«, antwortet Clara, sie greift nach ihrer Gabel, isst weiter und sieht dabei, was Tarun beschreibt, vor ihrem inneren Auge: große Stahlgitter, die waagerecht in die Schalung im Boden gesetzt werden, über Rohre in die Schalung einfließender Beton und daneben Messgeräte, für die Kontrollen. Ein rundes Fundament für ein, wie Clara weiß, rundes, sechsgeschossiges Gebäude, für den »Turm«, mit dem die wachsende Millionenstadt Haora, die Nachbarstadt Kolkatas, versucht, für die vom Land kommenden Arbeiter einen Ort zu schaffen, der etwas anderes ist als die Hütten aus Palmblättern und Plastikplanen entlang der Bahngleise oder im Schatten der Industrieanlagen. Die Industriekonzerne selbst bauen zurzeit in Absprache mit der Stadt Wohnblocks für zehntausend Arbeiter und ihre Familien, und das Berliner Architekturbüro, in dem Tarun arbeitet, wurde von der Stadt Haora und der Landesregierung ausgewählt, um neben den neuen Wohnungen seinen Entwurf eines »Ortes zum Durchatmen« zu bauen, einen »Ort zum Durchatmen« in dem Sinne, dass die Luft in dem Turm besser sein soll als auf den befahrenen Straßen und in den Fabrikhallen, ein Ort zum Durchatmen aber auch in der Hinsicht, dass die neuen Stadtbewohner in den Etagen des Turms verweilen, essen, lesen, meditieren oder Sport treiben können.

»Schon bei der Herstellung des Fundaments müssen wichtige Entscheidungen, was die Verlegung der Rohre, die Lüftungs- und Sanitäranlagen und die Elektronik im gesamten Gebäude betrifft, gefällt sein«, erklärt Tarun, »ein übersehenes Detail in der Planung oder ein Fehler beim Legen der Rohre kann später langwierige, kostspielige Folgen haben«, Tarun runzelt die Stirn, »was die Sache einigermaßen komplex macht, wenn der fertige Bau Dinge wie Wasserläufe in den Gängen und kleine Springbrunnen zur Reinigung der Luft enthalten soll, wenn noch nicht bekannt ist, wer die Restauration im zweiten Stock betreiben wird und die vor Ort geltenden Bauvorschriften vieles anders, nicht so klar und detailliert definieren, wie wir es in Europa gewöhnt sind.« Tarun lacht auf und wird gleich wieder ernst: »Schon allein, um sicher zu sein, dass nichts Wichtiges übersehen oder vergessen wurde, ist eine ständige Prüfung des Fundaments so wichtig.«

»Selbst kannst du die Details im Fundament von hier aus aber nicht prüfen, oder?«, fragt Clara und greift nach der Schüssel mit dem Reis.

»Nur bedingt«, erwidert Tarun. »Ich kann anhand der Messwerte und der Bilder, die der Bauleiter mir schickt, erkennen, wie weit wir sind, und mir manche Sachen anschauen, bevor sie später ummauert werden.«

Clara nickt. In den fast zweieinhalb Jahren, die sie Tarun seit dem Silvestermorgen 2010 kennt, ist dieses Projekt das erste, das Tarun von Anfang an mitgeplant und betreut hat, das Projekt, bei dem er nicht, wie bei dem Bahnhof in Schweden oder den Bauten hier in Berlin, dazugestoßen ist, sich integriert und »geholfen« hat, nein: »der Turm«, wie Tarun den Bau im Werden gerne nennt, ist das Projekt, bei dem er, der Inder in einem Büro voller Deutscher und Engländer, er, der seine Kindheit und Schulzeit selbst in Kolkata verbracht hat, von der ersten Zeichnung an federführend gewesen ist; das Projekt, bei dem Tarun auf die Idee mit dem Rundbau, den Wasserläufen und den einander umschlingenden Treppen im Gebäudeinneren gekommen ist.

»Das, was mich als Student beim Analysieren von Bauzeichnungen so fasziniert hat, ist auch die größte Herausforderung beim Bauen«, sagt Tarun und lächelt: »Alles hängt mit allem zusammen, das am Ende Sichtbare mit dem Unsichtbaren, die

Sporthallen mit den Entlüftungsschächten, die Wasserbecken für die Kinder mit dem Rohrsystem im Boden, und selbst der leere Saal oben unter dem Dach braucht funktionierende Klimaanlagen und genügend Stromleitungen.« Tarun beugt sich vor, zu Clara: »Ich habe in den letzten Tagen öfters an meinen ersten Professor in London gedacht, der einmal zu uns gesagt hat: ›Ein guter Architekt muss in der Lage sein, von jedem Punkt des Fundaments aus hochzublicken und alles über ihm, jeden Boden, jedes Rohr und jede Isolierfolie, jedes Detail bis zum Dach in Maß und Material genau benennen können.‹«

Eine interessante Forderung, findet Clara, ein Gebäude mit Wissen zu sezieren. Sie legt ihr Besteck auf den Teller, beugt sich ebenfalls vor und fragt schmunzelnd: »Gilt das auch für Mediziner? Sollte auch ich einen Menschen an jedem Punkt seines Körpers von der Haut durch das Aderngeflecht, an den Knochen und der Fettschicht vorbei bis zu den Organen nicht nur mit dem Skalpell und der Schere sezieren können, sondern die verschiedenen Schichten auch aus dem Kopf heraus ›in Maß und Material‹ benennen können? Individuelle Unterschiede in der Dicke der Fettschicht und der Größe der Leber dabei mitgedacht?«

Tarun legt den Kopf zur Seite und fragt: »Und wenn ja, könntest du es?«

Clara denkt ernsthaft über die Frage nach. »Ja«, sagt sie dann und fügt hinzu: »Ich denke, in meinem Beruf ist das Pflicht, sozusagen die Basis von allem.«

Worauf Tarun seine Hand ausstreckt, ihre Hand in seine, wie immer warme, Hand nimmt und über Claras Finger streicht. »Dabei ist Ihr taktiles Gespür, Frau Doktor, nicht zu unterschätzen, führt es Sie doch durchaus zu neuen Kenntnissen über ganz bestimmte Knochen und Lenden …«, sagt Tarun schmunzelnd.

Clara weiß, worauf er anspielt, auf den Moment, an dem sie zum ersten Mal ihre Hände auf Taruns behaarten, muskulösen Brustkorb legte, angeblich für eine »Untersuchung«, die jedoch vor Taruns Bett stattfand.

»Über Knochen und Lende«, erwidert Clara, lächelt und umschließt mit ihren Fingern seine. Einen Moment lang verharren sie so, schweigen, denken wahrscheinlich beide an die Nacht, in der Clara mit ihren Händen über Taruns leicht glänzende, bernsteinfarbene Haut fuhr, seine Muskeln und Knochen berührte und benannte, bis Tarun die Untersuchung unterbrach, indem er in ihr Haar griff und mit ihren Locken spielte, ihren weißblonden, leichten Locken, die Clara früher in der Schule den Spitznamen »Albina« eingebracht hatten. »Weich wie Flaum« sei ihr Haar, flüsterte Tarun und rückte seine Lippen näher an ihren Kopf, während seine Hand ihr Haar sacht zusammenstob, »wie Kaschmirwolle«, murmelte Tarun und begann, sie zu küssen, erst auf ihr Haar, die Stirn und ihre Augenlider, dann überall, er küsste jeden Winkel ihres Körpers, so zart, dass Clara einmal sogar die Kraft seines Körpers vergaß und unter Taruns Gewicht kurz keine Luft mehr bekam – sie machte sich durch Klopfzeichen auf seinen Rücken bemerkbar, was sie beide laut auflachen ließ. Weich und aufmerksam waren seine Lippen, und dabei so begehrend, dass Clara am Ende der Nacht wusste: Tarun fand ihre Haut, ihr Haar, all das Helle, fast Bleiche, Leichte, das Hochgewachsene an ihr, das von ihrer Großmutter stammt und sich in ihrer Familie bei niemandem sonst niedergeschlagen hat, all das fand Tarun nicht nur faszinierend, sondern schön, und, mehr noch: weiblich.

»Und du?«, fragt Clara, noch immer lächelnd, »wie sieht es mit deinen Obduktionskünsten aus: Könntest du den Turm einmal von unten bis oben im Querschnitt auswendig sezieren?«

Tarun löst seine Hand aus ihrer, lehnt sich zurück, und sein Gesichtsausdruck wird seriös. »Ich denke schon«, erklärt er ruhig, und Clara weiß, dass bei Tarun ein »Ich denke schon« bedeutet: Ja, das kann ich.

»Ich sollte mich nur regelmäßig daran erinnern, dass es auch wirklich so ist«, fügt Tarun hinzu und hebt sein Messer schrittweise nach oben: »Vom Fundament über den Steinfußboden im Erdgeschoss weiter hoch zu den Rohren für die Wasserbecken, weiter zu den Etagen mit den strapazierfähigen Böden und den Geruchsabzugshauben unter der Decke, immer weiter, an den Wandregalen vorbei, bis zu dem großen, runden ›Saal der Stille‹, ganz oben, unter dem holzvertäfelten Kuppeldach.« Wie immer, wenn Tarun von dem ›Saal der Stille‹ unterm Dach, seiner Lieblingsetage spricht, verändert sich seine Stimme, sie wird ruhiger und sein Atem tiefer, als befände sich Tarun bereits in dem weiten, leeren Saal, unter der mit indischem Teakholz vertäfelten Kuppeldecke.

»Dieser Saal sollte, wenn es irgendwie geht, Tag und Nacht geöffnet sein«, hat Tarun schon mehrfach gesagt und sagt es auch jetzt wieder, wissend, dass er darauf keinen Einfluss haben wird. Dafür weiß Tarun offenbar ganz genau, welches Bedürfnis der Raum unter dem Dach erfüllen soll, eine Sehnsucht nach Stille in der lärmenden, gedrängten Stadt, nach einer Ruhe sechs Stockwerke über den Straßen und den Zügen, über dem Fluss Hugli und der Brücke, die von Haora hinüber nach Kolkata, in Taruns Geburtsstadt führt. Jene Brücke, die Tarun und sie während ihres Besuches in Kolkata bei Tagesanbruch überquert haben.

»Clara?«

Tarun tippt gegen die Weinflasche, er hat gerade gefragt, ob sie noch Rotwein wolle. Clara nickt hastig, hebt ihr Glas, und

Tarun, der ihre kurze Unaufmerksamkeit als ein Zeichen beginnender Ermüdung deutet, fragt, nachdem er ihr nachgeschenkt hat, wie es letzte Nacht bei ihr im Krankenhaus gewesen ist.

»War es anstrengend? Hattet ihr wieder junge Tänzer mit Krämpfen in den Waden und geweiteten Pupillen in der Notaufnahme?«

Clara schüttelt den Kopf.

»Schwere Schnittverletzungen, entstanden im Vollrausch?«, fragt Tarun weiter.

»Eine«, antwortet Clara und ergänzt: »Es war eine eher ruhige Schicht. Im Krankenhaus.« Da ist sie wieder, die unbekannte Frau, und rennt in ihrem ungewöhnlichen Laufschritt vor Claras innerem Auge davon.

Tarun schweigt, und Clara zögert: Soll sie ihm von dem Vorfall heute Vormittag erzählen? Warum zögert sie überhaupt, legt nicht, wie sonst, einfach los? Was hält sie zurück, fragt sich Clara und ahnt doch bereits die Antwort. Dass ihr der Unfall heute Morgen auf gewisse Art unangenehm ist, ist sicher ein Grund, aber nicht entscheidend. Sie glaubt, im Gegensatz zu ihrer Mutter, einfach nicht, dass Reden grundsätzlich immer sinnvoll ist und zu mehr Klarheit führt; ob es Sinn macht, über etwas zu sprechen, hängt ganz von der Situation ab. Und würde sie jetzt Tarun von dem Zusammenstoß heute Morgen erzählen, wäre ihre Schilderung von so vielen grauen Stellen durchsetzt: wie genau es passiert ist, wo sich die Frau verletzt hat, warum sie so panisch weggelaufen ist, dass es geradezu unmöglich wäre, daraus ein verständliches Ganzes zu machen. Sie kennt sich doch, sie würde nur unruhig, wütend werden, sich über ihre Halbsätze, ihre eigene Unzulänglichkeit ärgern, nein, da wartet sie lieber, bis sie klarer sieht, genauer weiß, warum die Unbekannte geflohen ist und wie es ihr jetzt geht. Tarun beginnt, von Peer, seinem

Joggingpartner, zu sprechen, der sie für morgen Abend zum Essen eingeladen hat, und Clara ist froh, das Thema so wechseln zu können.

Später, kurz vor dem Einschlafen jedoch, als sie bereits im Bett liegt und das Licht ausgeschaltet ist, merkt Clara, dass sie das Bild der fliehenden Frau nicht loslässt. Schlagartig ist ihre Unruhe vom Nachmittag wieder da, und sie fragt sich, wie ihre Gedanken vorhin beim Abendessen zu verstehen sind: Was meinte sie damit, dass sie warten will, bis sie genauer weiß, was geschehen ist und wie es der Frau jetzt geht? Will sie, muss sie die Unbekannte aufspüren? Aber wie soll das gelingen, wenn sie nicht einmal ihren Namen kennt, nicht weiß, wo sie wohnt, warum sie heute Morgen in dem Villenviertel gewesen ist und, vor allem, vor was die junge Frau solche Angst gehabt hat. Wegen des Unfalls belangt zu werden? Vor der Polizei aussagen zu müssen? Wollte sie das unbedingt vermeiden, weil sie bereits wegen eines Vergehens gesucht wird? Weil sie keinen Ausweis bei sich hatte? Oder weil die junge Frau hier in Deutschland nicht registriert ist, offiziell gar nicht sein durfte, wo sie heute Morgen war? Die Schnürstiefel, denkt Clara plötzlich, diese Stiefel, mit denen man wandern, Berge überqueren kann, warum trug sie die hier, in der Großstadt – weil es ihre einzigen Schuhe sind? Und wo stehen die Stiefel jetzt, kurz vor Mitternacht, im Flur einer kleinen, überfüllten Wohnung? Hat die junge Frau überhaupt eine Wohnung, ein Zuhause? Ist sie eine Wanderin, übernachtet mal hier, mal da, auf einem Sofa bei Freunden, Bekannten oder weniger Bekannten … Ein Obdachlosenheim schließt Clara aus, schüttelt sogar energisch den Kopf: Ihre Kleidung wirkte zusammengewürfelt, ja, vielleicht auch ärmlich, ihre Energie und panische Entschlossenheit glichen aber keineswegs den meist schwachen, ausgezehrten Obdachlosen, die Clara im Krankenhaus versorgt. Clara schließt die Augen, und ihr treten Bilder vor Augen, Bilder von Patienten mit halb geöffneten, glasigen Augen, mit verlausten Haaren und geschwollenen Füßen, mit Füßen, auf denen schlecht sitzende Schuhe ihre Spuren hinterlassen haben … Im Wartesaal der Notaufnahme, erinnert sich Clara, ist sie dort letzten Winter nicht mal über ein Paar dieser hohen Schnürstiefel gestolpert, als sie an der Trage vorbeilief, auf der der junge Afghane mit der kantigen Nase und der Blinddarmentzündung lag? Ein Asylbewerber, von dem Schwester Micki erzählt hat, er habe sich geweigert, die Stiefel aus der Hand zu geben: »Ick hab ihm jesagt, er brauch keene Angst haben, wir heb'n se für ihn uff, doch er hat se umklammert und imma nur jesagt: ›Shoes are mine!‹«

Clara erinnert sich jetzt deutlich, der Mann war, nachdem sie ihn untersucht hatte, sofort operiert worden, sein Blinddarm war offensichtlich schon länger entzündet, und er war direkt vom Amtsarzt zu ihnen überwiesen worden. »Der hat jezittert, als ick mit'm Frajebogen anjekommen bin, und jerufen, die Schmerzen in see'm Bauch, die wär'n nich von'ner Schläjerei, dit müssten wa ihm globen!«

Clara hebt ihren Kopf aus dem Kissen und setzt sich im Bett auf: die Angst der flüchtenden Frau … Natürlich! Würde das ihr Davonlaufen heute Vormittag erklären, ist auch sie eine Asylbewerberin, hofft sie hier auf ein Bleiberecht und hat Angst? Angst, dass man ihr etwas zur Last legt, dass sie für etwas, und sei es nur ein Verkehrsvergehen, zur Rechenschaft gezogen wird? Clara fasst sich an die Stirn, zum ersten Mal hat sie das Gefühl, das Ganze könne einen Sinn ergeben: Befindet sich die junge Frau zurzeit in einer Situation, in der sie sich, wie man ihr gesagt hat, nichts zuschulden kommen lassen darf? Sodass sie aus Vorsicht allem aus dem Weg geht, um nicht zu sagen: vor allem davonrennt, das auch nur die Möglichkeit birgt, negativ auf sie zurückzufallen? Vielleicht, denkt Clara und dreht sich zum Lichtschalter, als ihr noch etwas anderes einfällt: Und wenn es so ist, würde die junge Frau dann aus der gleichen Angst heraus auch keinen Arzt aufsuchen? Ihre Wunde lieber selbst versorgen, als genau erklären zu müssen, wie es zu dem Unfall gekommen ist? Was aber, wenn die Wunde – Stofffasern in der Dermis – sich entzündet? Gerade, wenn kein Desinfektionsmittel rechtzeitig zur Hand ist und die Frau vielleicht doch unter Kopfschmerzen, einer leichten Gehirnerschütterung leidet? Clara wird heiß, sie greift sich in den Nacken. Eins ist jedenfalls sicher, denkt sie auf einmal glasklar: Der Schmerz wird den Vorfall von heute Morgen in der jungen Frau wach halten. Ob sie darüber redet oder nicht.

Ein untrennbares Doppelgeräusch, Abus Schlurf-Schnaufen. Von ihrem Schreibtisch aus hört Amal durch die Zimmertür, wie der alte Syrer, den im Heim alle nur Abu, »Vater«, nennen, über den Flur schlurft. Jedes Mal, wenn Abu seinen linken Fuß vorzieht, atmet er tief ein, holt er das rechte Bein nach, schnauft er aus. Ein derart verschränkter Rhythmus, als könne das Schlurfen nicht ohne das Schnaufen, finde nur so in die Wiederholung, in diesen eingespielten Takt, dem man anhört, dass Abu schon seit Jahren so geht, dass es bei ihm keine Aussicht auf kleine, tägliche Fortschritte gibt, wie es bei ihrer Knieverletzung letzte Woche der Fall war, im Gegenteil: Als die Kinder neulich Abu auf sein angestrengtes Atmen ansprachen, hatte der nur abgewunken und lachend erklärt, sein Herz sei »schon länger erschöpft, dafür sogar erstaunlich hartnäckig«. Dabei hatte sich Abu auf die Brust geklopft, als wollte er seinem Herzmuskel weiterhin viel Glück wünschen.

Amal legt den Stift aus der Hand und blickt zur Tür, hinter der das Schlurf-Schnaufen allmählich leiser wird. »Ein alter Mann ist doch kein D-Zug! Weißt du, Amal, dass man das hier so sagt: kein ›D-Zug‹, was bedeutet, kein Schnellzug? Hättest du auch gedacht, die Deutschen sagten eher: Ein alter Mann ist doch kein Mercedes!?« Amal lächelt, Abus Humor scheint unverwüstlich. Er, der dem Tod am nächsten stehe, trage doch Verantwortung für sie alle hier, hatte Abu ihr einmal unter vier Augen erklärt. Damals, im Dezember, kurz nach ihrer Ankunft, wollte sie Abu zunächst widersprechen, etwas erwidern in der Art, so etwas könne er doch nicht behaupten, gerade hier im Heim wisse doch niemand genau, was den anderen alles widerfahren sei, wer dem Abgrund wirklich am nächsten stehe … Doch sie hatte nichts erwidert. Etwas in Abus blauen Augen, seinem ungewöhnlich lebhaften Blick hatte ihr das Gefühl gegeben, der alte Mann wisse genau, was er sagt, und warum.

Amal schaut zurück auf die Tierkörper und Menschenköpfe vor ihr auf dem Papier. Hat sie Abu bereits eine tierische Gestalt gegeben? Etwas mit dünnen Beinen, hervorstechenden Augen und gewaltigen Ohren? Soweit sie das Papierchaos auf ihrem Schreibtisch überblicken kann, nicht. Vielleicht hat sie Abu ganz zu Anfang, während ihrer ersten Tage hier im Heim gezeichnet, als sie abends im Bett wütend in ihr Notizbuch kritzelte, die Seite umblätterte, und fertig. Anstatt wie jetzt zu schauen, ob sich mit der Menge an Zeichnungen etwas anfangen lässt. *You have talent, Miss Al-Sharhany. You should try and work at it, make it bigger, a book!* Amal schüttelt den Kopf, nein, sie hätte sich gar nicht erst darauf einlassen sollen, auf diesen Blick, auf die Frage nach dem Zusammenhang, die unweigerlich zu der Frage führt, warum das alles. Das zerstört nur ihre Freude und Unbefangenheit beim Zeichnen! Etwas Zusammenhängendes, Geplantes sind ihre Zeichnungen gerade nicht. Sie ist keine Comiczeichnerin, die eine Geschichte erzählt, und auch keine Künstlerin, bei der die Zeichnungen Teil eines größeren Konzeptes sind. Ihre Kritzeleien entstehen immer spontan, halb automatisch, halb bewusst, das war schon in der Schule so und später in den Vorlesungen. Anders war in Bagdad nur, dass sie damals ausschließlich Menschen und Gegenstände zeichnete. Das mit den Tiermenschen hat erst später, letzten Sommer, auf der ersten Flucht angefangen, im Gefängnis, wo man ihnen dreimal am Tag einen Teller mit Essen und einen Becher Wasser in der Zelle auf den Boden stellte. Auf den Boden, wie für einen Hund. Angeblich, weil kurz vor ihrer Ankunft im Speiseraum ein »bedrohlicher Tumult« ausgebrochen war, von dem jedoch niemand sagen konnte, für wen oder in welcher Hinsicht er bedrohlich gewesen ist. Da hatten die Wächterinnen auf einmal Mäuler in Amals Träumen, aus behaarten Händen wurden Klauen und aus Nasenlöchern schnaufende Nüstern … Amal drückt auf ihre Augenlider. Von all dem weiß die Giraffe jedoch nichts. Wie sollte sie auch. Die hagere Giraffe mit den flammenroten Haaren hat es doch nur gut gemeint, so wie alle, die morgens ins Heim kommen, um mit ihnen hier drinnen »zu arbeiten«, es nur gut meinen. *We really want to help you!*, sagen sie und gucken auffordernd, wenn man nicht sofort dankbar lächelt. Das Problem ist nur, dass dieser ganze gute Wille manchmal einfach nicht hilft. Wenn etwas den Menschen hier helfen, sie aufheitern und ihnen ein wenig verlorenes Vertrauen zurückgeben kann, dann ist es eher Abus Lachen, einer seiner Witze als eine zähe Stunde auf dem harten Plastikstuhl im Büro der Giraffe.

Die Zimmertür geht auf, Nourig tritt ein und nickt Amal kurz zu, bevor sie ihre Schuhe auszieht und in ihre Hausschuhe schlüpft, die sie heute Morgen ordentlich neben den Türrahmen gestellt hat, bevor sie das Zimmer verließ. Nourigs minutiöse Ordnung in der linken Hälfte des Zimmers steht, wie Amal feststellen muss, in einem drastischen Kontrast zu ihrer eigenen Zimmerhälfte. Dabei ist sie in Bagdad immer recht ordentlich gewesen, obwohl sie damals viel mehr Sachen in ihrem Zimmer verstauen musste als hier. Nourig legt sich wortlos auf ihr Bett, dreht den Kopf zur Wand und zieht ihre Beine so weit an, dass ihre Knie fast den Bauch berühren. Behutsam dreht Amal sich weg, fragt nicht, wie es gewesen ist, das Turnen, das Nourig dreimal in der Woche unter Anleitung absolviert und das helfen soll, das Brennen unter ihren Fußsohlen abzuschwächen. Dabei wissen sie beide, dass sich das Brennen durch Abrollen und Strecken der Füße nicht einfach wegreiben lässt. So wie sich die Zuckungen in Nourigs Beinen nachts unter der Decke nicht unterbinden lassen und ihre Schreie, das Hyperventilieren auch nicht. Sie beide haben sich für Rücksichtnahme, für das Schweigen entschieden, nachdem Amal beim ersten Mal, von Nourigs Schreien aufgeweckt, zu ihr hinüber ans Bett gegangen war und Nourig sanft die Hand auf die Schulter gelegt hatte in der Hoffnung, Nourig so beruhigen zu können, worauf Nourig wild um sich schlug, Amal anspuckte und sich dafür noch Tage später schämte. Dabei war Nourig gar nicht klar, dass auch Amal sich schämte, sich immer wieder vorhielt, dass sie es doch hätte wissen müssen, dass für Nourig jede Hand, die sie im Schlaf überfällt, die Hand ihrer Folterer ist.

Amal drückt die Spitze ihres Stiftes in das Papier. Nourig hat sie bereits gezeichnet, beim ersten Mal als Igel, wegen ihrer Schlafposition, doch das war von außen betrachtet. Nourig ist kein Igel. Nourig ist das gehäutete Schaf.

Erst als die Tür aufgeht und das Nilpferd im Schottenrock von der Kleiderausgabe den Kopf ins Zimmer steckt, wird Amal bewusst, dass es gerade geklopft hat. Amal legt einen Finger an den Mund, bittet darum, leise zu sprechen, um Nourig nicht zu wecken. Das Nilpferd runzelt die Stirn, wirft einen Blick auf Nourigs Bett, mustert skeptisch das Zimmer und sagt dann so laut und schnaubend, dass es Amal unmöglich überhören kann: »The director of the *Heim* wants to see you, Miss Al-Sharhany.«

»Now?«, fragt Amal erstaunt.

Das Nilpferd nickt: »In five minutes, in his office.«

Schon ist die Tür wieder verschlossen, Nourig bewegt sich kurz, schläft weiter.

Amal spürt, wie ihr Herz plötzlich schneller schlägt. Warum

will man sie sehen? Hat sich jemand über sie beschwert? Mohammed aus dem Obergeschoss, der schon mehrfach gefragt hat, warum sie kein Kopftuch trägt? Oder war sie abends zu laut auf dem Flur, als die Kinder schon schliefen? Dabei ist sie doch fast immer hier im Zimmer, sie am Schreibtisch und Nourig im Bett … Es könnte aber doch auch etwas Positives sein, sagt sich Amal, während sie aufsteht und sich zwingt, tief durchzuatmen. Nur die Ruhe bewahren. Respekt zeigen, höflich bleiben, egal, worum es geht. Kaum ist die Zimmertür leise hinter ihr ins Schloss gefallen, läuft Amal hastig über den Flur. Dabei merkt sie, dass die Schmerzen in ihrem Knie noch einmal schwächer geworden sind, gut, denkt Amal erleichtert, wenigstens das.

Als sie sich auf den einen Stuhl setzen will, der neben der Bürotür des Heimleiters vor der Wand steht, entdeckt Amal oben auf der Stuhlkante, in der Innenseite des aufgerissenen Polsters, kleine, arabische Schriftzeichen. *Allahu akbar*. Allah ist größer. Amal stutzt, zögert, beschließt, sich nicht auf den Stuhl zu setzen, geht stattdessen zum nächsten Fenster. Im gesamten Heim ist es nahezu unmöglich, um diese Zeit, kurz vor Mittag, einen ruhigen Flur zu finden. Hier jedoch, in dem Nebenarm, in dem der Heimleiter, »the director«, sein Büro hat, ist niemand. Keine beim Spielen verlorene Rassel auf der Fensterbank, kein Straßendreck auf dem Linoleum. Auch der Geruch ist anders, es riecht weniger nach Schweiß und ist kühler.

Als die Tür zum Besucherzimmer aufgeht, erkennt Clara sie sofort, und das nicht nur wegen der Hose mit dem gestopften Loch über dem Knie. Es ist etwas anderes – der wie ein Turm oben auf ihrem Hinterkopf sitzende Haarknoten, oder die energische Art, mit der sich die Fremde ihr nähert? Erstaunen, aber keine Angst sieht Clara in ihrem Gesicht, Neugier auch; erkennt sie mich, überlegt Clara noch, als ihr Gegenüber Clara die Frage abnimmt: »Do we know each other?«

Clara, überrascht von dem gutem Englisch, ihrer festen Stimme, erwidert: Ja, der Sonntag vor neun Tagen … Die junge Frau nickt, als habe sie sich das gedacht.

Amal heiße sie, hat der Heimleiter erzählt. *Wir haben eine Irakerin, die auf Ihre Beschreibung passt. Sie ist einundzwanzig, alleine zu uns gekommen.*

»I am Amal«, sagt Amal prompt und streckt ihre Hand aus, Clara entgegen.

Clara erwidert den Händedruck und stellt sich vor: Sie heiße Clara, komme aus Berlin, sie sei Ärztin und habe sich nach ihrem Zusammenstoß neulich auf der Straße gefragt, wie es Amal gehe, ob sie verletzt sei … Clara merkt, wie sich ihre Stimme ändert, vorsichtiger wird: »Are you all right?«, fragt sie leise und doch laut genug.

Amal sieht sie an und hebt die Augenbrauen, ihre Mundwinkel zucken auf eine Art, die Clara nicht deuten kann, es ist kein Lächeln, eher Ironie? Sarkasmus? Spielt Amal mit einer Antwort in der Richtung: Du willst ernsthaft wissen, ob alles in Ordnung ist? Du meinst, wegen des Unfalls, oder hier im Heim, generell? Doch auf einmal legt sich das Zucken, Amal lächelt jetzt eindeutig und erklärt: »I am fine.« Sie deutet auf ihr linkes

Knie und fügt hinzu, das sei nichts Ernstes, die Wunde sei so gut wie verheilt.

Clara zögert, sie will nicht direkt nachfragen, aber doch mehr wissen. Ob Amal sich sicher sei, hakt Clara schließlich nach und zählt mögliche Symptome auf: keine Kopfschmerzen in den letzten Tagen? Kein Schwindelgefühl oder Erbrechen? Keine Sehstörungen?

Da grinst Amal plötzlich und erwidert amüsiert: Nein, auch keine Doppelbilder, kein Nebel im Kopf – »no fog in my head« – und keine erhöhte Reizbarkeit, jedenfalls nicht mehr als vorher. Amal stellt ihre Füße nebeneinander und will belustigt wissen, ob sie jetzt die Augen schließen und ihren Zeigefinger langsam bis zur Nasenspitze führen soll?

Clara fühlt sich ertappt. Wie kommt Amal so schnell und so genau auf diesen Test, den ein Arzt bei Verdacht auf Schädel-Hirn-Trauma durchführt? War Amal doch bei jemandem und hat sich untersuchen lassen?

Nein, das sei nicht nötig, antwortet Clara verlegen, sie wollte doch nur sichergehen … Ob Amal das verstehe? Clara fängt Amals Blick auf und erklärt freimütig: »I felt guilty for running you over.«

»You shouldn't – feel guilty!«, erwidert da Amal, so ernst und so bestimmt, als gehe es hier um ein Prinzip.

Clara schweigt und betrachtet staunend die junge Amal, die mit ihren einundzwanzig Jahren genau zehn Jahre jünger ist als sie. Und die nicht so wirkt, als wäre sie leicht zu erschrecken; vielmehr spürt Clara in Amal eine Art wütende Entschlossenheit, jene Kraft, die sichtbar wird, wenn die Schlagzeugerin von Claras Lieblingsband mit ihren Sticks und den Füßen auf das Schlagwerk eindrischt. Wieder und immer wieder, Wiederholung hier als Ausdruck von Freiheit, nicht als Sackgasse. Nein, das hätte sie nicht gedacht, dass sie hier die Verlegene, die Reagierende ist, geht es Clara noch durch den Kopf, als Amal zum Fenster deutet, hinter dem ein hoher Ahorn zu sehen ist, und vorschlägt, ihre Unterhaltung doch draußen, bei einem Spaziergang fortzusetzen.

Clara willigt ein und sie begeben sich zur Tür. Kurz bevor sie den Raum verlassen, bleibt Amal jedoch stehen und dreht sich um, zu Clara: »Mein Vater ist – war auch Arzt«, sagt Amal, als schulde sie Clara noch eine Erklärung.

Sie laufen über einen langen Flur, biegen ab und treten durch Flügeltüren, die beim Öffnen über den Linoleumboden schleifen. Das helle Quietschen erinnert Clara an die Türen im Krankenhaus, ebenso die Nummern auf den Schildern neben den Türrahmen. Amal läuft schnell, lotst dabei Clara an den Erwachsenen und Kindern vorbei, die auf dem Flur beisammenstehen oder an der Wand mit Murmeln spielen, sodass Clara keine Gelegenheit hat, Amal zu fragen, was sie eben meinte, als sie sich verbesserte, von ihrem Vater erst in der Gegenwart, dann in der Vergangenheit sprach.

Draußen vor dem Heim zieht Amal die mächtige Eingangstür der ehemaligen Kaserne zu, als Clara überlegt, ob Amal nicht frieren wird, so, wie sie angezogen ist. Sowohl die Stoffhose mit dem gestopften Loch als auch Amals grüner Pullover scheinen Clara recht dünn für den Aprilwind, der rauschend durch die Bäume fährt. Amal jedoch rennt so schnell die Stufen der Vortreppe hinunter, dreht sich unten auf dem Kiesweg um und erklärt, manchmal habe sie da drin – sie deutet auf das Heim – das Gefühl, »an Sauerstoffmangel zu ersticken«, dass Clara von ihrer Frage absieht. Zumal es eine Taktik von Amal zu sein scheint, die Wärme in ihrem Körper durch schnelles Gehen und ein Verschränken ihrer Arme vor dem Körper aufrechtzuerhalten. Clara, der selbst oft vorgehalten wird, sie würde »rasen«, gefällt das, die Rhythmen ihrer Schritte finden einander, bilden ein Ensemble aus Claras klackenden Ledersohlen und Amals mit leichtem Schmatzen abrollenden Gummisohlen. Die Schnürstiefel trägt Amal heute nicht, dafür ein Paar flache Sportschuhe, was Clara irgendwie beruhigt.

»Wie hast du mich gefunden?«, fragt Amal, als sie von der Straße, in der das Heim liegt, in eine breitere, stärker befahrene Straße abbiegen.

»Ich habe mich gefragt, warum du nach dem Zusammenstoß so schnell weggerannt bist«, erzählt Clara, »und bin so auf den Gedanken gekommen, dass du –«, Clara prüft kurz ihre Formulierung, »eine Asylanwärterin sein könntest.«

Amal blickt sie an und nickt langsam.

»Dann weißt auch du viel über uns und unsere Fluchtwege?«, fragt Amal und fügt hinzu: »Ich bin immer wieder überrascht, wie gut die Menschen hier in Deutschland über die verschiedenen Fluchtrouten und ihre Risiken Bescheid wissen.«

Clara versteht nicht, wie Amal jetzt auf die Fluchtrouten kommt. »Ich weiß das, was man über die Medien erfährt«, antwortet Clara und fügt vorsichtig hinzu: »Wie kommst du jetzt auf die Fluchtwege?«

Amal bleibt verblüfft stehen: »Aber so hast du mich doch gefunden, weil ich vor dir weggerannt bin! Weil du verstanden hast, warum ich weggerannt bin.«

Clara begreift noch immer nicht, was Amal meint, ahnt aber, dass ein Missverständnis vorliegt: »Ich dachte, du seiest weggerannt, weil du Angst hattest, der Unfall könne ein negatives Licht auf dich werfen, womöglich dein Asylgesuch gefährden.«

Amal sieht Clara staunend an, lacht dann plötzlich: »Ach,

wirklich? Das kam mir gar nicht in den Sinn! Aber du hast recht, vielleicht hätte ich daran denken sollen?« Das war eine rhetorische, beinahe kokette Frage, denn Amals Stimme klingt nicht so, als werfe sie sich ernsthaft vor, das nicht bedacht zu haben.

»An was hast du dann gedacht?«, fragt Clara jetzt offen neugierig.

Das Lachen verschwindet aus Amals Gesicht, und sie blickt zu Boden: »Gedacht habe ich gar nichts, wirklich«, sagt Amal und läuft weiter, »mein Wegrennen hat mit meiner Flucht, meiner ersten Flucht zu tun, die missglückte.« Amal räuspert sich und spricht dann leiser weiter: »Wir wurden nachts an der türkischen Grenze, kurz vor Griechenland geschnappt. Ich lag am Boden und spürte plötzlich einen Stoß in die Rippen, als Sami, der Junge, mit dem ich unterwegs war, mir zurief: ›Lauf! Sie kommen!‹ Ich rannte los, wie verabredet: Losrennen, wenn dich jemand stößt! Ich rannte durch den Wald, zur Grenze, rannte, so schnell ich konnte, aber es hat nichts genützt …« Amals Stimme verebbt, und ihre Hände fahren ziellos durch die Luft, bevor sie sich zu Fäusten ballen.

»Ich verstehe«, sagt Clara langsam und denkt beim Weitergehen: Die Geschwindigkeit, in der sich bei Amal Lachen und Ernst abwechseln, ist ungewöhnlich hoch.

Sie kommen an Häusern vorbei, deren graubraune Fassaden schmutzig und in einem schlechten Zustand sind, Häuser mit auf halber Höhe abgebrochenen Regenrinnen und verwilderten Vorgärten, bei denen man vermuten könnte, sie seien gar nicht bewohnt, wären nicht hinter den Fenstern zugezogene Gardinen und manchmal schwaches Licht erkennbar. Ein Anblick, der in Clara ein Gefühl von Trostlosigkeit erzeugt, gegen das sich das Heim, diese umfunktionierte Kaserne mit ihrem relativ neuen, weißen Anstrich, zumindest von außen betrachtet einigermaßen erfolgreich wehrt. Clara überlegt, wie das stumpfe Graubraun auf Amal wirken muss, ist doch diese Straße die einzige Verbindung zwischen dem Heim und den Läden im Zentrum des Ortes. Baut man im Irak überhaupt mit derartigem Rauputz, der für Clara stets ein Ausdruck typisch deutscher Spießigkeit gewesen ist? Selbst als Tarun ihr einmal die vielen Vorteile des Rauputzes aufzählte: er schütze vor Witterungseinflüssen, helfe bei der Wärmedämmung und sei dazu relativ pflegeleicht, hatte Clara nur abgewunken und lachend erklärt, praktisch könne dieser Putz ja sein, schön aber doch nur in den Augen jener, für die allein das Nützliche schön ist.

»Wo genau kommst du her?«, fragt Clara, worauf Amal antwortet: »Aus Bagdad, im Irak.«

»Bagdad«, wiederholt Clara; dass Amal direkt aus der irakischen Hauptstadt kommt, hat der Heimleiter nicht erwähnt. Vor Clara tauchen Bilder auf, schnell vorbeiziehende Nachrichtenbilder: die fallende Saddam-Statue, zerbombte Autos am Straßenrand, rennende Passanten … Dazu, im Stil der Ticker-Meldungen, Schlagworte, Untertitel: Land im Chaos … Abzug der letzten US-Truppen … zehn Jahre nach der von Präsident Bush angeführten Militärinvasion … zunehmende Spannungen … die sunnitische Minderheit … die Regierung … Minister … Milizen … Imame … eskalierende … extremistische – »Woher kannst du dann so gut Englisch?«, unterbricht Clara den Strom an Bildern und Worten in ihrem Kopf.

Amal antwortet nicht sofort, prüft den Sitz ihres Haarknotens, bevor sie erklärt, es gäbe mehr Bücher über Babylon und die sumerische Kultur auf Englisch als auf Arabisch oder Deutsch.

Amal lacht: »Und es ist viel über Babylon auf Arabisch und Deutsch geschrieben worden!«

Clara versucht, mitzukommen: Babylon, das Zweistromland, zwischen Euphrat und Tigris, natürlich. Die archäologischen Stätten, Ninive, Babylon, Uruk … Clara weiß gar nicht, was sie zuerst fragen soll, als Amal offenbar selbst spürt, dass ihre Antwort neue Fragen aufwirft.

»Meine Mutter ist Archäologin«, erzählt Amal. »Sie hat früher im Nationalmuseum in Bagdad gearbeitet, bis die Regierung Saddams sie dort nicht mehr wollte. Seitdem lehrt sie nur noch an der Universität.«

»Nur noch?«, wiederholt Clara und sieht ihren Vater, wie er mit Stapeln von Papier unter dem Arm morgens zu seinem Auto läuft.

»Wenn du Archäologin bist, willst du die Vergangenheit doch mit den Händen greifen, sie zwischen den Fingern spüren«, sagt Amal und hebt die Hände, als halte sie in ihnen eine soeben geborgene Schale.

»Und im Museum war das möglich?«, will Clara wissen.

Amal nickt: »In den Archiven schon. Und den Werkstätten der Restauratoren. Zumindest bis zu den Plünderungen und der Schließung der Archive nach dem Angriff der amerikanischen Truppen.« Amal schaut hoch in den Himmel, dann weg. Versinkt in Erinnerung, oder wird von ihr eingefangen.

Sie laufen weiter, und Clara wartet, stellt nicht sofort die nächste Frage, lauscht stattdessen dem Rhythmus ihrer Schritte, vor allem dem leisen Schmatzgeräusch, wenn die Sohlen von Amals Turnschuhen auf dem Pflaster abrollen.

»Ist deine Mutter noch in Bagdad?«, fragt Clara irgendwann.

Amal dreht sich zu ihr, lächelt, als habe sie die Frage erwartet oder als berühre sie etwas, an das Amal selbst gerade gedacht hat.

»Ja«, erwidert Amal.

»Und dein Vater?«

Amal bleibt stehen. »Mein Vater ist verschwunden. Deshalb bin ich hier.«

Clara versucht, das Gehörte zusammenzufügen und gleichzeitig mit Amal Schritt zu halten, die bereits wieder vorauseilt. Amals Mutter ist noch im Irak, ihr Vater dort verschwunden und Amal jetzt hier, in Deutschland. Doch was heißt verschwunden, wurde ihr Vater entführt? Getötet? Oder ist er von sich aus abgetaucht? Hat Amal noch Geschwister? Ist ein Einzelkind im Irak nicht ungewöhnlich?

»Letzten Sommer, im Juli«, beginnt Amal, und nur die englische Sprache macht deutlich, dass sie nicht mit sich selbst spricht, »kam mein Vater eines Abends nach der Arbeit nicht nach Hause. Wir haben gewartet, ihn gesucht, herumgefragt – vergeblich. Bis heute keine Spur.«

»Eine Entführung?«, fragt Clara vorsichtig.

Amal zuckt mit den Schultern: »Wenn es um Geld geht, melden sich die Entführer meist schnell.« Sie holt tief Luft und sagt dann: »Entweder ist er schon lange tot oder in der Gewalt von Leuten, die sich durch ihn einen Vorteil erhoffen.«

»Und wer könnte das sein?«, fragt Clara.

Amal dreht ihr den Kopf zu und sieht Clara an, ihr Gesicht verzerrt sich, wirkt gequält. »Weißt du, wie oft meine Mutter und ich darüber nachgedacht haben? Es ist nicht klar!«, ruft Amal plötzlich aufgelöst, »mein Vater war zu Zeiten des Regimes stets so unauffällig wie möglich. Saddams Schargen haben ihn geduldet, weil er ihre Lebertumore operierte, aber mehr auch nicht.« Amal streicht sich über das Haar, den Haarknoten: »Seine Mutter, meine Großmutter, ist Ende der Sechzigerjahre, kurz nach der Machtergreifung der Baath-Partei, im Rahmen einer Reihe von Schauprozessen zum Tode verurteilt und öffentlich gehängt worden. Eine Kommunistin! Volksfeindin! Aus guter, sunnitischer Familie! Dieser ›Makel‹ haftet seitdem an meinem Vater, an uns«, erzählt Amal. »Mein Vater hat oft gesagt, seine ruhige Hand mit dem Skalpell habe ihm damals das Leben gerettet. Als seine Mutter verurteilt wurde, war er noch in der Ausbildung und lernte im Krankenhaus bei einem einflussreichen Chefarzt.«

Ein angehender Chirurg, denkt Clara, wie sie.

»Und als dann vor zehn Jahren die Amerikaner bei uns einmarschierten, wurde mein Vater immer wieder gedrängt, von Freunden, Kollegen, Menschen, die es zu Saddams Zeiten schwer hatten, wie er und Rauya, meine Mutter, doch in die Politik zu gehen. Mein Vater wollte nicht. Jahrelang hat er sich geweigert, doch Rauya hat ihn letztendlich überzeugt, hat gesagt, er dürfe sich jetzt nicht entziehen, er sei mit verantwortlich dafür, unser Land neu aufzubauen, es in eine demokratische Richtung zu lenken und das Gegenteil zu verhindern …« Amal wirkt aufgewühlt, angestrengt, nimmt sich aber zusammen, spricht weiter, und Clara hat den Eindruck, dass Amal nicht oft von ihrem Vater redet, dass es ihr aber wichtig ist, jetzt weiterzuerzählen, wo sie einmal begonnen hat.

»Da ist mein Vater im März vor zwei Jahren, als in Kairo die Menschen auf die Straße gingen und kurz darauf in Syrien die Kämpfe gegen die Regierung ausbrachen, in dem Frühling ist mein Vater Mitglied einer Partei geworden, die für Demokratie und Rechtsstaatlichkeit eintritt. Einige Monate später war er Abgeordneter im Kommunalparlament, und letzten Sommer dann, im Juni 2012, ist mein Vater bei einer öffentlichen Diskussion, die kurz nach einem Selbstmordanschlag unweit seines Krankenhauses stattfand, für einen Dialog mit den extremistischen

Rebellen eingetreten. ›Diese Menschen bedrohen unseren Staat, unsere Freiheit und Sicherheit‹, hat mein Vater gesagt, ›und gerade deshalb müssen wir mit ihnen reden.‹« Amal fährt sich über die Stirn: »Zehn Tage später ist er verschwunden.«

Clara schweigt.

»Ob die Diskussion und sein Verschwinden zusammenhängen, ist natürlich nicht sicher«, fährt Amal fort, »es ist eine Möglichkeit. Die Rebellen haben ihn verschleppt, um zu zeigen, dass Reden ihre Sache nicht ist. Oder sie benutzen ihn, um so von der Regierung die Freilassung ihrer Anhänger zu erwirken. Oder aber der Geheimdienst hat ihn sich geschnappt, weil die Regierung befürchtet, mein Vater hätte schon Kontakte …« Amal schüttelt den Kopf, »es ist alles so verworren. In unserem Land werden viele Verschleppungen gar nicht öffentlich, verstehst du? Manchmal, selten, hört man von einer Entführung, mit der die Freilassung von Gefangenen erzwungen wurde, später, wenn es der Entführte glücklicherweise überlebt hat, aber auch dann nur hinter vorgehaltener Hand, über Dritte.« Amal fasst sich an den Hals. »Rauya hat eine Zeit lang alles in ihrer Macht Stehende getan, um an Informationen zu kommen. Sie war bei der Polizei, hat mit einem Journalisten gesprochen, der seit Jahren die Aktivitäten der Rebellen beobachtet, Rauyas Freundin Nahrin, eine Anwältin und Frauenrechtlerin, die Kontakt zu den Gefängnissen hat, hat dort nachgefragt, Nahrin hat sich geschickt nach inoffiziellen Gefangenen erkundigt … Aber vergeblich. Nirgendwo eine Spur.« Amals Schritte werden langsamer, als sie sagt: »Letztendlich wissen wir auch nicht, wen mein Vater Tag für Tag operiert hat, wer ihn bedrängt haben könnte, ihn womöglich zum Schweigen bringen wollte und warum.«

Ein Windstoß fegt durch die Äste der Birken am Wegrand und lässt irgendwo eine Fahne oder Markise klappern.

»Fest steht nur«, sagt Amal leise, »dass mein Vater seit jenem Abend im Sommer unauffindbar ist.«

Clara betrachtet Amal von der Seite aus und überlegt, ob sie sich kurz setzen, eine Pause machen sollten, doch Amal scheint das Laufen zu brauchen, die Bewegung, den Rhythmus der Schritte, den Wind auf ihrer Haut. Ein Mediziner, Amals Vater, der Beruf, erinnert sich Clara, von dem ihr eigener Vater gesagt hat, das Beste an ihm sei seine »Universalität«.

»Hat dein Vater«, fragt Clara nach einer Weile, »früher je daran gedacht, den Irak zu verlassen?«

Amal blickt weiterhin geradeaus und antwortet in eine Windböe hinein: »Er hat ein paarmal vorgeschlagen, wegzugehen, doch Rauya wollte nie.« Jetzt dreht Amal ihr Gesicht zu Clara: »Meine Mutter ist eine Kämpferin, weißt du? Sie wurde im Museum diffamiert, degradiert, doch das hat ihren Willen nicht gebrochen, im Gegenteil. Jetzt erst recht war ihr Motto!«, erzählt Amal mit plötzlich aufflammendem Stolz, »Rauya kehrte zurück an die Universität, schärfte dort das Bewusstsein der Studenten für den Zustand der Ausgrabungsstätten, sie schrieb Artikel für Zeitungen, engagierte sich in Menschenrechtsgruppen, besuchte mit Nahrin Frauenhäuser –«, Amal hält kurz inne, »Rauya liebt ihr Land, seine Kultur und Geschichte, seine hellbraune Erde, und sie ist nicht bereit, all das ›irgendwelchen Irren‹ zu überlassen, wie sie immer gesagt hat. Wie sie immer noch sagt«, präzisiert Amal, doch ihre Stimme bricht.

»Aber – wenn du mich fragst«, spricht Amal rasch weiter, »ich glaube, all das, Rauyas Engagement, ihre langjährige Weigerung, wegzugehen, waren Gründe, warum sie mich dann nach dem Verschwinden meines Vaters so zur Flucht gedrängt hat. ›Geh, solange du noch kannst!‹, hat sie gesagt, mich angefleht auf eine Art, die ich bei ihr nicht kannte. ›Tu es für uns alle,

Amal, auch wenn ich nicht mitkommen kann, Großmutters Diabetes, du weißt doch, aber du, geh fort! Wenigstens einer von uns muss doch –‹«, Amal verschluckt den Rest des Satzes, den vielleicht auch Rauya verschluckt hat und den sich Clara denken kann.

»Als müsse Rauya«, sagt Amal, »nun alleine für das eintreten, für das mein Vater in der Situation wahrscheinlich eingetreten wäre, für das er in der Vergangenheit bereits eingetreten ist. Mein Vater hat mich in meinem letzten Schuljahr mehrere Male gefragt, ob ich wirklich in Bagdad studieren wolle und nicht lieber im Ausland.« Amal schüttelt den Kopf: »Als ob ich meine Eltern und Großmutter damals allein gelassen hätte! Ich habe es nicht einmal in Erwägung gezogen! Damals fand Rauya meine Weigerung, das Thema auch nur zu diskutieren, verständlich. Erst nach Vaters Verschwinden verhielt sie sich plötzlich so, als müsse sie jetzt mit Nachdruck vertreten, was mein Vater vertreten hätte, als müsse sie, die Frau, die immer genau weiß, wo ihr Platz ist, auf einmal seinen Platz einnehmen. Verstehst du das?«, fragt Amal und sieht Clara in die Augen.

Clara nickt langsam, ja, sie ahnt, um was es Amals Mutter geht. Ist es nicht der gleiche Grund, weshalb ihre Großmutter damals, nach dem Tod ihres Mannes, begann, dessen Spazierwege abzulaufen, obwohl Großmutter die Querfeldein-Wege suspekt waren, und warum sie anfing, die Bücher, die in den Monaten vor Großvaters Tod auf dessen Nachttisch gelegen hatten, eines nach dem anderen selbst zu lesen?

»Deine Mutter will deinem Vater folgen, wo sie es noch kann«, sagt Clara.

Da lächelt Amal und nickt, ein trauriges, verstehendes Lächeln.

»Danke, Clara«, sagt Amal, als sie weiterlaufen.

Clara freut sich, es gefällt ihr, wie Amal ihren Namen ausspricht, mit einem tiefen, langen, ersten »a«.

Sie kommen an einer Wirtschaft vorbei, auf deren Kreidetafel vor dem Eingang zu lesen ist: »Würstchen, Telefon und FREE WiFi«. Links über den Worten ist eine dampfende Bockwurst gemalt, rechts daneben ein Telefonhörer an einer geringelten Schnur, aus dessen Ohrmuschel Schallwellen entweichen. Zeichensprache, denkt Clara, für all die, die unsere Schrift nicht lesen können.

Ob Amal regelmäßigen Kontakt mit ihrer Mutter habe, will Clara wissen.

Amal bejaht dies: »Wir schreiben uns, telefonieren manchmal, über Skype, wenn das möglich ist.«

»Geht das vom Heim aus?«, fragt Clara.

Amal schüttelt den Kopf. Es gebe im Heim zwar Internetanschluss, erklärt sie, aber nur einen Computer und auf dem seien die meisten Dinge gesperrt: »Recherchieren kann man dort, telefonieren nicht.« Dafür müsse sie in das Internetcafé beim Bahnhof gehen, »dort ist das Telefonieren zwar auch teuer, aber nicht so teuer wie hier«, erklärt Amal und deutet auf das Lokal, das sie gerade hinter sich gelassen haben.

Sie nähern sich der Einkaufsstraße, auf der die Buslinie verkehrt, mit der Clara vom Regionalbahnhof zum Heim gefahren ist, als Clara, Amals letzten Satz vom Internetcafé noch im Kopf, fragt: »Einen eigenen Computer hast du nicht, oder?«

Amal schüttelt den Kopf.

»Aber mit einem Laptop könntest du von deinem Zimmer im Heim aus mit deiner Mutter sprechen?«, hakt Clara nach.

Amal zuckt mit den Schultern, antwortet, sie wisse nicht, warum das nicht gehen sollte, nein, korrigiert sich Amal, sie sei sich sicher, eine Familie, die schon länger im Heim wohne als sie, spreche so jeden Abend mit ihren Verwandten.

»Dann habe ich eine Idee!«, ruft Clara und ermahnt sich, ihre plötzliche Emphase zu zügeln. Sie habe, erzählt sie, zu Hause einen Laptop, den sie schon länger nicht mehr benutze. »Er ist langsam, kann nicht sonderlich viel, aber Skype müsste dort noch funktionieren. Ich –«, Clara stockt, sie will sichergehen, den richtigen Ton zu finden, »würde ihn dir gerne leihen. Bei mir verstaubt er nur, und wenn du ihn gebrauchen kannst?« Clara lässt den Satz als Frage in der Luft hängen.

Amal sieht Clara an, sagt zunächst nichts. »In Ordnung«, erwidert Amal schließlich, sachlich und doch mit einem Zucken in den Mundwinkeln, das Clara als Freude deutet.

Clara zieht aus ihrer Tasche eine der Quittungen heraus, die sie in einem Seitenfach aufbewahrt, sie sucht einen Stift und bittet Amal, ihre E-Mail-Adresse aufzuschreiben. Amal legt dazu das Papier auf ihren Oberschenkel und setzt den Stift am rechten Rand des Blattes an, bevor sie sich besinnt, zum linken Rand des Blattes fährt und Clara ihre Adresse, eine Gmail-Adresse mit ihrem Namen, Amal Al-Sharhany, in schönen, leicht geschwungenen Druckbuchstaben notiert. Clara bedankt sich und erklärt, während sie den Zettel einsteckt, sie werde Amal am Abend mitteilen, wann sie den Computer in den nächsten Tagen vorbeibringen könnte: »Du kannst dann sagen, ob dir das passt.«

Amals Stirn runzelt sich, und sie kann sich einen leicht sarkastischen Unterton nicht verkneifen, als sie antwortet: »Mach das. Ich bin eh immer hier.«

Damit scheint für Amal der Moment des Abschieds gekommen zu sein. Sie streckt Clara ihre Hand – zum zweiten Mal heute – entgegen, was Clara als Aufforderung versteht. Oder hat Amal nur schon früher das Hupen wahrgenommen, das jetzt auch Clara hört, sie dreht sich um – es hupt der Bus, der zum Regionalbahnhof fährt. Das schrille Tuten wiederholt sich, ungeduldig, fordernd, und zwei Jugendliche springen erschreckt von der Parkbucht der Haltestelle auf den Bürgersteig. Der Bus fährt ein und der Fahrer hupt noch einmal, jetzt wahrscheinlich aus Wut, und gibt Clara und Amal so nicht die Gelegenheit für Beteuerungen oder Floskeln, für jenen ungelenken Moment, in dem keiner genau weiß, wie er sich vom anderen verabschieden soll. Clara und Amal schütteln einander die Hände, wie zwei Schaffnerinnen bei Schichtwechsel. Clara läuft auf den Bus zu, und erst als sie schon auf dem Trittbrett steht, wendet sie sich noch einmal um, winkt Amal, die ebenfalls winkt, sich dann jedoch entschlossen umdreht und noch vor Abfahrt des Busses, die Hände in den Taschen, in jene Straße zurückläuft, in der sie beide eben noch in ihr Gespräch vertieft waren.

Der voll besetzte Bus fährt ruckartig an, und etwas geht Clara jetzt doch zu schnell, tatsächlich wäre sie gern noch geblieben, hätte noch dieses oder jenes gefragt, hätte Amal zum Essen oder auf einen Kaffee eingeladen, gleichzeitig aber spürt sie, dass es richtig war, nichts von all dem zu tun, sich zu trennen, als der Bus kam, die Situation nicht zu überreizen, zumal sie sich doch wiedersehen. Bald.

Noch immer versteht sie nicht, was da in sie gefahren ist: diese plötzliche Geschwätzigkeit, einer Fremden gegenüber! Nicht, dass es ein Fehler war, Clara zu vertrauen, Clara ist nicht gefährlich, das hat sie gleich bei der Begrüßung gespürt, Claras Stimme angehört, einer Stimme, weich wie Pferdenüstern, so behutsam und ruhig, dazu ihre Augen, hellblau, ein Eismeer. Ein edles, seltenes Tier, diese Clara, der Körper ein hochgeschossenes Fohlen, mit den langen, dünnen Beinen, der Haarschopf jedoch eher – ein Schaf? Wer weiß, ob Clara ein Herdentier ist, den Eindruck hatte Amal nicht, eins aber ist sicher: Clara ist nicht offensiv. Sie wartet auf den richtigen Moment, um aus der Deckung zu gehen: »Mein Computer!«, sie tritt hervor, wenn sie sich sicher fühlt. Und Clara fühlte sich sicher, weil sie vorher zugehört hatte, ihr, Amal zugehört hatte, ihrem Wortschwall über Rauya, und Vater – ja, sogar über Vater hatte sie gesprochen, trotz des Schmerzes, den der Gedanke an ihn immer wieder aufreißt. *Die Zeit klärt nicht ab, sie frisst dich auf.* Nahrin hat es damals schon gesagt, zwischen zwei Zügen an ihrem Zigarillo. Und sie hat es ernst gemeint, trotz der provokativen Lässigkeit in ihrer Stimme, es war ihren Händen anzusehen, die heftig gestikulierten, mehrfach über den Tisch hinweg nach ihr griffen: *Wenn du fortgehst, verändert dich das, Amal!* Amal bleibt auf dem Bürgersteig stehen und denkt zurück an jenen Abend, kurz vor ihrer ersten Flucht, an dem Rauya energisch am Küchentisch erklärt hatte, in ihrer Familie sei »niemand mehr sicher«. Nahrin hatte nur mit den Schultern gezuckt und an ihrem Zigarillo gezogen. Es sei sicher nicht falsch, erwiderte Nahrin, dass sich mit Hassans Verschwinden das Risiko für Rauya und Amal erhöht habe, der Pegel auf der Gefahrenskala war nach oben geschnellt, hatte sich von x nach y verschoben, letztendlich aber, betonte Nahrin, seien beide Variablen »unbekannte Größen«, und ob man sich, so Nahrin weiter, von unbekannten Größen sein Leben »bestimmen lassen« sollte, sei noch mal eine andere Frage.

»Aber die Katze!«, hatte Rauya aufgebracht eingeworfen. Und ja, die Katze war perfide, weil nicht auszumachen war, ob die Katze einfach nur eine tote Katze oder eine Nachricht, eine Warnung gewesen ist. Wenige Tage nach Vaters Verschwinden hatte plötzlich morgens eine Katze tot, die Beine von sich gestreckt, neben ihrer Haustür gelegen; wie an Tollwut oder an einer Vergiftung gestorben sah sie nicht aus. War die Katze einfach dort, auf dem Treppenabsatz eines natürlichen Todes gestorben, ist sie zum Sterben dorthin gegangen, wo Rauya oft ein Schälchen mit Wasser für die streunenden Katzen in der Gegend aufstellt? Oder hatte jemand die tote Katze dort hingelegt, war in der Nacht gekommen und wollte sie so – Amal fröstelt bei dem Gedanken. Nein, sie wissen es einfach nicht. Wahrscheinlich ist der Tod der Katze schlicht ein Zufall gewesen beziehungsweise kein Zufall, Rauya war bei den Katzen in der Gegend beliebt, ein Zufall zumindest in zeitlicher Hinsicht, in seiner zeitlichen Nähe zu Vaters Verschwinden, wahrscheinlich, aber was heißt das schon, letztendlich ist auch »wahrscheinlich« eine »unbekannte Größe« … Amal läuft zügig weiter und fühlt, wie eine diffuse Wut in ihr aufsteigt: Wieso denkt sie jetzt überhaupt an das alles, an die Katze, an Nahrin und an Nahrins Diskussion mit Rauya, die lauteste Diskussion, die sie zwischen den beiden je erlebt hat und die nicht nur die müßige Frage aufwirft, ob sie damals anders hätte handeln sollen, sondern die, viel schlimmer noch, den Anschein erwecken kann, Rauya habe sie damals zur Flucht gedrängt, wenn nicht gar gezwungen – fast so hat es doch auch eben in ihrer Erzählung vor Clara geklungen! Da plötzlich begreift Amal, woher ihre Wut, ihr Bedürfnis, etwas zu korrigieren, kommt: Hatte sie Rauya vorhin, in ihrer Erzählung vor Clara Unrecht getan, einen falschen Eindruck erweckt? Denn war das, was sie Clara bezüglich ihrer Flucht anvertraut hat, nicht nur die halbe Wahrheit? Ja, es stimmt, Rauyas plötzlicher Rollenwechsel, ihre Argumente von Sicherheit und »einer Perspektive in Freiheit«, Argumente, die Amal bis dahin nur aus dem Mund ihres Vaters gekannt hat, hatten sie überrascht und verwirrt; diese Argumente sind aber nicht entscheidend für ihre Flucht gewesen. Entscheidend waren vielmehr jene Augenblicke, nach dem Entdecken der Katze oder am Morgen nach Vaters Verschwinden, in denen sie zum ersten Mal in ihrem Leben Angst, blanke Angst in Rauyas Augen gesehen hat. In den Augen ihrer Mutter, die in ihrem Leben mehrfach Grund zur Furcht gehabt hat und doch nie von der Angst überwältigt oder beherrscht worden war. Diese Rauya hatte plötzlich Angst, und Rauyas Angst hatte ihr Angst gemacht, hatte sie begreifen lassen, dass Vertrautheit – mit den Straßen, Menschen ihres Viertels – nicht mit Sicherheit verwechselt werden darf.

Amal bleibt an einer Kreuzung stehen und versucht, sich wieder im Hier und Jetzt zu orientieren. Sie liest die Straßenschilder und hat, als sie auf den Zebrastreifen tritt, den Namen der Straße bereits wieder vergessen, dafür ist sie noch immer zu aufgewühlt. Sie ist es einfach nicht gewöhnt, derart ausführlich von sich und den Umständen ihrer Flucht zu sprechen – hat sie überhaupt schon einmal jemandem hier in Deutschland eingehender von Vater, von Rauya und der Zeit unmittelbar vor der Flucht erzählt? Bei der Anhörung vor dem Beamten ging es zwar um Vater, um sein politisches Engagement und sein spurloses Verschwinden, Rauyas gründliche Nachforschungen schienen den Beamten jedoch schon nicht mehr zu interessieren. Und Abu und Nourig gegenüber hatte sie Vaters Verschwinden einmal kurz, in einem Satz erwähnt, das war alles. Im Heim hat jeder seine Geschichte und fragt grundsätzlich nicht leichtfertig, die Fluchtmärsche oder Bootsüberfahrten sind zuweilen Thema, und natürlich die Menschen, die man zurückgelassen hat, die Gründe für die Flucht dagegen nicht. Liegen die nicht auf der Hand? Oder sie sind derart beklemmend, dass manch einer sie hier, in der Ferne, nicht mehr zur Sprache bringen will, bringen kann. Auch wenn das, wie Amal weiß, in der Anhörung verlangt wird. Und sie weiß auch, dass in so einem Fall das Reden in einer fremden Sprache sehr hilft, das hat sie eben und schon bei ihrer Anhörung gemerkt: Es ist, als spräche man von sich und betrachte das Ganze gleichzeitig aus großer Entfernung. Schwerer muss es für die sein, die nur ihre Muttersprache sprechen, die noch kein Deutsch und auch kein Englisch verstehen und auf Dolmetscher angewiesen sind.

Nachdem Amal die Kreuzung überquert hat, liest sie zum zweiten Mal den Namen der Straße, in die sie jetzt hineinläuft: Goethestraße. Es ist bereits der zweite deutsche Künstler in der Gegend, nah der Bushaltestelle gibt es auch eine »Beethovenstraße«, unweit des Bahnhofs sogar eine Albert-Einstein-Allee. Amal gefällt die sich so ausdrückende Ehrerbietung für Künstler und Wissenschaftler, im Zentrum von Berlin hat sie einmal sogar eine Straße entdeckt, die nach einem bedeutenden Archäologen benannt ist. Eigentlich schade, denkt Amal, dass viele Straßen in Bagdad, vor allem die kleinen Gassen in den Wohngebieten, gar keine Namen haben, sondern bloß Nummern. Als seien sie weniger wert, verdienten keine Eigennamen wie die großen Alleen am Tigris, in der Innenstadt, oder die betonierten Schnellstraßen, die meist Namen von Städten oder vermeintlichen Kriegshelden tragen. Sollte sie eines Tages zurückkehren, wird sie sich dafür einsetzen, dass die Bewohner der Gassen ihren Straßen Namen geben dürfen, Namen nach ihrem Geschmack! Ein Gedanke, der in Amal aufblitzt und den ihr Verstand sofort wegdrängen will, obwohl sie doch weiß, dass es dafür zu spät ist.

Als sie die Einfahrt des Heimes erreicht, sieht Amal, wie im gleichen Moment der Direktor aus der Eingangstür hinaus ins Freie tritt. Er bleibt stehen und blickt sich um, sucht offenbar sein rotes Auto, das allein auf dem Parkplatz steht und auf etwas zu warten scheint. Amal zögert kurz, geht dann weiter, nimmt wahr, wie der Direktor sie entdeckt, daraufhin die Stufen hinabläuft und in weiten Schritten auf sie zukommt. Er begrüßt sie kurz, räuspert sich und fragt dann, um ein freundliches Lächeln bemüht, wie das Gespräch mit der jungen Frau gelaufen sei, die am Morgen nach Amal gefragt habe. Es sei, so hoffe er, alles in Ordnung? Amal nickt, erwidert knapp, es sei alles in Ordnung. Doch diese Antwort genügt dem Direktor offenbar nicht, er tritt von einem Fuß auf den anderen, und unter seinen Sohlen knirscht der Kies. Er müsse, fährt er schließlich fort, und seine Stimme klingt jetzt fast heiser, Amal leider daran erinnern, dass sie zurzeit nicht arbeiten dürfe. »Ich weiß, dass das schwer ist, schwer aus vielerlei Gründen, aber –«, der Direktor räuspert sich erneut, »es ist sehr wichtig, dass Sie das Arbeitsverbot einhalten, solange über Ihren Antrag noch nicht entschieden worden ist.«

Amal blickt den Direktor staunend an. Wie kommt er denn – auf was genau? Dass Clara ihr eine Arbeit angeboten haben könnte? Dann hat Clara dem Direktor gar nicht von dem Unfall erzählt? Warum – um sie zu schützen? Ging Clara nicht davon aus, ihr wäre der Unfall unangenehm …, erinnert sich Amal.

»Ich habe das bereits der jungen Frau heute Morgen mitgeteilt, als sie sagte, sie fühle sich Ihnen gegenüber ›verantwortlich‹, wegen dieses kleinen Unfalls«, erklärt der Direktor, und Amal beginnt, langsam zu verstehen. Offensichtlich denkt der Direktor immer gleich drei Schritte voraus, sieht im Geiste Szenarien, die zu verhindern er für seine Aufgabe hält. Amal will noch etwas fragen, doch für den Direktor ist die Angelegenheit damit offenbar erledigt, er hebt die Hand und wünscht Amal noch einen schönen Tag: »Machen Sie es gut!«, dann dreht er sich um und steuert in ebenso schnellen Schritten auf sein Auto zu, wie er eben noch Amal entgegengelaufen ist. Amal sieht ihm nach und hat plötzlich das Bedürfnis, ihn mit einem Kescher einzufangen. Er, der fliehende, glitschige Fisch, sie, die Fischerin. Im Boot. Auf dem Wasser.

Als sie später am Nachmittag an ihrem Schreibtisch in dem engen Zimmer sitzt und Nourig schon wieder schläft, beschließt Amal, das Heim noch einmal zu verlassen; sie will in ein Internetcafé, um mit Rauya zu sprechen, um ihr zu erzählen, was heute passiert ist, wen sie kennengelernt hat. Der Sonnenschein vom Vormittag ist mittlerweile von einer grauen Wolkendecke verdrängt worden. Amal zieht, als sie ins Freie tritt, den Reißverschluss ihrer Regenjacke hoch und steckt ihre Hände in die Taschen. Im Café muss sie warten, dass drei stämmige Männer die zwei Computer ganz hinten freigeben, die einzigen zwei Plätze, die mit kopfhohen Spanplatten abgetrennt sind, sodass von ihnen aus in gemäßigter Lautstärke gesprochen werden kann. Amal kennt die Männer, oder zumindest ihre Freunde, ihre »Kameraden«, Amal kennt sie von den Fotos, die man ihnen im Heim gezeigt hat. Bilder von einer Demonstration, die im Winter vor einem anderen Asylbewerberheim weiter südlich im Landkreis stattgefunden hat: Männer wie diese, mit breiten Nacken, kahl geschorenen Köpfen und schwarzen Bomberjacken – Nashörner in Abwehrhaltung, die Köpfe leicht gesenkt und die Stirnen wie Schilde kampfbereit nach vorne geschoben – hatten sich in Reihen vor dem Heim aufgestellt und etwas geschrien, skandiert, immer wieder und wieder, etwas »Rassistisches«, das offenbar so verächtlich oder gewalttätig gewesen ist, dass die Frauen vom Flüchtlingsrat, die, die immer dienstags kommen, es nicht übersetzen wollten. Der genaue Wortlaut sei nicht wichtig, hatten sie gesagt, und obwohl Amal da anderer Meinung war, hatte sie die Damen nicht überzeugen können. Wichtig war in den Augen der Frauen vom Flüchtlingsrat nur, dass sie wachsam seien und sich in Acht nähmen: Kahl geschorene Köpfe in Kombination mit Bomberjacken seien zu meiden, unbedingt. Amal schaut sich in dem halbdunklen Café um, wegen der drei Männer zu gehen, sieht sie aber nicht ein, zumal der Raum um diese Zeit voller Leute ist, vornehmlich Jugendliche und ein paar Rucksacktouristen. Warum jedoch die drei Glatzköpfe, die doch hier wohnen, öffentliche Internetcafés für ihre Kommunikation benutzen, versteht Amal nicht. Einige von ihnen gehörten rechten Gruppen an, die sich am Rande der Legalität bewegten, hat ihr Henning, der Student und offenste Mitarbeiter vom Flüchtlingsrat erzählt. Sind die Nashörner deshalb hier, um IP-Adressen zu verschleiern? Wer ist der Besitzer des Cafés? Doch selbst wenn sie das wüsste, was würde ihr das nützen, ihr, die in diesem Land nicht einmal arbeiten darf, denkt Amal und schüttelt den Kopf. Würde man ihre Warnung, die nichts als eine Vermutung ist, ernst nehmen? Endlich erheben sich die Nashörner, nehmen ihre Jacken von den Stühlen und setzen sich in Bewegung. Einer nach dem anderen geht an ihr, an der Theke vorbei, muss dort vorbei, um zur Tür zu gelangen, und als der dritte Glatzkopf sie passiert, schnüffelt er, rümpft die Nase, als rieche es – als rieche sie schlecht. Amal hätte dem Dicken gerne in die Eier getreten, mit dem Knie von unten in die Hose, präzise und so fest, dass das Nashorn aufquieken würde, quieken wie ein Ferkel – stattdessen beginnt Amal zu schwitzen, sie ballt ihre Hände in den Taschen zu Fäusten und schaut weg.

Es knackt in der Leitung, das Bild ist noch verpixelt, aber die Verbindung steht, Rauya hat abgenommen, obwohl sie sich dieses Mal nicht vorab verabredet haben. Amal beugt sich nah an den Bildschirm, als sie, von Rauschen begleitet und doch klar erkennbar, die Stimme ihrer Mutter hört: »Ja, bitte?« Eine unpersönliche, unverfängliche Begrüßung haben sie vereinbart. Zur Sicherheit, man kann nie wissen. Einige Tage vor Amals zweiter Flucht hatten sie in Großmutters Wohnung sogar ein neues Skype-Konto eingerichtet, das Amal jetzt benutzt, der Benutzername lautet: ›Ischtar Orleander‹.

»Rauya, hörst du mich? Ich bin es.«

»Amal!« Rauya hört sie, ihre Stimme klingt erfreut, und einige Sekunden später blitzt auch Rauyas Kopf auf dem Bildschirm auf. Amal sieht Rauyas Gesicht, ihre Brille und die dicken, schwarzen Haare vor einer weißen Wand, nicht vor dem Bücherregal in Rauyas Arbeitszimmer.

»Bist du nicht zu Hause?«, fragt Amal.

Rauya schüttelt den Kopf: »In der Universität. Siehst du mich, Amal? Ich sehe dich nicht.«

»Ich sehe dich gut, Rauya.«

Da ist nichts zu machen, wie sie beide wissen. Den Anruf noch einmal zu beginnen, wäre zu riskant. Amal sucht nach etwas, das sie über Rauyas Aussehen sagen könnte.

»Hast du deine Brille reparieren lassen?«

Rauya nickt und fasst an das filigrane Gestell: »Alles neu, auch die Gläser. Ich sehe besser als vorher!« Sie lacht.

Es ist schön, Rauya lachen zu sehen. Amal beschließt, nicht sofort nach Vater zu fragen, nach den Neuigkeiten, die es wahrscheinlich ohnehin nicht gibt.

»Wie geht es dir, Amal?« Rauyas Stimme klingt jetzt weich, neugierig und zerbrechlich zugleich.

»Gut«, antwortet Amal und beginnt zu erzählen, von Clara, ihrem ersten Aufeinandertreffen und ihrem Wiedersehen heute, von ihrem Spaziergang und Claras Angebot, Amal ihren alten Laptop zu leihen.

Rauya hört zu, nickt ein paarmal und sagt am Ende, als Amal den Computer erwähnt, nur: »Kontrolliere ihn, wenn du ihn bekommst.«

Amal verspricht es und fühlt sich im nächsten Augenblick Clara gegenüber schäbig. Warum dieses Misstrauen?, denkt Amal aufgebracht, obwohl sie doch die Antwort kennt, obwohl sie von den Erfahrungen weiß, die bei Rauya im Laufe der Jahre zu diesem Misstrauen geführt haben, einem Schutzwall, den Rauya vermutlich gar nicht »Misstrauen« nennen würde, sondern eher »kluge Vorsicht«.

»Clara kann man vertrauen«, sagt Amal schließlich mit fester Stimme, »sie ist da hineingerutscht, hineingefahren, um genau zu sein, das war nicht geplant oder so etwas. Außerdem –«, Amal hält inne, »sind wir hier in Deutschland.«

Rauya nickt, ein irgendwie abwesendes Nicken, findet Amal.

Das Asymmetrische ihres Gesprächs beginnt Amal zu stören: Sie sieht Rauya, Rauya weiß das, kann aber Amal nicht sehen.

»Stellst du bei dir das Video aus?«, bittet Amal.

Rauya hebt die Schultern: »Wie du meinst«, sagt ihre Mutter und ist kurz darauf verschwunden.

»Wie geht es Großmutter?«, fragt Amal in die neue Dunkelheit hinein.

»Nicht so gut«, erwidert Rauya, und ihre Stimme klingt jetzt weiter entfernt, »Großmutters Blutdruck ist wieder sehr hoch.«

Ischtar, denkt Amal, ihre schlanke, drahtige Großmutter und der Bluthochdruck. Ein Sisyphus-Leiden, das Ischtar von ihrer Mutter geerbt hat und gegen das auch noch so viel Gartenarbeit und Spazierengehen nichts hilft.

»Und der Diabetes?«, hakt Amal nach.

»Solange ich regelmäßig spritze, geht es«, berichtet Rauya.

Amal sieht Rauya vor sich, wie sie die Spritze prüfend in die Höhe hält, bevor sie die Nadel vorsichtig in Ischtars Bauchdecke einführt, denn Ischtar ist überzeugt, dass sie »vor lauter Angst, zu tief zu stechen, keine ruhige Hand hätte«. Großmutter müsse das lernen, für den Notfall, um unabhängig zu sein, hat Vater mehrfach gemahnt und es ihr erklären wollen: »Ich bin doch dabei, sollte etwas schiefgehen.« Ischtar aber hatte sich geweigert, störrisch wie ein Kind erklärt, sie sei zu alt, um das noch zu lernen.

»Komm du erst mal in mein Alter«, hatte sie zu Hassan, ihrem geschätzten Schwiegersohn, gesagt und ihm liebevoll auf die Schulter geklopft, »dann wirst du mich verstehen.«

»Amal, bist du noch da?«, fragt Rauya.

»Ja, ich bin hier«, erwidert Amal, »ich dachte gerade –«, sie entscheidet sich, Vater nicht zu erwähnen, »an Großmutter, wie du sie spritzt. Nennt sie dich immer noch ›Frau Doktor Tochter‹?«

»Manchmal, eher selten«, antwortet Rauya.

»Aber in den Garten geht sie noch?«, fragt Amal streng, als könne ihre fordernde Stimme die ausstehende Antwort beeinflussen.

»Natürlich«, sagt Rauya. »Deine Großmutter ist zäh, wie du weißt, und sie lässt sich auch weiterhin ›nicht von ihren Zimperlein beherrschen‹, obwohl ihre Blutzuckerwerte in letzter Zeit vermehrt ausschlagen. Ischtar ist das aber bewusst, und solange mich Mahmoud weiterhin mit Spritzen versorgt, ist das Ganze kontrollierbar.«

»Onkel Mahmoud«, murmelt Amal, Vaters enger Freund und Kollege. Seit Vaters Verschwinden kommt er regelmäßig zu Besuch und bringt Rauya dabei stets einen kleinen Pappkarton mit, gefüllt mit Insulinspritzen und Tabletten. Mahmoud setzt sich in die Küche, lässt sich von Rauya einen Tee kochen und fragt jedes Mal, ob er etwas tun könne. Einmal half er Rauya dabei, den Brief an Vaters Krankenhaus zu schreiben, vor dem sich Rauya fürchtete, ein anderes Mal reparierte er ihre Waschmaschine, die beim Drehen der Trommel merkwürdige Töne von sich gab.

»Rauya? Grüß ihn bitte, Onkel Mahmoud, wenn er das nächste Mal kommt, und sag ihm, dass ich schon fünf deutsche Fußballvereine beim Namen nennen kann.«

»Das werde ich tun, mein Herz.«

Amal fährt zurück, Rauya nennt sie nicht oft »mein Herz«.

»Sobald ich den Computer habe, melde ich mich vom Heim aus«, sagt Amal schnell, »und wenn wir uns vorher verabreden, kannst du vielleicht auch Großmutter dazuholen und sie vor die Kamera setzen?«

»Großmutter? Natürlich, das machen wir«, antwortet Rauya, danach knackt es in der Leitung, als habe etwas die Verbindung gestört.

Amal spürt, dass jetzt der Moment ist, um nach Vater zu fragen, entweder fragt sie sofort oder heute nicht mehr. Amal entscheidet sich für Letzteres, gäbe es Neuigkeiten, hätte Rauya sie doch längst erwähnt.

»Gib Bescheid, wenn du den Computer hast«, bittet Rauya, »und pass auf dich auf, Amal!«

»Du auch, Rauya. Einen Kuss für dich und Großmutter.«

Amal klickt auf die Taste mit dem Hörer, es ertönt ein lautes »Pling«, und die Verbindung ist getrennt. Der schrille Ton hallt in Amals Ohren nach, ein Ton, der wie auch das Klingeln beim Aufbau der Skype-Verbindung an mechanische Vorgänge erinnern soll, darin jedoch kläglich scheitert, zu unüberhörbar ist dafür sein elektronischer Ursprung, die metallische Künstlichkeit des Klangs und das merkwürdige Abwürgen am Schluss. Ein natürliches Verhallen klingt anders, denkt Amal, schließt das Programm, steht auf, bezahlt an der Bar und verlässt das Café.

Draußen hat es zu regnen begonnen. Amal läuft eilig gegen den Wind, sie will zurück ins Heim, hat Hunger. Doch es ist nicht nur der Hunger, wie so oft nach einem Telefonat mit Rauya fühlt sie sich auch dieses Mal erfüllt und leer zugleich. Sie ist froh, ihre Mutter gesehen und ihre Stimme gehört zu haben, und doch bleibt nach dem Auflegen eine Leere zurück, in der sich Amal einsamer fühlt als vorher. Die Straßen, die sie durchquert und doch mittlerweile gut kennt, wirken plötzlich wieder fremd, wie bei ihrem ersten, staunenden Spaziergang. *Kennst du das Gefühl, Ischtar? Wenn jeder Baum auf einmal ungerührt und abweisend wirkt, als drehe er sich weg von dir?*

Wer glaubt, dass Maschinen vor jenen Alterserscheinungen, die als typisch menschlich gelten, gefeit seien, sollte sich diesen Computer ansehen, denkt Clara. Eine Reaktionszeit, die den schlimmsten Befürchtungen Raum gibt, dazu ein angestrengtes Schnaufen der Klimaanlage, bevor überhaupt ein Programm aktiviert wurde, Warnzeichen und umgehende Trotzreaktionen bei gefühlter Überforderung … Alles ist hier ein Kraftakt. Doch die Maschine läuft, trotzt ihrer eigenen Unkenrufe: Dokumente lassen sich öffnen, und die wichtigen Programme funktionieren, wie Clara mit Erleichterung feststellt. Im Bildschirmhintergrund stehen noch immer Tarun und sie vor der roten Fassade des Thakur-Hauses in Kolkata. Sie in ungewöhnlich farbiger Kleidung, einer mit Goldfäden durchwebten, roten Bluse und einer honiggelben Leinenhose, ihre Arme und das Gesicht sind gebräunt, was ihr Haar noch weißer und im hellen Licht sehr luftig aussehen lässt. Tarun, wie immer elegant, ohne dass er dies in seiner Kleidung besonders betonen müsste, steht groß und aufrecht neben ihr und hat seinen Arm um ihre Schulter gelegt. Er sieht glücklich aus auf dem Bild, denkt Clara erfreut; er, der auf ihren Vorschlag, doch gemeinsam zu fahren, zunächst mit Erstaunen reagiert hatte: »Willst du wirklich mitkommen? Aber was wirst du tun, während ich auf dem Kongress bin, Kolkata ist im September noch sehr heiß und schwül!« Er hatte ihr letztendlich mit viel Leidenschaft und auch Stolz jene Stadt gezeigt, die er siebzehn Jahre zuvor »aus Lust auf das Neue, aber auch in Wut über die Korruption hier und die so entstehenden Ungerechtigkeiten« verlassen hatte. Kolkata, erinnert sich Clara und fährt mit dem Cursor über das Bild, die Stadt der hupenden Taxifahrer und der gigantischen Verkehrsstaus, in der die prächtigsten Bauwerke noch immer von der Kolonialzeit erzählen; die Stadt der Mädchen, die unten im Fluss ihre jüngeren Geschwister baden, und der klimatisierten Shopping-Malls mit ihren bewachten Eingängen. Eine Stadt, deren komplexe Fülle sie beeindruckte, deren Vitalität und wechselvolle Geschichte sie faszinierte, deren Lärm und schwüle Hitze sie aber auch erschöpfte; wie wohltuend ist da das fröhliche, entspannte Abendessen bei Priya, Taruns Schwester, gewesen, die mit ihrer Familie in einer kleinen Wohnung in einem einfachen Viertel neben Taruns Grundschule lebt. *Clara, welcome!* Taruns »Bāndhabī«, seine Gefährtin, mit auf ihrer ersten, größeren Reise zu zweit. Nach Indien? Nach Westbengalen, diese Präzisierung war wichtig, wie Clara schon im Flugzeug gelernt hatte.

»Das ist ein wenig so wie mit den Schotten«, hatte ihr Tarun auf dem Hinflug erklärt, »die sind staatlich gesehen auch Teil des Vereinigten Königreichs, aber wenn du sie fragst, woher sie kommen, sagen sie: aus Schottland.«

Das Beispiel war, wie Clara bald merkte, nicht zufällig gewählt. Wie die Schotten reiben sich auch die Bengalen noch immer an der britischen Krone, wenn auch aus anderen Gründen.

»Viele Bengalen, gerade die Älteren, können einfach nicht vergessen«, sagte Tarun und schaute aus dem Flugzeugfenster, »dass die größte Massenflucht der Neuzeit, im Sommer 1947, als im Zuge der indischen Unabhängigkeit über vierzehn Millionen Menschen innerhalb weniger Wochen flohen – dass diese Fluchtbewegungen zu großen Teilen in ihrem Land, in Bengalen stattfanden! Clara, stell dir vor, innerhalb weniger Tage machten sich Millionen von Menschen auf den Weg, um schnellstmöglich eine Grenze zu überqueren, die quer durch Bengalen lief, die jahrhundertelang nicht existiert hatte und die auf einmal das unabhängige Indien vom neu gegründeten, muslimischen Pakistan trennen sollte. Es war eine Grenze, die viele Bengalen als willkürlich und falsch empfanden und die zum ersten Mal –«, Tarun hielt kurz inne, »von den Briten gezogen worden war. Natürlich ist dieser Fokus allein auf die Briten eine zu enge Sichtweise«, fügte Tarun schnell hinzu, »die Spannungen zwischen Hindus und Moslems hatten in Bengalen, wie in ganz Britisch-Indien, schon seit Beginn des Jahrhunderts immer mehr zugenommen, und es ist im Rückblick mehr als fraglich, ob am Ende der Kolonialzeit eine Spaltung des damaligen Britisch-Indien in ein vornehmlich hinduistisches und ein muslimisches Land hätte verhindert werden können.«

»So wie Gandhi es gewollt hat, nicht wahr?«, warf Clara ein, und Tarun nickte.

»Gandhi«, sagte Tarun, »hat diese Spaltung verhindern wollen, konnte sich aber nicht durchsetzen. Stattdessen wurde 1947 bei der Teilung Bengalens in einen indischen Westteil und ein pakistanisches Ostbengalen von dem Londoner Anwalt Radcliffe eine Grenze gezogen, die ziemlich genau auf eine Grenze zurückgriff, mit der die Briten Bengalen bereits 1905 geteilt hatten. Damals wurde die Teilung von 1905 zwar nach heftigen Protesten vor allem in Westbengalen 1911 wieder rückgängig gemacht, trotzdem blieb diese einmal gezogene Linie für viele Bengalen so etwas wie eine Urwunde«, erklärte Tarun, und seine Stimme wurde leiser: »Denn die Menschen glaubten einfach nicht, dass diese erste Teilung, wie die Briten behaupteten, schlicht eine administrative Notwendigkeit gewesen war, um die riesige Provinz Bengalen angemessen verwalten zu können. Sie sahen darin eine Strategie der Kolonialherren, zu einem Zeitpunkt, als in der Region Unabhängigkeitsbemühungen erstarkten, Zwietracht unter den Bengalen zu säen und so die Region insgesamt zu destabilisieren.«

Eine Zwietracht, die, wie Clara erfuhr, in den darauffolgenden Jahrzehnten immer aggressiver wurde und schließlich in blutige, bürgerkriegsähnliche Kämpfe ausartete; in Ausschreitungen mit religiösen Säuberungen, die auch Taruns Großeltern mütterlicherseits in die Flucht trieben, Hindus, die im Sommer 1947 ihr Dorf in Ostbengalen verließen und nach Kolkata, damals noch Kalkutta, flohen. Taruns Großmutter, die bereits verheiratet war, und sein Großvater überlebten die Flucht, die zwei jüngeren Schwestern der Großmutter dagegen wurden kurz vor der neuen Grenze von pakistanischen Soldaten entführt.

»Meine Großmutter musste annehmen, dass mit ihren Schwestern geschehen ist, was mit so vielen Frauen in jenem Sommer gemacht wurde: Entführung, Vergewaltigung, dann Ermordung oder Zwangsheirat. Wir jedenfalls haben von den Schwestern meiner Großmutter nie wieder etwas gehört«, sagte Tarun tonlos und starrte eine Zeit lang aus dem Bullaugenfenster des Flugzeuges.

»Wie gesagt«, nahm er dann kurz vor der Landung das Thema noch einmal auf, »ist es natürlich absurd, die Briten direkt für jene Gräueltaten verantwortlich zu machen, die im Zuge der religiösen Säuberungen in beiden Teilen Bengalens von Muslimen wie Hindus verübt worden sind. Ich glaube, das Gefühl ist – vor allem bei den Bengalen, die fliehen mussten – eher das einer tiefen Enttäuschung über die Verwalter ihres Landes, diese großen, blassen »Britishers«, die jahrhundertelang mit ihnen gelebt und dabei dem Volk stets erklärt hatten, es ginge ihnen nicht nur um Indien als Rohstofflieferanten, sondern auch um die Menschen hier, die dann jedoch, erschöpft vom Zweiten Weltkrieg, als ihnen klar wurde, dass eine indische Unabhängigkeit unausweichlich war, einfach so abgehauen sind, mit ihrem Gefolge und den Mitteln, mit deren Hilfe die Ausschreitungen von 1947 vielleicht besser in Schach hätten gehalten werden können. Zumindest ein wenig, wer weiß.«

Das Flugzeug setzte holprig auf bengalischen Boden auf. »Das Gefühl, vom großen Besatzer, den man doch eigentlich weghaben wollte, im Stich gelassen worden zu sein«, hatte Tarun leise hinzugefügt und, anstatt den Satz zu vollenden, nur den Kopf geschüttelt.

Nach diesem Gespräch erstaunte es Clara nicht mehr, als Tarun ein paar Tage später in seinem Vortrag auf der Konferenz in Kolkata Beispiele bengalischer Architektur aus dem heutigen Indien und dem Ostteil Bengalens, dem heutigen Bangladesch erwähnte. An die Konferenz erinnert sich Clara genau: Sie fand in einem relativ neuen Luxushotel statt, über dessen Architektur Tarun sich bereits am Abend ihrer Ankunft erregte: »So idiotisch kann in diesem Klima nur eine internationale Hotelkette bauen, die wie Starbucks alles dem Wiedererkennungseffekt unterordnet. Riesige Glasfassaden, in Kolkata!«

Am nächsten Morgen hatte Tarun dann im großen Konferenzraum des Hotels, das in einem der oberen Stockwerke lag und dessen Glasfenster – natürlich – mit Jalousien abgedunkelt waren, in diesem Raum hatte Tarun vor knapp hundert Architekten aus mehreren Kontinenten als einziger Redner auf eine Powerpoint-Präsentation verzichtet und stattdessen einen Edding aus der Brusttasche seines Hemdes gezogen, mit dem er zu Beginn seines Vortrages zwei architektonische Modelle an die Wandtafel zeichnete: links eine einfache Rundhütte, ein Bungalow mit einem derart weit ausladenden Strohdach, dass die Strohdecke vor der Hütte zusätzlich als Verandadach diente, sowie rechts daneben die Skizze eines spätmittelalterlichen Hindutempels, des Kantaji-Tempels im heutigen Bangladesch, der im Navaratna-Stil erbaut und zum Zeitpunkt seiner Entstehung ein typisches Beispiel bengalischer Tempelarchitektur gewesen ist, bevor ein Erdbeben vor gut hundert Jahren den Tempel stark zerstörte. Nava-ratna bedeutet neun-türmig, und so zeichnete sich der Tempel durch neun Türme aus, von denen vier die äußersten Ecken des Tempels markierten, darüber flankierten vier weitere Türme das etwas kleinere Quadrat des zweiten Tempelgeschosses, und ganz oben in der Mitte thronte, proportional identisch zu den anderen acht, der höchste Turm. Zudem lief auf allen drei Geschossen, jeweils zu Füßen der Türme, eine Terrasse einmal rund um den Tempel.

Tarun fragte in die Runde, was die beiden Bauwerke verbinde – wohl wissend, dass keiner der renommierten Architekten seine oder ihre Stimme wie ein eifriges Schulkind erheben würde –, und zeichnete dann statt einer Antwort, von den Modellen ausgehend, Pfeile in alle vier Himmelsrichtungen: Beide Gebäude, sowohl der Bungalow, das Heim einer einfachen, bengalischen Familie, wie auch der Tempel waren nicht zentral- oder monoperspektivisch konzipiert, weder von innen noch von außen, stattdessen konnten die Bauwerke von jeder Seite gleichermaßen gut betrachtet, betreten und genutzt werden. Tarun lächelte, als er folgerte: »Diese Kreisstruktur als demokratisch zu begreifen, als ein Modell demokratischen Zusammenlebens, als die Vision eines öffentlichen Raumes, der nicht auf ein, sondern viele, verschiedene Augenpaare ausgerichtet ist – das ist eine zeitgenössische Sichtweise, zu der ich einladen möchte. Sie ist neu und im Grunde auch sehr alt.«

Ein Raunen ging durch den Saal, hier und da sah Clara einen Zuhörer zustimmend nicken, viele sahen sich fragend um, suchten eine Meinung in den umliegenden Gesichtern, andere grinsten, vornehmlich die jungen und indischen Architekten.

Tarun kam jetzt richtig in Fahrt, erklärte die in beiden Fällen verwendeten Materialien, das Stroh für das Bungalowdach und die mit Terrakotta verkleideten Steinwände des Tempels: »Ökologischer kann man gar nicht bauen! Die Materialien sind umweltverträglich in der Herstellung, dazu optimal in der Isolierung.« Er zeigte auf die vielen symmetrisch angeordneten Türen in den Tempelwänden, sprach von Ventilation und Durchblick, von Durchlässigkeit und Kreuzungen. Dann nahm Tarun den Stift erneut in die Hand und zeichnete einen dritten Entwurf an die Wand, einen Rundbau mit sechs Geschossen. Tarun skizzierte sein Innenleben, sprach von den symmetrisch angeordneten Gängen, den Wasserläufen und den einander umschlingenden Treppen im Inneren jenes Turms, den er und sein Büro schon damals in Haora planten und um den es in seinem Vortrag ab diesem Zeitpunkt auch ging.

Tarun erklärte auf einer Konferenz, die nach Modellen für die »Metropole von morgen« fragte und auf der die meisten – älteren – Redner über die Probleme und Herausforderungen der »Riesenstädte« stöhnten, Urbanität zur »sozialen wie auch kulturellen Chance«, und er hielt fest, dass Öffentlichkeit keine Abstraktion, sondern eine Frage der »Gestaltungszusammenhänge« sei. Dazu webte Tarun geschickt seine Lieblingsthese ein, die Clara bereits kannte und die Tarun von dem bengalischen Ökonomen und Nobelpreisträger Amartya Sen übernommen hat: Sen hatte herausgestellt, dass die Befähigung jedes Einzelnen zur Teilhabe an den Gütern einer Gemeinschaft, seien es materielle oder kulturelle Güter, das Kennzeichen einer wahrhaft demokratischen Gesellschaft sei. »Materielle Teilhabe, natürlich«, sagte Tarun, »aber nicht nur das, meine Damen und Herren, ich frage Sie: Was ist saubere Luft – ein materielles Gut? Was das Recht auf Stille, einen Raum zur Meditation – ein kulturelles Gut? Ein materielles? Spirituelles? Kollektives und individuelles?«

Tarun sprach geschickt und in zunehmend weiter gezogenen Kreisen, er beließ es nicht bei dem Turm, beharrte auf den Wechselwirkungen zwischen dem Zuzug in die Städte, besseren Bildungschancen und einer steigenden Wirtschaftsleistung, was ihm viel Anerkennung einbrachte, aber offenbar nicht alle überzeugte. Denn als Tarun und sie später in der Mittagspause am Büfett in der Schlange standen und ein Norweger, der Einzige, der mit seinen knapp zwei Metern noch größer war als Tarun, begeistert auf Tarun einredete, er Taruns Turm mit Begriffen wie »post-imperialem Poly-Zentrismus« oder einem »Paradigmenwechsel post-kolonialer Prägung« in Verbindung brachte, merkte Clara, wie ein älterer Amerikaner mit Fliege, einer der berühmten Teilnehmer der Konferenz, der am Morgen von verschiedenen Kollegen ehrfürchtig begrüßt worden war, wie der seinen vollen Teller auf dem Büfett abstellte, näher kam und sich zwischen Tarun und dem Norweger aufbaute: »Bei allem Respekt, meine Herren, aber sind das nicht etwas große Worte? Kolkata, Haora – gehen Sie auf die Straße, laufen Sie ein bisschen und schauen Sie sich um: Wir befinden uns hier noch immer in einem Moloch! Kolkata und Haora sind weder Mumbai noch Bangalore, der wirtschaftliche Niedergang Westbengalens während der kommunistischen Verwaltung ist noch nicht überwunden, ein Ende der Slums ist nicht abzusehen, und ein Leuchtturm macht noch keinen Hafen!« Der Amerikaner lachte, offenbar amüsiert über seinen Vergleich, und schüttelte dann den Kopf. »Nein, meine Herren, machen wir uns nichts vor: Diese Region kämpft, die Städte hier sind ein Pulverfass, und sie werden es in den kommenden Jahren auch bleiben. Sie –«, der Amerikaner deutete auf Tarun, »reden von einem Wachstum, einer Erholung besser gesagt, deren langfristiger Erfolg bei Weitem noch nicht absehbar ist.«

Tarun, der aufmerksam zugehört hatte, stellte daraufhin seinen Teller ab, verschränkte die Arme vor der Brust und wandte sich an den Amerikaner: »Interessant, Sir. Und was ist mit Detroit? Mit Saint Louis in Missouri? Ist deren Erholung bereits ›gesichert‹?«

Der Amerikaner sah Tarun staunend an, hob die Augenbrauen, als sähe er die Verbindung nicht, lachte dann wieder, lauter als eben, und erwiderte: »Ho, ho, my friend!« Sein Gesicht flackerte, er suchte offenbar nach einer Haltung und entschied sich für ein väterliches Schulterklopfen: »You will make your way, I'm sure«, erklärte der Amerikaner, drehte sich um und ging zu seinen Kollegen, sodass unklar blieb, wen genau er mit »You« gemeint hatte: Tarun? Oder den Großraum Kolkata?

Clara sah, dass Tarun empört war, sich gleichzeitig jedoch demonstrativ umwandte und offensichtlich entschied, den Zwischenfall hinter sich zu lassen. Clara hingegen staunte, staunte auch noch Stunden später über Taruns Replik, die sie von ihm nicht erwartet hätte; ist Tarun doch eigentlich stets darauf bedacht, Streitfragen sachlich zu lösen und beim Thema zu bleiben. Vor dem Amerikaner dagegen hatte Tarun, auch wenn er im Ton ruhig geblieben war, sichtlich beleidigt reagiert, er hatte einen Angriff mit einem Gegenangriff gekontert: Seid ihr besser? Was Clara nicht zuletzt deshalb erstaunte, da sie, wie ihr am Nachmittag während eines komplizierten und sehr technischen Vortrages klar wurde, von einem überzeugt war: Wenn Tarun sich ganz sicher wäre, dass die Prognose des Amerikaners falsch ist und Kolkatas Aufschwung im Gegenteil eine sichere Sache, dann hätte Tarun das genau so gesagt. Er hätte den Ball zurückgeschossen, anstatt sich treffen zu lassen.

An jenem Abend sprach Clara, obwohl sie es vorgehabt hatte, das Thema dann doch nicht mehr an, Tarun und sie fuhren mit der Metro – der ältesten in Indien! – in ein belebtes Viertel, um sich in einem Klub das Konzert einer bengalischen Band anzuhören, die auf Englisch sang. »Nicht so gut wie *Krosswindz*, aber okay, oder?«, fragte Tarun sie nach dem Konzert, und Clara stimmte zu. Die Musik hatte ihr gefallen, die Texte auch, die Stimmung in dem Klub war lebhaft, vom Headbanging übers ruhige Zuhören bis zum ausgelassenen Tanzen war alles dabei; nur dass die Zuschauer zu mindestens Dreiviertel aus Männern bestanden hatten, hatte Clara ein wenig verwundert, zumal es nicht die Musik war, bei der man so etwas hätte vermuten können. Als sie Tarun darauf ansprach, zuckte der nur mit den Schultern und erwiderte: »Wirklich? Ist mir gar nicht aufgefallen.« Er überlegte kurz und fügte hinzu: »Ich weiß nicht, woran das liegen könnte, Priya würdest du in einem solchen Konzert auch nicht finden, was aber am Eintrittspreis liegt und für Udar«, Priyas Mann, »gleichermaßen gilt.«

Sie gingen noch in eine Bar und tranken einen »Alten Mönch«, einen indischen Rum, der nach Schokolade schmeckte, wankten danach an Rosenverkäufern und Rikschas, die Nachttouren anboten, vorbei und nahmen schließlich ein Taxi zurück ins Hotel, zu Taruns »Untersuchung« … Clara lächelt, erinnert sich: Nach ihrer ersten, gemeinsamen Nacht hatten sie ihr Spiel »über Knochen und Lende« nur noch wenige Male gespielt, einmal davon war in Kolkata, in ihrem Hotelzimmer, wo Tarun auf ihren Wunsch hin dieses Mal sie untersuchte, mit seinen Händen ihre Hände, Arme und die Schultern betastete, dann erst ihre Brüste, die harten Brustwarzen berührte, die Mulde ihres Bauchnabels prüfte, die Linie von den Beckenknochen bis zum Beginn ihres Pos und schließlich, nur mit den Fingerkuppen, ihre rasierte Scham untersuchte. Clara spürte, wie Tarun sich bemühen musste, wirklich nur zu tasten, und gerade das erregte sie, sie schloss die Augen, stöhnte leise, folgte in Gedanken seinen Fingern, seinen vorsichtig tastenden – und doch fragenden? – Händen, bis sie schließlich als Patientin zusammenbrach, auf sein sich ihr entgegenstreckendes Glied zuging und sie beide sich schnell in etwas anderes verwandelten.

Sie schweift ab, stellt Clara fest. Wie eigentlich immer, wenn sie Fotos betrachtet, Bilder von vertrauten Menschen oder vergangenen Ereignissen, genau deshalb hat sie auf ihrem Arbeitstisch in der Klinik auch vorsorglich keine Fotos aufgestellt. Clara löscht das Hintergrundbild – was soll Amal mit einem Schnappschuss von Tarun und ihr? – und stellt stattdessen ein neutrales, kühles Hellblau ein. Vielleicht hat ja Amal ein Foto, von Rauya, oder ihrem Vater, ihnen dreien, das sie als Hintergrund verwenden möchte? Clara beginnt, ihre persönlichen Dokumente, die wenigen, die sie damals beim Kauf des neuen Rechners nicht gleich überspielt hat, zu prüfen und sie ausnahmslos in den Papierkorb weiterzuschieben; und während sie so immer wieder mit dem schwarzen Pfeil über den hellblauen Hintergrund fährt, ist sie sich irgendwann sicher, dass Amal vielleicht ein Bild von ihrer Mutter einstellen wird, nicht jedoch das Gesicht ihres Vaters. Denn es macht einen Unterscheid, ob man weiß, dass die auf dem Bild zu sehende Person noch lebt, oder ob man das nicht weiß. Wo ist Amals Vater, überlegt Clara, nachdem sie alle persönlichen Dokumente in den Papierkorb verschoben hat. In einem Erdloch? Einem Raum ohne Fenster? Oder ist er bereits tot, sein Körper längst dabei, Teil jener Erde zu werden, an der Rauya, wie Amal erzählt hat, so hängt?

Clara schreibt Amal eine Nachricht und schlägt vor, ihr in zwei Tagen den Computer vorbeizubringen.

In dieser Nacht kommt er wieder. Der plötzliche Stoß in die Seite, Samis Stimme: »Lauf! Sie kommen!« Aufspringen, vorwärtsstraucheln, stolpern im Laub und trotzdem weiterrennen, weiter Samis Schritten hinterher, ein greller Lichtkegel wandert von links über Baumstammrinden, erleuchtet Samis Jacke, seine Haare. Schreie, von hinten, dann Hundegebell. So aggressiv, dass es Angst macht, heißt es nicht: Vor wütenden Hunden soll man nicht fliehen? Trotzdem weiterrennen, im Schweiß, das Gebell in den Ohren, rennen – da, ein Schlag in die Hüfte. Spitz. Stechende Schmerzen im Bauch, im Magen, Schwindel, langsames Fallen. Feuchtes Laub auf dem Gesicht. Eine Sohle im Rücken, hartes Gummiprofil. Noch ein Schrei – ein Befehl, wütend, herrisch, dann Stille. Irgendwo weiter vorne Samis Rufe. Eine schnelle, ruckartige Bewegung, die Arme drücken auf den Rücken – klick. Etwas ist eingerastet, reibt an den Handgelenken, eingesperrt die Arme, kaltes Metall schneidet – Hilfe! Amal fährt hoch und greift japsend in die Luft.

Hinter dem Vorhang leuchtet schwach das Licht der Laternen draußen im Hof. Nourig im Bett gegenüber schläft ruhig, erstaunlich ruhig. Amal schließt die Augen, folgt ihrem aufgebrachten Atem und führt ihn in langsamere, tiefe Atemzüge. Ruhig. Ruhig die Bilder wegschieben, die Bäume, den Wald, den langen Marsch mit gesenktem Kopf, bis es dämmert. Alles grau. Als sie die Augen wieder öffnet, sieht Amal die zwei Schreibtische und Schränke im Zimmer deutlicher. Sie greift nach der Uhr unter ihrem Bett: 03.17 h.

Nacht, zerrissen
der Traum.

Wer hatte das rezitiert, geschrieben? Es fällt ihr nicht ein.

Als Nourig am nächsten Morgen fragt, warum Amal so blass aussehe, zuckt Amal nur mit den Schultern und erwidert: »Schlecht geschlafen.«

Doch Nourig lässt nicht locker, sie knetet ihre Hände und fragt vorsichtig, ob es vielleicht einen Zusammenhang mit Amals Spaziergang gestern »mit der Fremden« gäbe? Amal blickt Nourig erstaunt an, schüttelt dann den Kopf: »Nein, das ist es nicht, Nourig, der Spaziergang gestern war –«, Amal sucht nach dem richtigen Wort, »angenehm«, und obwohl Amal weiß, dass Nourig in gewisser Weise recht hat mit ihrer Vermutung, hält Amal an ihrer Antwort fest. Nourig nickt langsam, nicht vollends überzeugt, lächelt aber gleichzeitig, und Amal hat den Eindruck, es freue Nourig, auch einmal zeigen zu können, dass sie sich um Amal sorgt.

Dabei war es, denkt Amal später, nachdem Nourig das Zimmer verlassen hat, nicht das erste Mal, dass sie hier im Heim nachts die Flucht einholt. In den letzten Wochen sind ihre Nächte zwar ruhiger geworden und ihre Träume eher von Beamten mit Kakteen auf ihren Schreibtischen bevölkert, kurz nach ihrer Ankunft im Dezember dagegen, »kurz vor Weihnachten«, wie die Frauen vom Flüchtlingsrat nicht aufhörten zu betonen, waren der türkische Wald und die Grenzsoldaten hier, in Sichtweite des Waldes, der gleich hinter dem Heimgelände am Ende der Straße beginnt, ganz nah.

Amal räumt ihr Frühstücksgeschirr weg, merkt beim Abwaschen, dass ihr fürs Zeichnen heute die Ruhe fehlt, und beschließt, die Zeit bis elf Uhr stattdessen mit Wäschewaschen zu verbringen. Denn was Abu ihr geraten hat, funktioniert tatsächlich: Bei Nervosität oder Unruhe entfalten vertraute, einfache

Handgriffe wie das Sortieren von Wäsche, das Anspitzen von Bleistiften oder das Schneiden von Gemüse oft eine erstaunlich beruhigende Wirkung. Zumindest, solange man sich nicht bei jedem Schnitt über die stumpfe Klinge des Heimmessers ärgern muss oder beim erneuten Betreten der Waschküche eine Unterhose weniger in der Waschtrommel liegt. Deswegen in dem feuchten, von Schimmel befallenen Waschraum das Ende des Waschgangs abzuwarten, kommt für Amal aber nicht infrage. Sowie die Waschmaschine läuft, verlässt sie die Waschküche, geht an der Tür des Gebetsraumes vorbei, hinter der sie Mohammeds klangvolle Stimme hört, und tritt durch den Notausgang des Kellergeschosses hinaus ins Freie. Die Luft ist auch draußen feucht, das Gras nass. Kurz vor Sonnenaufgang hatte es zu regnen begonnen. *Ileri! Vorwärts! Ileri! Ihr seid nicht zum Schlafen hier, schlafen könnt ihr später, Marsch! Vorwärts. Ileri!* Amal kneift die Augen zu und holt tief Luft. Es ist nicht verwunderlich, dass er sie nach einer solchen Nacht auch noch den Tag über begleiten würde: der junge, türkische Soldat mit den frisch rasierten Wangen und der alten, verhärmten Stimme. Zwischen Stimme und Haut lagen bei ihm mindestens dreißig Jahre, was irritierend, faszinierend und beängstigend war.

Amal beugt sich vor und greift sich ans Knie, das leichte Ziehen unter der Kniescheibe spürt sie heute wieder stärker. Bestimmt wegen des feuchten Wetters, sie wird wetterempfindlich wie eine alte Frau, denkt Amal und lächelt: Gestern auf dem Spaziergang mit Clara hat sie das Knie gar nicht gespürt. Sie beobachtet, wie die Familie aus Eritrea den Seitenflügel des Heims verlässt und sich, mit Regenschirmen ausgerüstet, auf den Weg in die Stadt macht. Das Paar und seine zwei Kinder, ein schlaksiger Junge und ein Mädchen, dem die Mutter bunte Bänder in die Zöpfe flicht, leben erst seit ein paar Wochen hier, sodass noch nicht mit einem Bescheid bezüglich ihres Asylverfahrens gerechnet werden kann. Ein paar Wochen haben sie noch, denkt Amal, als die vier verschwunden sind, dann wird auch diese Familie, oder zumindest der Vater, zu denjenigen gehören, die sich meist kurz nach elf Uhr vorne am Eingang einfinden, um in ihre Postfächer zu schauen.

Als Amal an diesem Morgen über den Flur zum Haupteingang läuft und ihr Puls auch heute wieder unweigerlich in die Höhe klettert, hält sie jene Stimmen auf Abstand, die sie zu gut kennt und doch hartnäckig in sich hört, sobald die Wand mit den Postfächern in ihr Blickfeld rückt. … *Nur mit vollem Asyl ist es möglich, einen kostenlosen Sprachkurs zu belegen und vielleicht schon im Herbst ein Studium aufzunehmen … Deshalb müssen Sie, Frau Al-Sharhany, in der Anhörung alles, wirklich alles zur Sprache bringen, das Ihnen bei der Anerkennung als Flüchtling helfen kann … Helfen wird, natürlich! Aber garantieren können wir nichts … Und mit einer Duldung werden Sie auch nicht sofort abgeschoben, aber können eben nicht studieren, haben keinen Anspruch beziehungsweise keine Verpflichtung, an dem Sprachkurs …* Und so weiter. Amal weiß das alles, und doch hilft es nichts, die Stimmen kommen ungefragt und sind letztendlich auch nicht das Problem, der Grund für ihre Angst. Die Gesetze hat sie verstanden. Ihre Geschichte in der Anhörung dagegen, die Glaubwürdigkeit ihrer Aussagen, die Wahrheit – Amal durchfährt es heiß, wenn sie daran denkt: Wird man ihr glauben? Nicht nur ihren Gründen für die Flucht, die alle nachzuprüfen sind, sondern auch ihrer Fluchtgeschichte? Ihrer erfundenen zweiten Flucht? Oder zumindest leicht modifizierten … Hätte sie sich nie darauf einlassen sollen, von der Wahrheit abzuweichen? Auch wenn sie das mit Henning alles mehrfach durchgesprochen hat und ihre Geschichte schlüssig war: Statt mit einem Pkw ist sie in der Version fürs Amt in einem Laster mitgefahren, eingepfercht in einen Zwischenboden, und hat nichts gesehen, keinen Grenzübergang, keine Straßenschilder, nur dunklen Waldboden bei Nacht. »You were convincing!«, hat Henning zufrieden nach der Anhörung gesagt, doch was ist, wenn der Beamte das anders wahrgenommen hat? Hat er ihr die Angst angesehen, er, der Amal hinter seinem Schreibtisch gegenübergesessen hat und nicht wie Henning neben ihr? Amal reibt sich die pochende Schläfe und bleibt stehen. Sie hatte sich entscheiden müssen, wem zu vertrauen war: Der Wahrheit und nichts anderem als der Wahrheit, oder den jungen Leuten von der Asylberatung des Flüchtlingsrats, Henning und Sintje, die ihr erklärt hatten, wenn sie Asyl in Deutschland wolle, käme es, was ihre Einreise angehe, nicht darauf an, in jedem Punkt bei der Wahrheit zu bleiben, sondern darauf, eine Geschichte zu erzählen, die ihren Fall »systemfähig« und vor allem »Dublin-sicher« mache.

»Wer aus Afrika, dem Irak oder Syrien nach Deutschland kommt und hier um Asyl bittet, jedoch vor der Flucht keine Zeit oder kein Geld hatte, um sich ein Visum für Deutschland und ein Flugticket zu besorgen, dem bleibt gar nichts anderes übrig als die Unwahrheit!«, hatte Henning bei ihrem ersten Treffen ausgerufen und den Kopf geschüttelt, als glaube er es immer noch nicht. »Unser Land ist von sogenannten ›sicheren Drittstaaten‹ lückenlos umschlossen, lückenlos«, wiederholte Henning, jede Silbe betonend, und fügte dann sarkastisch hinzu: »Eine Möglichkeit gibt es selbstverständlich: Man schwimmt oder rudert im Schlauchboot von Afrika aus an Portugal vorbei und dann durch den Ärmelkanal direkt bis an die deutsche Nordseeküste. Aber natürlich mit so viel Proviant an Bord, dass man nicht zwischendurch an Land geht! Pippi wird schön im

Schlauchboot gemacht, und wer seekrank wird, kann gleich von Bord springen …« Sintje, die neben Henning saß, hatte diesen am Arm gefasst und mit Blick auf Amal angedeutet, Henning solle sich zügeln, doch Amal hatte das gefallen, Hennings ehrliche Wut. Bei ihm fühlte sie sich in guter Hand, da Henning die Dinge glasklar sah und sich auch nicht hinter diesem Samthandschuhblick versteckte, dem Amal hier in Deutschland auf den Straßen, im Supermarkt oder an der Bushaltestelle immer wieder begegnet und den sie lange nicht zu deuten wusste. Und als sie dann verstand, was dieser Blick ihr sagen sollte, dieses: ES-TUT-MIR-LEID-ABER-KOMM-NICHT-ZU-NAH, schwankte sie zwischen Scham und Wut, empfand beides und nichts richtig.

Henning dagegen vertraute sie, und so übte sie auf seinen Rat hin ihre »Story« vor der Anhörung in ihrem Zimmer, übte sie so oft und so ausführlich, dass sie manchmal, wenn sie drin war, meinte, sich tatsächlich an die Stunden im stickigen Zwischenboden des Lastwagens zu erinnern. Später jedoch, wenn sie müde wurde, fühlte sich alles unwirklich und ausgedacht an, sowohl die erfundene als auch die wahre Fluchtgeschichte, die sie – das machte es kompliziert – nicht einfach vergessen konnte, denn wie Sintje ihr beigebracht hatte, sollte sie die Wahrheit stets in einem »Nebenarm« parat haben, um auf Nachfragen widerspruchsfreie, das heißt, wenn möglich wahre Antworten zu geben: Was haben Sie gegessen auf der Flucht? Auf welchem Untergrund haben Sie während des Transports geschlafen und wo in Ihrer ersten Nacht in Deutschland? Wie war das Wetter in jener Nacht? Was natürlich immer wieder die Falle des Selbstverrats in sich birgt, denn wenn die wahre Antwort lautet: Während der Fahrt im Pkw habe ich immer auf dem Rücksitz geschlafen, den ich in meiner offiziellen Geschichte aber nicht erwähnen darf, weil ich von dem Pkw aus ja die Grenzen habe sehen können, die ich offiziell unwissend überquert habe ... Dann ist man eben doch zum Lügen gezwungen, zu Lügen, die sich aber, sobald es geht, spätestens gegen Ende der Flucht wieder an die Wahrheit andocken sollten: »Schließlich habe ich zwei Nächte fiebernd in einem Wald verbracht, es war dunkel und feucht, aber wo das genau war, kann ich nicht sagen. Warum ich dann so sicher bin, dass es Deutschland war? Nun, das hat mir der Lastwagenfahrer gesagt, als er mich absetzte, ja, auf einem Parkplatz, ich bin dann alleine weitergelaufen, und das nächste Ortsschild war – gelb, das weiß ich genau!« Es war ein heikles und Energie kostendes Spiel, und natürlich mehr als ein Spiel.

»Und wenn ich mich nicht genau erinnere?«, hatte sie Henning einmal gefragt. Worauf der die Stirn runzelte und erwiderte: »Je präziser die Aussagen, desto besser. Wir haben zu viele Fälle erlebt, in denen Menschen misstrauisch beäugt wurden, weil sie einfach nur mit den Schultern zuckten; dann hieß es, ihre Aussagen seien fragwürdig, nicht glaubhaft begründet.«

Amal seufzte, und Henning lächelte ihr aufmunternd zu: »Die Leute vom Amt wollen sich deine Flucht einfach vorstellen können, je plastischer der Film vor ihren Augen ist, desto leichter glauben sie dir.«

Amal läuft langsam weiter, tritt durch die Flügeltür am Ende des Flures und sieht bereits zwei Tschetschenen am Eingang in dem offenen Türrahmen stehen, hinter dem die Regale mit den Postfächern beginnen. Amal kommt näher, spürt ihren Herzschlag, tritt durch den Türrahmen und wirft einen schnellen Blick in ihr Fach – nichts zu sehen, kein an der Fachwand lehnender Umschlag mit dem Bundesadler oben links. Amal tritt näher, vergewissert sich, dass das Fach leer, staubig, aber leer ist, und atmet erleichtert aus. Wie immer ist sie erst erleichtert und im nächsten Moment enttäuscht. Keine Nachricht heißt letzten

Endes nur warten. Auf morgen. Heißt, dass alles so weitergeht, heute wie gestern, wie in den letzten Wochen, Monaten. Das Rad dreht sich rückwärts und dabei doch vorwärts, die Luft ist immer die gleiche und wird so zunehmend stickig. Ich brauche frische Luft, denkt Amal, dreht sich um und läuft in Richtung Ausgang, als sie Abus Kopf zwischen den Flügeltüren auftauchen sieht, doch bevor Abu ihr etwas zurufen kann, tritt sie schnell durch die Eingangstür hinaus, sie hat jetzt keine Lust zu reden, sie will allein sein, draußen herumlaufen, in den Ort gehen, nicht den Wald.

Die Zeit klärt nicht ab, sie frisst dich auf. Nahrin hatte recht, könnte sie Rauya bei ihrem nächsten Gespräch sagen. Aber weiß das Rauya nicht bereits? Ist ihr Warten auf eine Nachricht, von Amal oder Vater, so anders? Ein Hoffen auf eine Veränderung des Zustands und ein Bangen, dass die Veränderung eintritt, die man fürchtet?

Im Internetcafé findet Amal beim Öffnen ihres elektronischen Postfachs eine Nachricht von Clara. Clara schlägt vor, Amal morgen den Computer vorbeizubringen, »Treffpunkt: zwölf Uhr vor dem Eingang des Gebäudes«. Amal ist beeindruckt von dem Vorschlag, heißt das doch, Clara weiß oder vermutet, dass die bewohnten Zimmer im Heim weder durch separate Klingeln noch ein internes Telefon zu erreichen sind. Kurz bevor Amal ihre Antwort abschicken will – Ja, morgen Mittag gehe in Ordnung –, wirft sie noch einen letzten, prüfenden Blick auf ihre Zeilen, auf Claras Nachricht und stockt: Clara hat nicht nur ihr geschrieben, sondern die Nachricht an Amal noch an eine weitere Adresse gesandt, eine Gmail-Adresse, die auf den Namen »Tarun Sarkar« läuft. »Sarkar« klingt pakistanisch, denkt Amal, und ihr wird kalt.

Beiläufig, während er seine Post durchgeht, fragt Tarun sie am Abend, wer Amal sei. Verblüfft bleibt Clara im Zimmer stehen.

»Ist sie eine der Ärztinnen, die du auf dem Kongress kennengelernt hast?«

Clara sieht Tarun an, versucht noch immer, zu verstehen, wie er auf Amal kommt. Da deutet Tarun auf seinen Laptop, der aufgeklappt vor ihm auf dem Tisch steht: »Der du gestern die Mail geschickt hast, wegen eures Treffens morgen.«

Jetzt begreift Clara. Sie muss die Nachricht für Amal versehentlich auch an Tarun gesendet haben! Wie sie es öfters machen, um den anderen über die eigenen Pläne zu informieren.

Clara schüttelt den Kopf und antwortet: »Nein, sie ist keine Kollegin.«

Stille. Tarun blickt sie an, versucht offenbar herauszufinden, ob Clara weitersprechen wird.

»Amal ist Irakerin. Sie ist aus Bagdad geflohen und hat hier Asyl beantragt. Sie lag auf der Straße, ich habe –« Amal hält inne, sucht nach den geeigneten Worten.

»Du hast sie im Krankenhaus behandelt?«, fragt Tarun.

Clara zögert, überlegt kurz, wie es klingen würde, wenn sie jetzt von einem Unfall vor knapp zwei Wochen erzählte, und erwidert: »Ja«, dann redet sie schnell weiter: »Amal hat mir erzählt, dass sie oft mit ihrer Mutter in Bagdad spricht, aber kein Telefon oder einen Computer besitzt, um in dem Asylantenheim, in dem sie lebt, kostenlos telefonieren zu können. Da fiel mir ein, dass ich ihr doch meinen alten Laptop leihen kann, den im Keller.«

Tarun nickt zustimmend, er findet die Idee offensichtlich gut und auch nicht erstaunlich. »Das ist nett von dir«, sagt er liebevoll, lehnt sich in seinen Stuhl zurück und streckt die Arme aus. Clara tritt zu ihm und umfasst seinen Kopf, sie streicht über Taruns schwarze, durch den stufigen Haarschnitt besonders dick wirkenden Haare, fährt mit ihrem Mittelfinger über seine schmale Nase, die weichen Lippen, und als Taruns Hände an ihre Hüfte greifen, weiß Clara, dass ihr Gespräch erst einmal beendet ist.

Was nicht bedeutet, dass die Angelegenheit damit aus der Welt wäre. Das Kopfschütteln kommt später, als sich Clara im großen Badezimmerspiegel sieht und bei so viel Glas ihrem eigenen Blick nicht entkommt. Warum hat sie vorhin diesen Unsinn erzählt, hat Tarun zu verstehen gegeben, sie sei Amal im Krankenhaus begegnet? Warum hat sie gelogen? Ja, gelogen! Natürlich, es war nur ein Satz, ein Detail, auf dem Tarun bestimmt nicht pedantisch beharren wird; selbst wenn er und Amal sich irgendwann begegnen sollten, wird sie das nicht ins Schwitzen bringen. Clara greift nach ihrer Haarbürste, Tarun ist auch nicht jemand, der sich bei Dingen, die er selbst gar nicht gesehen hat, als Moralist aufspielt; er hätte ihr sicherlich auch dann, wenn sie zugegeben hätte, Amal aus Versehen angefahren zu haben, keine Vorwürfe gemacht, hätte sie wahrscheinlich eher beruhigt, gesagt, das könne jedem passieren. Doch gerade deshalb fehlt jegliche Erklärung dafür, warum sie sich derart dämlich, unnötig dämlich verhalten hat.

»Etwas in dir hat dich gedrängt«, hört sie ihre Mutter raunen und dabei so ironisch lächeln, als meine sie das nur halb ernst. Dabei meint ihre Mutter derartige Sätze vollkommen ernst, ihr ganzer Beruf beruht darauf, das, was »in einem drängt«, ernst zu nehmen und zur Sprache zu bringen.

»Und bist du nicht willig, so brauch' ich halt mehr Stunden, mein wendiger Komplex, ich krieg' dich schon zu fassen!«, pflegte Vater früher oft zu scherzen, worauf »Lou«, ihre Mutter Louisa, die Augenbrauen hob und wissend lächelte, ein Lächeln, das sagte: Glaub du nur, Jürgen, das sei ein Witz …

Clara dreht den Wasserhahn auf und greift nach der Seife in der Schale. Wie es ihre Eltern schafften und noch immer schaffen, trotz – oder vielleicht gerade wegen – dieser stets auf ironische Weise ausgesprochenen Differenzen den Respekt für einander zu wahren, wie es ihnen gelingt, ehrlich miteinander zu sein, ohne Streit anzufangen, das hat Clara schon als Jugendliche bewundert. Auch wenn sie weiß, dass dieses Kunststück nicht zuletzt aufgrund der sanftmütigen, ruhigen Natur ihres Vaters gelingt; wie ihre Mutter, die stets darauf beharrt, das letzte Wort zu haben, mit einem cholerischeren, streitsüchtigeren Partner zurechtkäme – das ist eine interessante Frage, denkt Clara, dreht den Hahn wieder zu und trocknet sich die Hände. Zudem lehnt ihr Vater die Psychoanalyse, mitsamt den Therapien, die »Lou« tagtäglich vollzieht, ja auch nicht grundsätzlich ab. »Wir ergänzen uns doch wunderbar«, erklärt er gern, »du versuchst, die Menschen von innen zu verstehen, ich sie von außen.« Sagt er, der Historiker, der in seinen komplexen, packend geschriebenen Studien zur frühen Neuzeit in Mitteleuropa und in den letzten Jahren auch zum modernen China versucht, den Menschen mit Blick auf Zeit und Umfeld, Krieg und Frieden, Hunger und Wohlstand, Diktatur und Freiheit zu begreifen. Ein Blick von außen nach innen, dem sie sich nah fühlt, denkt Clara, als sie das Licht im Bad ausschaltet und hinüber ins Schlafzimmer geht. Und weil sie sich in dem Punkt ähneln, war es auch kein Zufall, dass ihr Vater damals, nach ihrer Reise durch den Maghreb, als Einziger sofort verstanden hat, warum sie Medizin studieren wollte: nicht, um, wie viele glaubten, ihrer Mutter zu folgen, sondern um das Äußere, den Körper wiederherzustellen und so auch das Innere zu stärken. Um den Menschen zu helfen, indem man mehr »näht als bohrt«, wie Jörg, ihr Chef auf der Unfallstation, einmal so treffend gesagt hat.

Clara greift nach dem Hemd unter ihrem Kopfkissen, streift es sich über und will gerade die Bettdecke aufschlagen, als Tarun ins Zimmer tritt.

»Clara«, sagt er, »wenn du der Irakerin deinen Laptop zum Telefonieren geben möchtest, braucht sie dann nicht auch ein Headset?« Und ohne die Antwort abzuwarten, fährt Tarun fort: »Nimm doch meins, wenn du möchtest, ich habe es auf den Esstisch gelegt. Morgen früh bekomme ich ein neues, wir haben im Büro immer ein paar in Reserve.«

Clara nickt, sieht Tarun nach, der weiter ins Bad läuft, und es überkommt sie eine Woge an Zartgefühl. Taruns Großherzigkeit, die Selbstverständlichkeit, mit der er sich in die Situation ihm fremder Menschen hineindenkt, sind ein paar der Dinge, die sie an ihm liebt.

Als Tarun wenig später zurückkehrt, sucht Clara seinen Blick und fragt: »Weißt du noch, wie wir zum ersten Mal gemeinsam laufen gegangen sind?«

Tarun tritt näher und erwidert schmunzelnd: »Als du deine Puls-Uhr dabeihattest und mir deinen Herzfrequenzsensor umgebunden hast? Selbstverständlich. Sie haben mir nach dem Lauf ein vergrößertes Herz attestiert, Frau Doktor. Ein ›Langstreckenläuferherz‹.«

»Ein ›Marathonläuferherz‹«, präzisiert Clara, lächelt und streckt die Hand aus.

Sie schläft auch in dieser Nacht schlecht, steht mehrfach auf und murmelt halblaut, dass die Sache mit Sicherheit leicht zu klären sei. Der zweite Adressat muss ein Versehen gewesen sein beziehungsweise eine Person, die nichts mit dem zu tun hat, was ihr seit gestern durch den Kopf geht. Denn wenn die Leute, die ihren Vater – vielleicht – in ihren Händen haben, ihr tatsächlich bis nach Deutschland gefolgt wären und hier den pakistanischen Geheimdienst auf sie angesetzt hätten, von dem niemand genau weiß, mit wem er wirklich kooperiert, dann wären diese Agenten bestimmt nicht so fahrlässig und setzten die Adresse einer ihrer Mitarbeiter in das offene Adressfeld einer Mail. Es sei denn, Amal sollte darauf stoßen, sie sollte misstrauisch werden, es war eine versteckte Nachricht, die sie zu ihrem eigenen oder ihres Vaters Wohlergehen entschlüsseln sollte … Amal schüttelt den Kopf, schüttelt ihn lange: Wäre Clara ihr vors Fahrrad gelaufen, hätte das Ganze geplant sein können, so aber war es ein Zufall, ein ganz normaler Unfall. Sicher.

Amal legt sich wieder ins Bett und ärgert sich über ihre paranoiden Spekulationen. Ein Mann mit einem in Europa ungewöhnlichen Namen, wahrscheinlich ein Bekannter von Clara, dessen Adresse versehentlich in das Adressfeld gerutscht war, lässt sie nicht schlafen? Obwohl seine Identität doch bereits geklärt ist! Als sie gestern im Internetcafé nachschaute, fand sie bei der Suche nach dem Namen »Tarun Sarkar« ein Profil auf LinkedIn, das den gebürtigen Inder Tarun Sarkar als Architekten ausweist, der seit drei Jahren hier in Berlin in einem Architekturbüro arbeitet. Davor hatte er in London gearbeitet, wo er auch studiert hat. Das zu dem Profil gehörende Foto zeigte einen sympathischen, ernst und gleichzeitig offen in die Kamera schauenden Mann in Claras Alter, und das Bild entsprach dem Mitarbeiterfoto auf der Webseite des Berliner Architekturbüros. Würde sich ein pakistanischer Agent in ein solches Büro, in dem sonst nur Deutsche und ein paar europäische Ausländer arbeiten, einschleusen können? Ein Agent, der immer dann, wenn es fachlich wird, verstummt? Nein!, will Amal sich zurufen, sie will über ihre Vorstellungskraft lachen, doch dafür ist sie zu müde. Es sei denn, der Agent ist ausgebildeter Architekt … Und wer kann hier nachprüfen, ob er wirklich aus Indien stammt? Amal vergräbt ihren Kopf so tief im Kissen, dass sie ihn nicht mehr schütteln kann, und wartet auf den Morgen.

An Schlaf ist, so erschöpft sie ist, nicht zu denken. Erinnerungen, gewollte und ungewollte, werden in Amal lebendig. Die Zelle im Gefängnis von Edirne. Das Rechteck mit den vier Betten zwischen den dicken Steinwänden, in dem der Schweiß von Jahren stand. Manchmal hatte sie nachts in der Zelle das Gefühl, nicht die Steinwände wären solide Materie, sondern die alte, schwere Luft dazwischen. Sie konnte die Frauen, die vor ihr in der Zelle geatmet und geschlafen haben, riechen, die Luft war durchsetzt von Schweißschichten, mal süßer, intimer, dann saurer, lederner Schweiß, und in den Ecken alles durcheinander, toxisch beißend. Und mittendrin sie, auf ihrer Pritsche, der schimmelnden Matratze, um sie herum die drei anderen Frauen, die alle nicht auf der Flucht und älter waren als sie. Waren es politische Gefangene? Sie hat es nicht herausbekommen, die Frauen redeten nicht mit ihr, dachten wohl, das lohne sich nicht, wussten vermutlich, dass Amal nicht lange bleiben würde. Drei Tage. Die längsten drei Tage ihres Lebens.

»Weißt du, was das Schlimmste war?«, hatte sie nach ihrer Rückkehr zu Großmutter gesagt, »dass ich in keiner Sekunde vergessen konnte, wo ich war. Das Wegfliegen in Gedanken funktionierte nicht mehr. Tiefer, unbewusster Schlaf war unmöglich. Die Mauern gingen bis hier –« Amal fasste sich an die Stirn, dann an die Brust, worauf Ischtar ihr behutsam mit ihrer faltigen Hand über das Haar strich: »Beim nächsten Mal wird es klappen, Amal.« Amal senkte den Kopf, und Großmutter redete weiter, redete mit ihrer ruhigen, angenehm dunklen Stimme: »Und wenn du dann in Deutschland bist, Amal, wirst du Deutsch lernen und mir irgendwann, im Frühjahr, ein blaues Veilchen schicken, ja? Es gibt da nämlich etwas, das du noch nicht weißt, hör zu. Am Morgen nach der Revolution, am zweiten Tag unserer Unabhängigkeit im Juli 1958 fand ich auf der Straße, kurz vor dem Eingang zum Sûk, ein Veilchen in einem kleinen, ledernen Heftchen; vermutlich ein Andenken aus der Heimat, das der Brite, der am Vorabend an dieser Stelle zusammengeschlagen worden war, bei sich getragen hatte. Ich blieb stehen, betrachtete das Veilchen, war fasziniert von seinem intensiven und doch zarten Blau. Als ich hinter mir Leute hörte, hob ich das Veilchen in seinem Etui auf, nahm es mit nach Hause und legte es in ein Kästchen. Hin und wieder schaute ich es an, strich über die feinen Blüten, bewunderte das Blau, doch die Farbe verblasste mit den Jahren, und die Blüten zerfielen immer mehr. Ich würde so gerne«, sagte Großmutter und drückte Amals Hand, »noch einmal ein frisches Veilchen sehen, es berühren, im besten Fall riechen, ein wild gewachsenes Veilchen, ja, Amal? Versprichst du mir das?«

Amal dreht sich im Bett um, sie hat es versprochen und Großmutter das Veilchen noch immer nicht geschickt. Sie wollte damit warten, bis sie ihren Asylbescheid hat, die Nachricht, ob sie auch wirklich bleiben kann, erinnert sich Amal und hört draußen einen ersten Vogel.

Als sie Clara durch die Einfahrt treten und über den Parkplatz laufen sieht, nimmt Amal sich Zeit, um sie zu beobachten. Claras schlanke Beine stecken heute in hohen Stiefeln, auf dem Rücken trägt sie einen Lederrucksack, in dem sich wahrscheinlich der Laptop befindet, und ihre hellen Locken wippen im Takt ihrer Schritte, sie ist schön, denkt Amal auf einmal, grazil und filigran, scheint sich dessen aber nicht bewusst zu sein, sie läuft schnell und getrieben, mit eingezogenen Schultern, ein Fohlen, denkt Amal wie schon nach ihrem ersten Treffen, ein junges Rennpferd, leicht zu verunsichern, sucht Halt im Rhythmus der Schritte, doch wenn sie den gefunden hat und wie jetzt auf den letzten Metern aufschaut, wirkt gerade Claras vernebelter Blick, ihre nachdenkliche Versunkenheit entwaffnend, liebenswert. Ihre Fähigkeit, gleichzeitig abwesend und hoch konzentriert auszusehen.

Sie müsse sich entschuldigen, erklärt Clara umgehend, noch während sie sich die Hände schütteln. »Meine Mail an dich – ich habe sie aus Versehen auch an meinen Freund geschickt. Verzeih mir, das war ein Fehler. Ich war einfach unaufmerksam, wir machen das manchmal so, um den anderen zu informieren. Du kannst dich aber darauf verlassen, dass Tarun deine Adresse nicht weitergeben oder sonst etwas damit tun wird.« Clara klopft in einer etwas umständlichen Verrenkung auf den Rucksack in ihrem Rücken: »Dort drin ist ein Bild von ihm. Du wirst sehen, ein netter Typ.«

Amal lächelt, heimlich oder offensichtlich, wer weiß das schon, und denkt, dass sie von Clara auch nichts anderes erwartet hat. Pferde sind keine Spione. Spione sind Füchse, oder Schlangen.

Amals Gesicht ist nicht zu entnehmen, ob sie eine Erklärung erwartet hat. Kurz zucken ihre Lippen, so flüchtig, dass die Bewegung, die vielleicht nur ein Reflex war, nicht zu deuten ist. Dann lacht Amal und erklärt: »Schon in Ordnung.« Ihr Kopf kommt näher, und aus ihrem Lachen wird ein Lächeln: »Dein Wunsch nach Offenheit ehrt dich, Clara. Bei uns zu Hause sagt man: Das Haus der Freundschaft hat offene Türen und klappernde Fenster.«

Clara lacht, die Bemerkung freut sie, zumal Amal auf einmal so gelöst wirkt, lockerer noch als beim letzten Mal, geradezu fröhlich. Ohne zu zögern akzeptiert sie Claras Einladung, den Computer in einem Café oder Imbiss zu übergeben, und sie machen sich auf den Weg.

Während sie heute bei Sonnenschein den gleichen Weg wie beim letzten Mal zurücklegen, fällt Clara auf, dass Amal heute mehrfach stehen bleibt und die Blumen anschaut, die am Wegrand, in den Vorgärten oder an den Straßenkreuzungen in Beeten wachsen. Schlüsselblumen, Nelken und immer wieder Löwenzahn. In einem Vorgarten kurz hinter dem Straßenzug mit den tristen Hausfassaden blühen sogar schon zwei Kirschbäume, die Clara bei ihrem letzten Besuch nicht wahrgenommen hat oder die tatsächlich erst gerade angefangen haben zu blühen.

»Meine Großmutter«, sagt Amal, »ist eine profunde Pflanzenkennerin. Ihr Garten ist um diese Jahreszeit ein Farbenmeer, auch ihre Lieblingspflanze, ein großer, pinkfarbener Oleander, blüht jetzt.«

Amal erzählt, dass ihre Großmutter den Garten selbst pflege, »nur ganz selten fühlt sie sich zu schwach dafür, meist kurz nach einem Zuckerschock, sie ist Diabetikerin, oder wenn ihr Blutdruck sehr hoch ist.«

»Nimmt deine Großmutter Medikamente?«, fragt Clara.

»Meine Mutter spritzt ihr Insulin«, antwortet Amal, »dazu nimmt sie Tabletten gegen den Bluthochdruck.«

»Gut«, sagt Clara und denkt: Wahrscheinlich ACE-Hemmer oder Diuretika.

»Weißt du, wie diese Pflanzen heißen?«, fragt Amal und deutet auf ein Beet voller lila und gelber Stiefmütterchen.

Stiefmütterchen – denkt Clara, ohne zu wissen, wie die Blumen auf Englisch heißen; »Stepmothers« doch wohl kaum. Das seien »Stiefmütterchen«, eine spezielle Veilchensorte, antwortet Clara, den genauen Namen auf Englisch kenne sie leider nicht. Inwiefern es »spezielle Veilchen« seien, will Amal wissen.

Clara runzelt die Stirn, wenn sie das so genau sagen könnte. Sie kann sich nicht einmal erinnern, woher sie weiß, dass Stiefmütterchen zur Gattung der Veilchen gehören; wahrscheinlich hat ihr das ihre Großmutter erzählt, die in jedem Frühling Stiefmütterchen in die Blumenkästen auf ihrem Balkon pflanzt.

»Nun«, erwidert Clara, »Stiefmütterchen sind oft zweifarbig, ihre Blüten sind rund und überlagern sich, so wie hier –«, Clara deutet auf das Beet neben ihnen, »die klassischen Veilchen dagegen haben nur eine Farbe, sind meist blau, oder violett, sie duften gut und ihre Blüten fächern großzügiger aus«, erklärt Clara und deutet mit den Händen eine aufgehende Blüte an.

Amal nickt, wirkt aber enttäuscht. »Und wo finde ich die klassischen, blauen Veilchen?«, fragt sie drängend.

»Im Wald, unter Büschen oder Bäumen«, antwortet Clara, »auch in dem Wäldchen hinter dem Heim müsstest du sie finden.«

Das freut Amal offensichtlich. Prompt wieder fröhlich erzählt sie, sie habe ihrer Großmutter versprochen, ihr ein blaues Veilchen aus Europa zu schicken. »In Bagdad gibt es diese Veilchen, die wild am Wegrand wachsen, nämlich nicht.«

Das erstaunt Clara keineswegs.

»Veilchen brauchen nicht nur Sonne, sondern auch Schatten«, sagt Clara, »und vor allem feuchte Erde. Und Regen gibt es hier in Deutschland, wie du sicher auch schon gesehen hast, wahrlich genug.«

Amal nickt und rollt mit den Augen.

Wie es dazu gekommen ist, dass sie gut zwei Stunden später zwei Kaffee mit Rum bestellen – ja, für jeden einen! –, kann Clara nicht genau sagen. Sicher ist, dass sie viel gelacht, über Babylon, Amals Familie, das Atmen, den Herzmuskel während eines Sprints, Tarun, das Ischtar-Tor in Berlin, Lebertumore in einem Land mit an Einfluss gewinnenden Imamen und über Amals zwei Fluchten gesprochen haben und dass Clara nach all dem das Gefühl hat, die Frau, die ihr da gegenübersitzt und die auf jeden Fall kein Mädchen, sondern eine Frau ist, zu kennen und zu mögen. Wenn Amal etwas Mädchenhaftes an sich hat, ist es allenfalls ihre unverblümte Schlagfertigkeit, denkt Clara, oder ihr unverstellter Scharfsinn, denn wie Amal von ihrer Zeit im Gefängnis gesprochen hat, hatte Clara die Sprache verschlagen. Weder dramatisierend noch banalisierend, in vollem Bewusstsein ihrer damaligen Ängste hatte Amal von den Tagen in der Gemeinschaftszelle erzählt und dabei genau benannt, was so schwer zu ertragen war: »In einem Gefängnis eingesperrt zu sein, ist nicht, wie in einer Höhle nach einem Erdrutsch verschüttet zu sein. Du bist permanent einem menschlichen Willen, entweder reiner Willkür oder dem Gesetz, ausgeliefert, und es ist unmöglich, das jemals zu vergessen. Wenn du jedoch das Gesetz, das dich bestraft oder das zumindest dein Eingesperrtsein zulässt, nicht akzeptieren kannst, weil es deinem Verständnis von Gerechtigkeit und Recht widerspricht, kann dich diese Strafe kaputtmachen. Sie kann dich innerlich zersetzen, dich alles erst befragen, dann verfluchen und dich schließlich verzweifeln lassen«, hatte Amal gesagt, ganz sachlich. Nicht kühl, aber auch nicht wütend.

Clara hatte nicht gewusst, was sie erwidern sollte, ob auf eine solche Aussage, die mehr als eine Feststellung, eine Erfahrung war, überhaupt etwas erwidert werden konnte.

Amal erzählte, wie sie nach drei Tagen entlassen wurde, jedoch nicht freikam, sondern noch im Gefängnishof gemeinsam mit den zwei anderen Jungen, mit denen sie an der türkisch-griechischen Grenze gefasst worden war, in ein Auto der türkischen Polizei gesetzt wurde. In Handschellen wurden sie aneinandergefesselt und einmal quer durch die Türkei bis zur irakischen Grenze gefahren. »Wir waren zwar wieder zusammen, doch keiner sagte viel. Das Scheitern lag schwer auf unseren Schultern.« Die zwei jungen Männer, mit denen Amal geflohen war, Sami und Rachid, hatten die drei Tage im gleichen Gefängnis, jedoch in einem anderen Trakt verbracht, und auch dort hatte es, wie Amal berichtete, nur in der Zelle zu essen gegeben. »Als sich Sami einmal bei einem Wächter, den er nicht so übel fand, über die Zustände beschwerte, erzählte der ihm leise, das neu gebaute Abschiebelager in der Nähe sei schon seit Anfang des Sommers überfüllt, dort gäbe es ›viel eher Nahrungsengpässe‹, Sami sollte froh sein, nicht da warten zu müssen. Froh!«, wiederholte Amal.

Nach mehr als einem Tag ununterbrochener Fahrt in dem Polizeiauto kamen sie dann im Südosten der Türkei an. »Dort, an der Grenze zu Kurdistan, sagten die türkischen Polizisten nur:

›Go! And good luck‹, in einem Ton, dem nicht zu entnehmen war, ob sie das sarkastisch oder ehrlich meinten. Vielleicht wussten es die jungen Burschen, diese geschorenen Windhunde selbst nicht«, murmelte Amal in ihr Taschentuch und putzte sich die Nase.

Amal erzählte von der Zeit in Bagdad nach ihrer ersten und vor der zweiten Flucht, von ihrer Angst, es noch einmal zu riskieren, ihren langen Gesprächen mit Rauya und ihrer Großmutter Ischtar, von den Recherchen und schließlich ihrem Entschluss, es beim zweiten Mal mit gefälschten Papieren zu versuchen. »Das gilt mittlerweile als das Sicherste«, sagte Amal und fasste sich an die Stirn. »Es ist unglaublich, stell dir vor: Erst hier, durch die Menschen vom Flüchtlingsrat habe ich erfahren, dass der Wald im türkisch-griechischen Grenzgebiet, durch den man uns das erste Mal hatte schleusen wollen, im letzten Sommer bereits so gut wie unpassierbar war! Sie bauen dort eine Mauer, oder haben sie schon gebaut, das ganze letzte Jahr über, mittlerweile ist sie fertig, heißt es.« Amals Hand fuhr langsam über ihren Hinterkopf. »Hier, in Deutschland, wissen die Leute durch das Internet und die Zeitungen besser über das Grenzgebiet Bescheid als wir damals! Dabei genießt die Kontaktperson in Istanbul, an die Rauya und ich uns beim ersten Mal gewandt haben, im Irak einen guten Ruf. Der Mann, der selbst in den Neunzigerjahren aus dem Irak geflohen ist, hat in den letzten Jahren immer wieder Menschen aus unserer Gegend, auch entfernte Bekannte von Rauya, sicher nach Europa gebracht. Aber scheinbar –«, Amal stockte, »hat er im letzten Jahr beschlossen, sich auf diesem Ruf auszuruhen. Er hat einfach weitergemacht, die gleichen Routen benutzt und uns eingeredet, das wäre eine sichere Nummer, obwohl auf deutschen und englischen Internetseiten bereits zu lesen war, mit wie vielen Wärmekameras und Spürhunden der wachsende Grenzzaun bewacht wurde …« Amal schüttelte den Kopf, und Clara fragte sich, ob Amal damals in Bagdad nicht selbst im Internet nach englischen Berichten über das Grenzgebiet hätte suchen können? Doch selbst wenn – wie entscheidend ist das, wenn dir die Angst im Nacken sitzt und dir ein erfahrener Schleuser versichert, das sei für seine Leute Routine, wäre eine »sichere Nummer« …

»Zum Glück hat es ja beim zweiten Mal geklappt«, sagte Clara. Auch wenn Amal von dieser Flucht nicht, wie zu vermuten wäre, gelassener, beschwingter sprach, das Gegenteil war der Fall. Mehrmals hatte Clara das Gefühl, Amal müsse sich regelrecht dazu überwinden, von diesem Teil ihrer Flucht zu reden, sie wollte davon erzählen, sprach aber mitunter hektisch schnell und kämpfte immer wieder gegen einen inneren Widerstand.

In einem Auto, »einem roten Ford«, wie Amal sagte, und mit falschen Papieren hatte man sie in gut anderthalb Tagen einmal quer durch Osteuropa, vom Norden der Türkei bis nach Österreich gefahren. Der Fahrer war ein kurdischer Türke, der mit seiner Familie, seiner Frau und einem kleinen Mädchen, die mit im Wagen saßen, schon seit Jahren in Österreich lebte. »Der Wagen platzte aus allen Nähten, war vollgestopft mit Essen, Stoffen, Tabak, ein Geruch, du glaubst es nicht. Aber genau so sollte es ja sein, das war die Strategie: Rückkehr der Familie aus dem Sommerurlaub in der Heimat.« Clara hatte nicht sofort verstanden, was Amal damit meinte, wurde sie als Teil der türkischen Familie ausgegeben? »Ja«, erklärte Amal und grinste ein wenig irre: »Meinem Pass zufolge war ich eine Türkin, die seit Jahren in Österreich lebt, und das, obwohl ich damals weder Türkisch noch ein Wort Deutsch sprach!« Aber man hatte ihr versichert, sagte Amal, mit dem gefälschten Pass, der genau wie die anderen Pässe der Familie aussah, sollte das alles kein Problem sein. »Unser Kontaktmann hat uns erklärt, bei Familien sähen sich die Grenzsoldaten meist nur die Pässe der Eltern, vor allem den des Vaters genau an, die türkischen Grenzposten kontrollierten bei der Ausreise ohnehin nicht so streng, und spätestens nach der Einreise ins benachbarte Bulgarien spräche eh keiner mehr Türkisch – und noch nicht Deutsch.«

In Claras Ohren hatte das alles mehr als abenteuerlich geklungen, doch offensichtlich behielt der Kontaktmann recht, denn wie Amal berichtete, hatte es an den Grenzübergängen keine wirklichen Schwierigkeiten gegeben, zumindest keine, die nicht durch helfende Hände gelöst werden konnten …

»An der Grenze von der Türkei nach Bulgarien mussten wir nicht einmal das Auto verlassen, wie der Typ vorausgesagt hatte«, erzählte Amal, »schwierig wurde es erst bei der Einfahrt nach Serbien. Da war es schon dunkel, wir mussten aussteigen, und es kamen Hunde. Sie schnüffelten am Auto herum, während ein Beamter unsere Pässe kontrollierte und uns dabei der Reihe nach mit einer Taschenlampe ins Gesicht leuchtete.« Amal holte Luft. »Ich bekam Angst, ich wurde regelrecht panisch. Irgendwie erinnerte mich plötzlich alles an die letzte Flucht: die Nacht, der nahe Wald, die Feindseligkeit der Beamten, der Hunde. Ich fragte mich, was passierte, wenn hier meine falschen Papiere aufflögen, wohin man mich bringen würde, in ein bulgarisches Gefängnis? Und dann? Meine rechte Hand zitterte, mir brach der Schweiß aus, und ich dachte, dass mich diese zitternde Hand bestimmt verraten wird, aber dann –«, Amal stockte, »spürte ich auf einmal eine Hand in meiner. Yasmin, das Kind der Familie, meine ›Schwester‹, hatte meine Hand mit ihrer kleinen Kinderhand ergriffen, sie lehnte sich an mich und gab mir so Halt. Ich erinnere mich genau«, sagte Amal leise, »ihre Hand war warm und trocken.«

»Wie alt war das Kind?«, fragte Clara. »Verstand sie schon, was vor sich ging?«

Amal hob die Schultern: »Ich glaube, ja. Ich kann ihr Alter schwer schätzen, fünf oder sechs Jahre vielleicht.«

Amal trank einen Schluck und sprach weiter: »Ich habe mich hinterher auch oft gefragt, was Yasmin bewogen hatte, wie ich auf sie gewirkt haben musste im Auto, uns unterhalten konnten wir ja nicht. War Yasmin diese Mitfahrer gewöhnt? Hatte sie auch schon anderes erlebt – Mitfahrer, Mitfahrerinnen, die auf halbem Wege verschwanden? Ich will gar nicht darüber nachdenken«, Amal machte eine abwehrende Geste, »wie auch immer, Yasmin schien mich zu mögen. Wir haben im Auto auf der Rückbank aus Orangenpapieren kleine Häuser gefaltet, mit Gummibändern haben wir Figuren gebastelt, wir haben gespielt, ganz einfache Spiele, und es hat mich erstaunt, dass sie keines davon kannte.« Amal lehnte sich zurück, ihre Augen wanderten durch das Café und kehrten dann zu Clara zurück. »Es war eine komische Familie. Die Mutter sprach die ganze Zeit kein Wort – und wir waren schließlich um die dreißig Stunden unterwegs –, sie redete nur manchmal kurz auf den Rastplätzen mit ihrem Kind. Sie deckte Yasmin mit einer Decke zu, sorgte dafür, dass sie genug trank, und schwieg sonst. Der Vater, ein Kurde, der ganz passabel Arabisch sprach, war dafür umso redseliger, gerade gegen Ende der Tour, als wir bereits in Kroatien und später in Österreich waren.« Amal trank ihren Kaffee in einem Zug aus. »Nachdem er in Kroatien auf einem Parkplatz zwei Stunden geschlafen und drei Kaffee getrunken hatte, begann er auf mich einzureden. Es war ihm offenbar ein Bedürfnis, mir zu erklären, warum er mir half, er sagte immer wieder, er mache es nicht wegen des Geldes, so gut bezahlt sei das nicht, das meiste würde Yusuf, der Kontaktmann, für sich und die Passfälscher behalten.

Er mache diese »Dienste«, wie er sagte, weil das seine »Form des Protestes« gegen die aktuelle Gesetzeslage in der europäischen Union sei. Er, der als Kurde in der Türkei ständig diskriminiert worden sei, habe selbst vor Jahren in Österreich Asyl beantragt, und er wisse, wie sich das anfühle: »Sie behandeln dich nicht wie Menschen, sondern wie Menschen zweiter Klasse. Sie holen uns, wenn sie Leute brauchen, die für sie die Drecksarbeiten machen, aber wenn du aus anderen Gründen kommst, weil du zu Hause verfolgt oder bedroht wirst, wollen sie nur wissen, ob du auch wirklich direkt aus der Heimat zu ihnen ins Amt geflogen bist!«

»Aber das ist doch –«, dachte Clara laut, ohne den Gedanken zu Ende zu sprechen.

»Natürlich hat er recht«, erwiderte Amal schnell, »das ist es ja gerade: Er war mir sympathisch, so sympathisch, dass ich es dann, obwohl es vorher so abgemacht war, fast merkwürdig fand, als er mich auf einem Parkplatz bei Salzburg einfach absetzte und mir zum Abschied nur kurz zuwinkte, nicht einmal die Hand reichte. Ohne zu fragen, wie ich von dort aus weiterkommen wollte, ohne mir eine Flasche Wasser von seinen Vorräten zu geben. Meinen Pass hat er auch behalten.«

»Er hat dir den Pass nicht gegeben?«, fragte Clara überrascht.

Amal nickte: »Den brauchte ich ja nicht mehr, ich war doch so gut wie am Ziel, in der EU, im Schengen-Gebiet. Und als falsche Türkin hätte ich eh kein Asyl beantragen können.«

Stimmt, dachte Clara.

»Das ist nicht der Grund, warum mir der Vater im Nachhinein ein wenig merkwürdig vorkommt. Das hat mehr mit Yasmin zu tun«, sagte Amal und blickte an Clara vorbei.

»Mit Yasmin?«, wiederholte Clara.

Amal nickte und redete auf einmal sehr schnell: »Ich weiß nicht, vielleicht ist es nur Einbildung, aber irgendwie kam es mir komisch vor, wie er mit Yasmin, seiner Tochter, umging. Auf der einen Seite war er so offen, war in seinem Rededurst, seiner Empörung über die Gesetze geradezu vertrauenerweckend, ich glaubte ihm, dass er mir nicht nur wegen des Geldes half. Doch was Yasmin anging – war da so eine Distanz zwischen ihnen. Yasmin schien keine Angst vor ihm zu haben, sie beantwortete seine Fragen, kannte ihn offenbar, aber sie benahm sich nicht so, als wäre er ihr Vater, es gab so gut wie keinen Körperkontakt zwischen ihnen, nicht diese Vertrautheit wie mit ihrer Mutter. Dabei hat Yasmin meine Hand genommen, sie war wirklich kein schüchternes Mädchen!« Amal verstummte kurz, sprach dann weiter: »Im Nachhinein wurde mir klar, dass Yasmin ihren Vater niemals ›baba‹, ›Papa‹, genannt hat.«

Wieder eine Pause.

»Hast du ihre Pässe gesehen?«, dachte Clara laut.

Amal lächelte, als sei ihr die Überlegung vertraut. »Nein. Ich weiß, was du dich fragst, ich habe mich das auch gefragt: Ist Yasmin nicht seine Tochter? War die Frau nicht seine Frau? Warum sind sie dann mitgefahren? Waren sie auf der Flucht, wie ich? Sprachen sie wirklich Türkisch? Ich meine, ja, und trotzdem – werde ich es wohl nie genau wissen«, mutmaßte Amal, »doch dann sage ich mir, dass es mich letztendlich auch nichts angeht. Vielleicht soll man Menschen einfach das Recht auf ihre Geschichte lassen.«

Ein Satz, bei dem Clara gerne nachgefragt hätte, wie genau Amal ihn meinte. Doch Amal stand auf, entschuldigte sich, ging zur Toilette, und als sie wiederkam, wirkte sie entrückter, nicht so konzentriert wie eben.

Um Amal in ihr Gespräch, die Nähe von eben zurückzuholen, fragte Clara vorsichtig: »Und wie bist du dann weiter, von Salzburg aus nach Deutschland gekommen?«

Amal hob die Augenbrauen, als wäre das eine längere Geschichte. »So nah an Deutschland wollte ich es unbedingt noch über die Grenze schaffen, denn Deutschland kannte ich aus Rauyas Erzählungen.«

»Was genau hat Rauya dir erzählt?«, wollte Clara wissen.

»Ich wusste zum Beispiel, dass sich in Berlin, der deutschen Hauptstadt, ein wichtiges Bauwerk unserer Geschichte befindet, das Ischtar-Tor, das den Namen jener Göttin trägt, nach der auch meine Großmutter benannt wurde. Über Österreich wusste ich nichts, außer, dass es bergig ist.« Amal blickte in Richtung Fenster, dann zurück zu Clara. Sie richtete sich auf und verschränkte ihre Finger, entschied offenbar, die Geschichte bis zu ihrem Ende zu erzählen: »Nachdem mir Yasmin zum Abschied durch das Heckfenster gewunken hatte und der rote Ford weg war, fühlte ich mich plötzlich einsam, nicht frei. Mir war kalt, ich war müde und das Einzige, das ich wusste, war, dass die Straße vor mir in wenigen Kilometern über einen Grenzübergang, an dem angeblich nicht kontrolliert wurde, direkt nach Deutschland führte. Das heißt, ich musste nur einen Wagen finden, der mich mitnahm. Ich setzte mich also hin und wartete. Eine, fast zwei Stunden. In dem Auto, das schließlich hielt, saß ein älterer Mann. Ich verstand nicht, was er sagte, da sagte er auf Englisch: ›Come in.‹ Kaum saß ich neben ihm, fasste er sich in den Schritt und fuhr sich mit der Zunge über die Oberlippe. Ich riss die Tür auf, sprang aus dem Auto, zum Glück ging das – und rannte davon, ich rannte einfach in den Wald.« Amal drückte auf ihre Augenlider: »Doch ich war so müde, das plötzliche Alleinsein, der Temperaturunterschied, was auch immer, ich wollte nur noch schlafen und legte mich, als es dunkel wurde, einfach zwischen zwei Bäume und schlief ein. In der Nacht wurde es kalt, ich schaufelte Laub über meinen Körper und versuchte weiterzuschlafen. Am nächsten Morgen wachte ich mit Fieber auf. Ich wollte weiter, suchte einen Weg, einen Hinweis, war aber sehr schwach, mein Kopf glühte, ich schaffte es nicht weit.« Amal griff nach ihrer Tasse. »Am dritten Tag war mir alles egal. Ich war so geschwächt, dachte: Okay, wenn nicht Deutschland, dann eben Österreich. Ich wollte einfach nur noch irgendwo drinnen sein. Ich fand eine Straße, setzte mich an den Straßenrand und wartete. Wieder hielt lange kein Auto. Am Straßenrand war es windig, ich fror. Irgendwann dann endlich – ein Bremsen, und ein junges Pärchen stieg aus. Ich weiß nicht, was sie dachten, aber sie fragten freundlich, wo ich hinwollte, brachten mich über die Grenze, die so gut wie keine Grenze war, ein Polizist im Häuschen, aber niemand draußen, der Wagen rollte einfach durch. Das Pärchen fuhr mich bis zur nächsten Bahnstation in Deutschland, und nachdem ich ausgestiegen war, drehten sie am Vorplatz um und fuhren in Richtung Autobahn zurück. Ich glaube, sie haben den Umweg nur mir zuliebe gemacht, wollten vielleicht gar nicht nach Deutschland.« Amal lächelte flüchtig. »Von dem Bahnhof aus bin ich dann mit dem Zug, und dort meistens in den Toiletten, nach Berlin gekommen.«

Amal verstummte, und Stille trat ein. Hier war ihre Geschichte zu Ende. Amal wirkte erschöpft, aber irgendwie auch erleichtert. Sie griff nach der Zuckerdose und schaufelte Zucker in den Rest Kaffee in ihrer Tasse, wechselte das Thema, fragte jetzt Clara, was sie mache, woher sie komme, warum sie in Berlin lebe … Amal stellte so viele Fragen, dass klar war, in der nächsten halben Stunde wollte sie zuhören, nicht erzählen.

Clara nahm die Fragen an, auch wenn es ihr schwerfiel, so abrupt von Amals Flucht in die Normalität ihres Krankenhaus- und Großstadt-Alltags zu wechseln. Trotzdem erzählte sie, von ihrer Arbeit, der Unfallstation und den Notfällen, die sie täglich zu Gesicht bekommt; sie erzählte von Tarun, ihnen beiden, und Amal wollte wissen, wie sie sich kennengelernt haben. Da erzählte Clara auch diese Geschichte: »Wir haben uns im Schnee, auf einer Hütte kennengelernt. Ein Studienfreund von mir, den Tarun aus London kannte, ist im Süden Deutschlands am Rande der Alpen aufgewachsen. Seine Familie hat in den Bergen eine Hütte, in der er mit uns, seinen Freunden, ins neue Jahr hineinfeiern wollte«, sagte Clara. »Ich kam am ersten Abend spät an und ging gleich auf mein Zimmer. Als ich dann am nächsten Morgen aus dem Fenster schaute, sah ich einen mir unbekannten Mann in einer kurzen Hose und einem kurzärmeligen Läufer-T-Shirt im Schnee stehen! Er machte Dehnungsübungen, bereitete sich offenbar auf seinen Morgenlauf vor.« Clara schüttelte lächelnd den Kopf: »Ich konnte nicht glauben, dass er bei nur einigen Grad über null in Sommerkleidung joggen gehen wollte! Ich bin selbst Läuferin, ich weiß, welche Kleidung wann angebracht ist, verstehst du? Also ging ich raus und fragte den Fremden, ob er sich so auf den Weg machen wolle. Er bejahte, lachte und schaute mich verwundert an, meine Frage erstaunte ihn offenbar, er antwortete mir aber höflich, erklärte, ihm werde beim Laufen grundsätzlich nicht kalt, das sei alles nur eine Frage des Trainings, der Geschwindigkeit, und eine Mütze – die ich bis dahin nicht gesehen hatte – habe er schließlich dabei.« Clara hob die Augenbrauen: »Nun, ich dachte mir: Wenn es stimmt, was er sagt, muss er wirklich sehr trainiert und schnell sein. Da schlug der Fremde mir vor, ich könne ja auf ihn warten, ihn an genau der Stelle in einer Stunde treffen und prüfen, ob er unterkühlt sei.«

»Und?«, fragte Amal gespannt.

»Als er zurückkam, war von Unterkühlung keine Spur«, erzählte Clara und schmunzelte. »Tarun, seinen Namen wusste ich da schon, erklärte, dafür müsse ich am nächsten Tag mit ihm zusammen laufen gehen.«

»Und, hast du es gewagt?«, fragte Amal.

Clara nickte: »Ich hatte sogar meine Puls-Uhr dabei. Das war unsere Vereinbarung: Ich laufe mit ihm, dafür lässt Tarun sich messen. Ich war neugierig, wollte es genau wissen, und Taruns Werte waren in der Tat beeindruckend.«

»Dann seid ihr ein rasendes Paar«, stellte Amal fest und grinste.

Clara gefiel die Formulierung, obgleich sie erwiderte: »Tarun rast, ich jogge. Obwohl ich in den letzten Jahren mehrfach einen halben Marathon gelaufen bin, sind unsere Zeiten nicht vergleichbar. Tarun war als Jugendlicher ein professioneller Leichtathlet, er lief sogar bei den indischen Jugendmeisterschaften mit, so ist er überhaupt auf eine höhere Schule und später auf die Universität gekommen.«

Amal schwieg, nickte Clara aufmunternd zu, und Clara erzählte, wie Tarun, der Sohn und Enkel von Schuhmachern, bereits im Alter von zehn Jahren bei einem Wettkampf in Kolkata entdeckt und daraufhin gezielt gefördert worden war. »Tarun ist für einen Inder sehr groß, was natürlich beim Rennen hilft, aber auch diszipliniert«, sagte Clara. Aufgrund seiner sportlichen Leistungen bekam er ein Stipendium, das es ihm ermöglichte, ein gutes Internat zu besuchen. »Auch in London, wo er danach Architektur studierte, gewann Tarun jedes Jahr ein paar Medaillen für das Uni-Team«, erzählte Clara. »Dabei war der Sport für Tarun, als ich ihn traf, schon gar nicht mehr so wichtig, jedenfalls nicht mehr so wichtig wie früher. Dafür war sein Kopf –«, Clara warf einen kurzen, prüfenden Blick auf Amal, doch die schien sich nicht zu langweilen, im Gegenteil, »als ich Tarun kennenlernte, bereits voller Ideen, voller Baupläne, Tarun entwarf in Gedanken Privathäuser an Flüssen, visionäre Museen, sogar Krankenhäuser. ›Ein Kopf voller Luftgespinste‹, wie Tarun zuweilen verschmitzt, manchmal aber auch gequält, mit tonloser Stimme sagte.« Clara bewegte ihre Kaffeetasse über die hölzerne Tischplatte. »Als ich Tarun damals in der Hütte kennenlernte – das war ein knappes halbes Jahr nach seinem Umzug nach Berlin, war das keine ganz leichte Phase für ihn. In London, wo er nach dem Studium in einem großen und renommierten Architekturbüro angefangen hatte, durfte er nur zuarbeiten, Details recherchieren oder prüfen, was ihn langweilte und frustrierte; aber auch in Berlin war der Anfang zäh. Das Berliner Büro ist zwar kleiner, und die Leute sind im Schnitt jünger als seine Kollegen damals in London, aber auch hier hat es gedauert, bis Tarun endlich die Chance bekam, ein Projekt selbst zu entwerfen. Erst jetzt, seit einigen Monaten sieht Tarun zum ersten Mal, wie ein Gebäude nach seinen Plänen wächst.«

»Was für ein Gebäude ist das?«, wollte Amal wissen.

»Ein öffentliches Zentrum in Haora, einer Großstadt neben Kolkata«, antwortete Clara. »Ein Rundbau mit Springbrunnen und Bäumen im Atrium, in dem sich die Menschen aufhalten, entspannen oder sportlich betätigen können. ›Der Turm‹, wie Tarun den Bau nennt, soll ein öffentliches Zentrum für die Arbeiter und ihre Familien werden, die vom bengalischen Land in die Stadt gekommen sind, in der Hoffnung auf Arbeit und eine Perspektive.« Clara verstummte, und auch Amal schwieg.

»Weißt du«, fuhr Clara da fort, »es ist schön zu sehen, wie Tarun endlich seine Ideen umsetzen kann. Seitdem ich ihn kenne, wollte er immer etwas anders bauen, als die Projekte, an denen er beteiligt war, es verlangten. Seine Entwürfe sollten auch modern sein, klar in der Form und nachhaltig, dabei aber –«, Clara hielt kurz inne, »weniger imperialistisch«, zitierte sie dann bewusst Tarun und beobachtete gespannt, wie Amal auf das Wort »imperialistisch« reagieren würde.

Doch Amal ging nicht darauf ein, fragte stattdessen mit einem Lächeln: »Du bewunderst Tarun?«

Clara fuhr zurück, überrascht von Amals Frage. Auch wenn sie alles andere als abwegig, ja, natürlich berechtigt war – es hatte sie das nur noch niemand so direkt gefragt.

»Ist Bewunderung eine gute Basis für eine Beziehung?«, fragte Amal weiter, und es war nicht auszumachen, ob Amal das in Zweifel zog oder ob es eine offene, interessierte Frage war.

»Ich respektiere ihn, sehr«, erwiderte Clara langsam.

Da lächelte Amal und entgegnete: »Respekt ist sicherlich eine gute Basis.«

Die Kellnerin kam und räumte ihre Kaffeetassen ab, während Clara an ihren Vater dachte, der einmal gesagt hatte, Respekt sei »nicht nach, sondern neben der Liebe« das Wichtigste für eine langfristig funktionierende Beziehung. Natürlich, Respekt war wichtig, aber schwang in Amals Frage nach Bewunderung nicht noch etwas anderes mit – eine Verehrung, Idealisierung, ein Aufschauen zum Anderen und damit ein Ungleichgewicht? Nein, dachte Clara ebenso vehement, wie überzeugt: Asymmetrisch oder ungleich ist ihre Beziehung nicht. Weder schaute sie zu Tarun auf noch mitleidig auf ihn herab, im Gegenteil, es ist doch gerade die Symmetrie zwischen ihnen, die gleiche Augenhöhe bei all ihren sonstigen Unterschieden gewesen, die sie beide schon in der Skihütte faszinierte. Denn auch wenn Tarun für seine Freiheit sicherlich mehr hat kämpfen müssen, hatten sie bereits in ihrem ersten, längeren Gespräch ihre Liebe zur Freiheit im Anderen wiedergefunden, hatten im Anderen die eigene, wilde Leidenschaft für das berauschende Gefühl gespürt, sich in der Fremde frei und neu, selbstbestimmt entwerfen zu können. Tarun hatte es erlebt, indem er zum Studium nach Europa, auf einen anderen Kontinent gegangen war, und sie, als sie damals nach dem Abitur erst einmal den halben Maghreb, Tunesien, Algerien und vor allem Marokko – Casablanca, Marrakesch und schließlich sogar ein Stück der Westsahara durchquert hatte; bevor sie dann eines Morgens, auf dem Rückweg ihrer Reise, in einem abgelegenen Dorf unweit der Atlantikküste beim Anblick einer Menschenschlange vor dem Haus eines »Heilers« schlagartig und mit einer Heftigkeit, als spalte sich in ihr etwas, verstand, dass sie Ärztin werden wollte. Sie wollte den wartenden Menschen auf der Straße das Trübe von den Augen nehmen, ihre verkrampften Finger lösen und die Schreie der Babys beruhigen, indem sie mit ruhiger Hand gebrochene Beine schiente, Wunden nähte oder sie verband, indem sie, wenn nötig, Spritzen gab oder durch das Verschreiben der richtigen Medikamente Mandeln und andere Organe zum Abschwellen brachte. Einfache, objektiv richtige Dinge mit sichtbaren Resultaten; mit einer Wirkung so eindeutig und klar wie das intensive Blau am marokkanischen Himmel damals.

»Glaubst du«, hatte Tarun sie in der Skihütte gefragt, »dieses Gefühl, deinen Beruf frei gewählt zu haben, hättest du auch zu Hause während eines Praktikums im nächsten Krankenhaus entwickeln können?«

Clara staunte über die Frage, so hatte sie noch nie über diesen Moment nachgedacht, und doch wusste sie sofort, dass damals in Marokko die Fremde, das Alleinsein und jene tiefe Stille, die durch das Nichtverstehen der Menschen um einen herum entsteht, wichtig gewesen ist. Zwangsläufig reines Auge, nur Zuschauer zu sein, hatte ihr einen unmittelbaren Zugang zu den Menschen, nein, genauer noch, zu ihren Schmerzen ermöglicht, zu dem, was in ihren Körpern nicht richtig funktionierte und das sie, Clara, heilen wollte, mit Wissen, mit einer Art Röntgenblick des Wissens, der untersucht, versteht und behebt, anstatt zu benebeln. Clara fand die lauten Gesänge und stark riechenden Salben des Heilers schwer erträglich, denn auch wenn es der Mann bestimmt gut meinte, den Menschen helfen wollte und an seine Methoden glaubte, kam sie nicht umhin, an die Viren und Bakterien zu denken, die sich in den entzündeten Körpern über die gutturalen Laute des Heilers amüsierten und ungestört weiter ihr Unwesen trieben.

»Clara? Schläfst du?«, fragte Amal.

Damals war sie fast so alt wie Amal jetzt, wurde Clara bewusst, als ihre Augen zurück auf Amal fokussierten, die damit begonnen hatte, mit dem Löffel der Zuckerdose durch den fein gemahlenen, hellbraunen Zucker zu fahren.

»Nein«, erwiderte Clara, »ich schlafe nicht, ich betrachte den Zucker hier. Erinnert er dich auch an Wüstensand?«

Amal schüttelte den Kopf: »Das nicht. Eher schon an die Zucker-Stunden-Uhr, die mir meine Großmutter aus zwei mit Zucker gefüllten Trichtern gebastelt hat.«

»Die Mutter deiner Mutter, die mit der Vorliebe für Veilchen?«, fragte Clara nach; eine eher rhetorische Frage, wusste Clara doch, dass Amal die Mutter ihres Vaters, die öffentlich gehängt worden war, nie kennengelernt hatte.

Amal nickte, und ihr Gesicht erhellte sich in einer Weise, die sie jünger und unerwartet sanft aussehen ließ: »Meine Großmutter Ischtar hatte meinen Großvater, der damals noch lebte, gebeten, zwei Glastrichter, die Großmutter eigentlich zum Backen verwendete, aneinanderzuschweißen und die Enden so zu verengen, dass ich beim Umdrehen der Zucker-Uhr und dem Beobachten des herabrieselnden Zuckers genau erkennen konnte, wie eine Stunde verging. Es hat etwas gedauert –«, erinnerte sich

Amal lachend, »bis wir die richtige Menge an Zucker gefunden hatten, doch nach ein paar Versuchen lief die Uhr genau eine Stunde. Meine Großmutter wollte mir so zeigen, dass eine Stunde immer gleich lang ist, auch wenn sie sich manchmal, beim Warten auf dem Markt oder auf das noch schmorende Essen, ewig lang anfühlte; dann wieder wie im Flug verging, wenn ich spielte und an die Zucker-Uhr erst dann dachte, wenn Großmutter mich rief.«

Clara sah das mit Zucker gefüllte Stundenglas vor sich, als Amal fortfuhr: »In ihrem Garten hat meine Großmutter auch heute noch eine Sonnenuhr, und für die zwölf Monate des Jahres baute sie mir, als ich klein war, eine Jahresuhr mit Bildern für jeden Monat, anstelle der zwölf Zahlen. Wie hast du als Kind die Monate gelernt?«

Clara hob die Augenbrauen, überlegte, konnte sich aber nicht erinnern. Am ehesten wahrscheinlich über Bücher, große Wimmelbücher, hinter denen sie auf dem Sofa sitzend mit ihrem Vater verschwunden war, und durch das Sammeln der Blätter im Herbst? An ihre große Wandtafel mit den sechsundzwanzig Buchstaben erinnerte sich Clara dagegen genau: Buchstaben, die sie lange, auch, als sie die Lettern bereits schreiben konnte und die dargestellten Laute kannte, zunächst unter optischen Gesichtspunkten betrachtete und sich so ihre Lieblinge auswählte: Das »A« mochte sie, weil es aussah wie ein Haus, das »O«, weil es rund war wie ein Osterei, das »M«, weil sie bei seinem Aussprechen fast schon Appetit bekam und weil man es durch Umdrehen leicht zu einem »W« machen konnte; das »S« mochte sie nicht, weil es einer Schlange ähnelte, und das »U« fand sie ebenfalls unheimlich, es war tückisch, eine Grube, aus der es kein Entkommen mehr gab. Wie Amal die Buchstaben gelernt habe, wollte Clara zurückfragen, als ihr einfiel, dass Amal als Kind doch zuerst arabische Schriftzeichen gelernt hatte.

»Gab es Sanduhren bereits im alten Babylon?«, fragte Clara stattdessen.

Amal neigte den Kopf: »Ja und nein. Wasseruhren gab es viele, in ähnlicher Form mit zwei Trichtern, die umgedreht werden konnten, aber diese Uhren waren eben mit Wasser, nicht mit Sand gefüllt.«

Sie schwiegen beide, bis Clara leise fragte: »Du hängst sehr an deiner Großmutter, oder?«

»Ja«, erwiderte Amal prompt. »Großmutter Ischtar ist immer Teil unserer Familie gewesen. Ihr Mann starb kurz nach meiner Einschulung, von dem Tag an war sie fast jeden Tag bei uns.«

»Gearbeitet hat sie nicht?«, fragte Clara.

Amal schüttelte den Kopf: »Mein Großvater war Lehrer für Geografie und hat ihr nach seinem Tod eine kleine Rente hinterlassen. Und Großmutter wollte als junges Mädchen zwar unbedingt auf das in den 1940er-Jahren neu gegründete, erste College für Frauen in Bagdad, das *Queen Alia College* gehen, doch ihr Vater, ein Unteroffizier bei der Armee, erlaubte das nicht. Er war der Ansicht, ein Studium setze Frauen nur unnötige Flausen in den Kopf«, erzählte Amal und biss sich auf die Lippen. »Da lernte Ischtar meinen Großvater kennen, 1958 kam die Revolution und im Jahr darauf dann Rauya auf die Welt.« Amal fasste sich an den Kopf und lächelte: »Obwohl im Hause meiner Großeltern meistens Ischtar die Entscheidungen fällte, ist mein Großvater, wie mir berichtet wurde, damals auf den Namen ›Rauya‹ gekommen; ein sehr alter, arabischer Name, den man bei uns nur selten hört. ›Rauya‹ ist die, die anderen zu trinken gibt, die Wasser aus dem Brunnen holt«, erklärte Amal und fuhr fort:

»Das hat meinem Großvater und auch meiner Großmutter gefallen.«

Clara nickt zustimmend und fragte: »Hat Rauya Geschwister?«

»Nein«, entgegnete Amal.

Dann war Rauya auch ein Einzelkind, wie Amal, und sie selbst, dachte Clara.

»Amal«, begann Clara, »hast du Geschwister je vermisst?«

Amals Augen weiteten sich, sie musste über diese Frage offenbar erst nachdenken, was Clara verwunderte.

»Es klingt vielleicht komisch«, erwiderte Amal nach einer Weile, »oder egoistisch, aber für mich war die Entscheidung meiner Eltern, nur ein Kind zu bekommen, irgendwie auch ein Statement: gegen diesen Großfamilienwahnsinn, für die Konzentration. Und das fand ich gut«, sagte Amal und nickte zufrieden, als würde ihr das gerade richtig klar. »Meine Freundinnen waren Kinder wie ich, und meine Eltern waren, soweit ich zurückdenken kann, stets meine ›großen Freunde‹, Beschützer, ja, auch das, aber vor allem Gesprächspartner, Vertraute. Verstehst du, was ich meine?«

Clara nickte.

»Wobei zu meinen Eltern natürlich auch Großmutter Ischtar gehört«, fügte Amal hinzu und lächelte: »Meine Großmutter, die alles stets mit der Pflanzenwelt vergleicht, beruhigte mich sogar mitten im Krieg, sagte, jeder Kreis käme einmal zum Ende, im nächsten Frühjahr werde alles besser; während meine Eltern mich natürlich auch beschützten, mir Geborgenheit vermittelten, es gleichzeitig jedoch als ihre Pflicht ansahen, mir die Wahrheit nicht vorzuenthalten. Sie erklärten mir früh, wer für den Krieg verantwortlich war und wie unser Land unter dem Embargo litt.«

»Deine Eltern wollten dich vermutlich auf das Leben da draußen vorbereiten, was ja nur verständlich ist«, entgegnete Clara.

»Ja«, stimmte Amal zu, »obwohl ich nicht sagen wollte, dass meine Großmutter bewusst etwas verschwieg. Es waren eher zwei unterschiedliche Auffassungen darüber, wie dem Lauf der Geschichte zu begegnen sei: mit Geduld und dem Glauben an große Zyklen, wie meine Großmutter es tat, oder mit kritischer Analyse und einem Handeln, das konsequent, ja demonstrativ den eigenen Prinzipien folgt, eine ›Form des Widerstands‹, an die meine Mutter stets geglaubt hat und die auch mein Vater lebte, auf seine Art und insoweit, wie es für ihn als ›Kommunistenkind‹ während des Baath-Regimes möglich gewesen ist.«

Amal blickte zum Fenster, als suche sie in der Ferne etwas. »In den letzten Jahren, als mein Vater politisch aktiv war und Rauya ihn enthusiastisch unterstützte, habe ich manchmal überlegt, ob die Gelassenheit meiner Großmutter vielleicht aber auch mit der Revolution von 1958 zu tun hat? Ischtar und ihr Mann hatten es schließlich schon einmal erlebt, sie waren im Sommer 1958 auf den Straßen, jubelten und dachten, jetzt wird alles besser, die Monarchie war weg und mit ihr die alten Kolonialherren, das Land war endlich frei, und sie waren stolze Bürger! Direkt nach der Revolution sah es ja auch – gerade für die Frauen – gar nicht so schlecht aus, bis dann, viel zu schnell, die Baath-Partei ihre Schlingen enger zog und aus dem versprochenen freien und modernen Land eine Diktatur und manisch-destruktive Kriegsmaschine wurde. Ein Land«, sprach Amal weiter, »das meine Mutter, wie sie oft betonte, immer nur als Diktatur erlebt hat, bis zum Sturz Saddams im Frühjahr 2003. Deshalb drängte Rauya nach Saddams Sturz so energisch darauf, dass nun jeder tun müsse, was möglich sei, um aus unserem Land ›endlich einen freien Staat‹ zu machen. Rauya unterstützte weiterhin Nahrin bei deren Arbeit, und sie überredete auch meinen Vater, diese ›vielleicht einmalige‹ Chance zu ergreifen …« Amal senkte den Blick, und Clara wollte etwas entgegnen, als Amal ruckartig den Kopf hob und fortfuhr: »Das heißt – um auf deine Frage zurückzukommen: Nein, da mich meine Eltern immer in alles eingeweiht haben und wir vier: Großmutter, Hassan, der ja ein ganzes Stück älter ist als Rauya, Mutter und ich – da wir vier immer ein so enges und vertrautes Gespann gewesen sind, habe ich Geschwister nie vermisst. Und du?«

Eine Frage so unvermittelt wie ein Windstoß ins Gesicht. Clara verschränkte ihre Finger, sie dachte an ihre Kindheit in dem geräumigen Haus am Stadtrand von Frankfurt, das ihr früher oft gespenstisch still vorgekommen war, sie dachte an die Mahlzeiten zu dritt mit ihren Eltern, an die Nachmittage allein in ihrem Zimmer und erwiderte: »Doch, schon. Vor allem als Kind.«

In der Stille, die folgte, fühlte sich Clara mit einem Mal erschöpft.

Amal dagegen, bei der jetzt ein weiterer Damm endgültig gebrochen schien, wollte noch mehr von Clara wissen, sie fragte nach Claras Freunden, ihrer Schule, ihren Eltern … Clara holte Luft und erzählte, von ihrem geduldigen Vater, ihrer schönen, energischen Mutter, »Lou«, Louisa, deren Wunsch nach ständiger, »lückenloser« Kommunikation manchmal etwas anstrengend sei, deren Leidenschaft für ihren Beruf dagegen Clara an Rauya erinnere, so wie Amal ihre Mutter beschreibe.

Amal nickte mehrfach, grinste dann und fragte: »Sind deine Eltern eigentlich auch so sportlich wie Tarun und du?«

Clara brachte die Frage zum Lachen, obwohl sie nicht genau wusste, warum, wahrscheinlich einfach deshalb, weil sie so übergangslos kam. Ihr Vater, erzählte Clara, gehe auch joggen, jedoch nicht besonders regelmäßig und eher aus Pflichtgefühl als aus wahrer Leidenschaft; und ihre Mutter mache Yoga. »Ob das allerdings ein Sport im eigentlichen Sinne ist«, sagte Clara, »darüber gehen die Vorstellungen weit auseinander. In Indien begreift man Yoga als eine den Körper einschließende Form der Konzentration, nicht als Sportgymnastik.«

Amal neigte den Kopf und erklärte nachdenklich: »Sport habe ich in meinem Leben noch nie wirklich gemacht. In der Schule war ich beim Laufen und Werfen zwar nicht schlecht, und seit der Flucht im letzten Herbst habe ich gemerkt, wie meine Oberschenkelmuskeln härter und fester geworden sind, aber das Trainieren, das du vorhin erwähnt hast: regelmäßiges Rennen bis zur Erschöpfung, die Arbeit daran, seine eigenen Grenzen zu erweitern … Das kenne ich nicht.«

Dafür bist du nach dem Unfall aber ziemlich schnell weggerannt, wollte Clara sagen und sagte es nicht. Das Bild der vor ihr fliehenden Frau in den hohen Schnürstiefeln hatte sie zwar noch vor Augen, sie erinnerte sich an Amals Armbewegungen beim Laufen, und doch waren es zwei Bilder, die sich nur schwer zusammenfügen ließen: die fliehende Unbekannte von damals und Amal, die ihr jetzt gegenübersaß, deren Namen und Geschichte sie kannte.

»Sport ist großartig«, nahm Clara den Faden wieder auf, »gerade das Laufen ist fabelhaft, um seinen Körper zu spüren und zu trainieren, den Herzkreislauf und die Atmung, die Geschmeidigkeit der Gelenke. Außerdem fühlt man sich nach dem Laufen nicht nur erschöpft, sondern gleichzeitig frischer, klarer im Geist und auch gefühlsmäßig meist geordneter, ruhiger und gelassen.«

Amal hörte interessiert zu.

»Wenn du willst, können wir das Laufen gerne mal gemeinsam ausprobieren«, schlug Clara vor, »ich zeige dir, worauf es ankommt bei der Atmung, und der Frühling ist eine ideale Zeit, um das Training zu beginnen.«

»Gerne«, antwortete Amal und ergänzte dann schnell: »Sobald ich mir etwas Passendes zum Anziehen besorgt habe.«

Clara verstand, dass Amal dies sagte, um Clara nicht in eine Situation zu bringen, in der es naheläge, Amal schon wieder etwas zu leihen oder zu schenken. Und obwohl ihr das nichts ausgemacht hätte, spürte auch Clara, dass es dafür noch zu früh war, dass eine schnelle Antwort in der Art: »Kein Problem, ich geb' dir gerne was von mir« Gefahr liefe, genau jene Distanz zwischen ihnen wiederherzustellen, die im Laufe der letzten Stunden so wunderbar verschwunden war.

Zumal sie ja, wie Clara sich erinnerte, Amal den Computer noch nicht einmal übergeben hatte! Clara bückte sich, öffnete ihren Rucksack und stellte den Laptop, den eigentlichen Grund ihres Treffens, auf den Tisch. Kurz erklärte sie die verschiedenen Programme, Amal hörte zu und erzählte, Rauya habe zu Hause einen ähnlichen Laptop, den auch sie in Bagdad regelmäßig benutzt hatte. Damit war auch dieser Punkt geklärt.

Als Clara schließlich aufsteht, vorne am Tresen die Rechnung bezahlt und zurück an ihren Tisch tritt, steht Amal bereits, deutet auf den Laptop, umarmt Clara kurz und sagt: »Danke, das ist wirklich eine Hilfe.«

»Gern geschehen«, entgegnet Clara.

Und als sie sich kurz darauf draußen zum Abschied die Hände schütteln, bittet Clara Amal: »Schreib mir, wann du nach Berlin kommen kannst. Dann gehen wir gemeinsam zum Ischtar-Tor. Ja?«

Amal nickt und umschließt mit ihren Fingern noch enger die Schutzhülle des Computers.

Erstaunlich, was die Wahrheit mit dir machen kann. Wie sie dich reizen, verführen kann, sie offen auszusprechen, trotz der Vernunft, die laut zur Vorsicht mahnt! Amal läuft beschwingt, den Laptop vor der Brust, durch die Straßen zurück zum Heim. Es war ein Spiel mit dem Feuer, natürlich, für ihre Sicherheit und ihre innere Ruhe beim täglichen Gang zum Briefkasten wäre es vernünftiger gewesen, vor Clara noch einmal die offizielle Version ihrer zweiten Flucht zu testen und darauf zu achten, wie glaubwürdig sie das, was sie damals im Amt erzählt hat, wirklich vertreten kann. Doch das wollte sie nicht. Sie wollte das Risiko eingehen, wollte dem plötzlichen Impuls folgen und einmal laut die wahre Geschichte erzählen. Warum? Um zu spüren, wie realistisch die sich überhaupt noch anhörte? Nein, ahnt Amal, darum ging es nicht. Und auch dass Clara gleich zu Beginn ihres Treffens um Offenheit bemüht gewesen ist, hatte ihr zwar Vertrauen geschenkt, war aber ebenfalls nicht der Grund für ihren Sprung in die Wahrheit. Es ging um etwas anderes, darum, die Wahrheit auszusprechen, sie in die Welt zu setzen, vor einem Zeugen einmal von Yasmin, ihrem vermeintlichen Vater und sogar von dem Drecksack auf dem Parkplatz zu erzählen. Es ging darum, ihre Spur in der Vergangenheit zu verankern, einer Vergangenheit, die mehr war als nur ihre Erinnerung.

Und es hat sie überrascht, denkt Amal beim Weiterlaufen, wie sehr das Erzählen der Wahrheit sie beflügelte, ihr Aufwind gab, die Lust und den Mut, von da an alles offen auszusprechen, vor Clara – wie vor Nahrin oder Rauya – frei heraus zu sagen, was ihr durch den Kopf ging, auch solche Dinge, von denen sie wusste, dass sie Clara irritieren, im schlimmsten Fall sogar verletzen können: Du bewunderst Tarun? – Doch auch hier galt:

Gerade weil sie sich schätzten, weil sie Clara in ihr inneres Haus gelassen hat, darf sie, soll sie sogar alles sagen. Schrankenlos und ohne Angst.

Dass ihr in der Vorhalle des Wohnheims der Direktor erneut begegnet, dass er ihr die Flügeltür beinahe ins Gesicht schwingt, verwirrt Amal, ergibt es doch eine seltsame Verbindung: Jedes Mal, wenn sie Clara trifft, begegnet ihr im Anschluss der Direktor. Obwohl es heute eindeutig ein Zufall ist, den der Direktor nur flüchtig, mit einer entschuldigenden Geste kommentiert, bevor er aus Amals Blickfeld verschwindet. Trotzdem verwirren Amal solche Zufälle, weiß sie doch, dass dort, wo sie herkommt, derartige Zufälle sofort als Zufälle bezweifelt werden. Und zumindest der Gedanke, dass man diesem Zufall Bedeutung beimessen könnte, hallt auch in ihr noch nach, obwohl ihre Familie dem Aberglauben bereits vor Jahrzehnten entsagt hat. Spätestens seit der Hinrichtung von Hassans Mutter, ihrer Großmutter, die sie nie hat kennenlernen dürfen, spätestens seit dieser gewollten Auslöschung des Zentrums von Vaters Familie weiß Hassan, weiß auch Rauya, weiß ihre ganze Familie, dass unser Schicksal nicht vorherbestimmt ist, sondern von Menschen gestaltet wird. Von Schweinen in Menschengestalt zuweilen, aber immer von irdischen Wesen. Oder eben dem Zufall.

Eine Erkenntnis, die Nourig leider nicht hilft, denkt Amal, als sie ihr gemeinsames Zimmer betritt. Dass Nourigs Folterer nicht ihr vorbestimmtes Schicksal waren, macht es eher noch schlimmer, erhöht den Zorn und das Gefühl der Ohnmacht.

Nourig liegt auf ihrem Bett und liest ein Buch, offenbar so vertieft, dass sie sich nicht rühren will oder Amal nicht einmal bemerkt. Amal kennt diesen Zustand, vor ein paar Wochen hatte Nourig schon einmal eine Phase, in der sie ein paar Tage lang nahezu ununterbrochen ebendieses Buch las. Wenn Nourig schlief, lag das Buch unter ihrem Kopfkissen, zum Kochen nahm sie es mit in die Gemeinschaftsküche, und wenn sie ins Bad ging, kam das Buch auch dorthin mit. Amal hatte bereits damals überlegt, um was für ein Werk es sich handeln könnte, dem blauen, neutralen Umschlag der Bibliothek ist das nicht zu entnehmen. Doch aus irgendeinem Grund hat sie Nourig nicht gefragt oder hat zu lange gewartet, bis die Phase vorbei war und Nourig erneut anfing, anstatt zu lesen, auch tagsüber viel zu schlafen.

Jedem Menschen seine Obsession! Amal sieht Nahrin, die mit ihrem rot geschminkten Mund Rauchwolken in das Wohnzimmer bläst, und sie weiß, wen Nahrin damals gemeint hat, den, den sie immer meinte ... Wie Nahrin spotten, sich lustig machen konnte über Saddams Fetische: tanzende Säbel, tanzende Mädchen gehüllt in rote Tücher, die zwei Triumphbögen mitten in Bagdad, »erigierte Schwerter des Sieges«, hergestellt aus den Waffen und Panzern gefallener Soldaten, in den Himmel gehoben von Fäusten, modelliert nach Saddams Fäusten – »All das nur wegen seines zu kleinen Zipfels!«, höhnte Nahrin und rollte mit den Augen. Sie und Rauya, Hassan weniger, wie laut haben sie über Saddam gelacht, und doch ist es immer auch ein bitteres Lachen, das Lachen der Machtlosen gewesen. Oder kommt ihr das jetzt, im Rückblick, nur so vor?

Amal stellt Claras Computer auf den Schreibtisch, schaltet das Gerät ein und verbindet den Laptop mit dem Router des Heimes. Als sie ihr elektronisches Postfach öffnet, entdeckt sie eine ungelesene Nachricht von Rauya. Amal öffnet die Mail und erstarrt: »Amal«, heißt es dort, »bin im Krankenhaus. Großmutter hatte einen Infarkt.«

II

Lieber Tarun,

die Seidenbaumwollbäume blühen! Die Straße vor Vaters Geschäft leuchtet so rot wie Madris Lieblingskleid. Unseren Eltern geht es gut, Udar lässt dich grüßen, und Madri sendet ihrem »großen Onkel« einen Kuss. (Ich hänge dir ein Bild an, Madri sieht unserer Mutter immer ähnlicher, die gleichen dunkelbraunen Augen, ähnliche Grübchen, wenn sie lacht.)

Tarun, lieber Bruder, es fällt mir schwer, dir zu schreiben. Ich tue es nur, weil du mich in den letzten Jahren immer wieder aufgefordert, mich geradezu ermahnt hast, dich um Hilfe zu bitten, wenn es einmal nötig sein sollte. Bislang haben wir zum Glück deine Hilfe nicht gebraucht. Das ist seit letzter Woche anders. Tarun, du weißt aus meinem letzten Brief, dass ich wieder schwanger bin. Und rate, was es wird? Ein Junge! Für dich ist das nicht wichtig, ich weiß, aber du kennst doch die Leute hier. Unsere Eltern sind glücklich. Leider ist unser Sohn nicht ganz gesund. Wir waren bei einem Arzt, einem Spezialisten, der uns erklärt hat, dass unser Kind mit einem ziemlich großen Loch im Herzen auf die Welt kommen wird. Ich weiß, das klingt schrecklich, doch der Arzt versicherte uns, dieser »Fehler«, wie er das Loch nennt, ließe sich »beheben«, wenn man unser Kind direkt nach der Geburt operiert. Es ist sogar gut möglich, dass unser Sohn später genauso leben können wird wie wir, die Operation muss nur von einem Spezialisten durchgeführt werden, und das Baby muss bereits in dem Krankenhaus zur Welt kommen, in dem die Operation stattfinden kann. Du ahnst, was das bedeutet, Tarun? Der Arzt sagte uns, die geeignete Klinik für solche Operationen an Neugeborenen sei in Delhi. Gestern habe ich in dem Krankenhaus angerufen. Man muss sich dort vorher anmelden, mindestens zwei Monate vor der Geburt, und schon vor Eintritt der Wehen da sein. Die Operation muss sofort bezahlt werden, und eine »einfache Versicherungskarte«, sagte die Dame am Telefon, reiche dafür nicht aus. Als die Dame die Summe, um die es wahrscheinlich gehen wird, nannte, wurde mir schwindelig, Tarun. Es ist mehr, viel mehr, als unsere Eltern uns leihen könnten oder eine Bank uns geben würde – Udar und ich haben doch noch Schulden vom Ankauf der Kühlgeräte! Vater meinte, eine Bürgschaft von dir könne vielleicht bei der Bank helfen, doch ich will dich nicht in die Irre führen, ich weiß nicht, bis wann wir das Geld zurückzahlen können, schon der jetzige Kredit lastet auf unseren Schultern.

Dass wir versuchen würden, das Geld so schnell wie möglich zurückzuzahlen, ist natürlich selbstverständlich. Wäre nur selbstverständlich, wenn du bereit wärst – uns zu helfen?

Tarun, ich weiß nicht, was ich sagen soll. Überlege es dir und sag mir, was du davon hältst. Die Eltern haben angeboten, sich um Madri zu kümmern, Udar würde ins Krankenhaus kommen, wenn es so weit ist … Und doch sehe ich das Ganze noch nicht vor mir. Es macht mir Angst.

Sag mir, was du denkst, geliebter Bruder.

Ich weiß, dass du diese Dinge sehr klar siehst.

Ich fühle die Tritte des Kleinen in meinem Bauch – er grüßt dich auch!

Ich umarme dich fest,

Priya

P. S. Grüße bitte auch Clara von uns. Euer Geschenk für Madri hängt neben ihrem Bett am Fenster und klingt je nach Tageszeit anders. Madri glaubt, bei offenem Fenster könntet auch ihr es hören, »wenn die ganze Welt einmal still wäre«.

Wie gerne würde ich euch wiedersehen! Ich hoffe, du bist glücklich, mein Bruder? Ach, ich schreibe schon wieder zu viel … Die Arbeit wartet. Sei umarmt.

Clara schaut auf, blickt im Arbeitszimmer um sich und kehrt dann zum Anfang der Mail zurück. Es sei einfacher, hatte Tarun geschrieben, den Brief seiner Schwester direkt zu übersetzen, als ihn zusammenzufassen oder zu paraphrasieren. Wirklich? Oder wollte Tarun, dass sie so ganz unmittelbar einen Eindruck von Priya, von ihrer Angst und der Situation bekommt, in der sich die Familie befindet? Clara überfliegt den Brief, verweilt auf Worten wie »Loch«, »Krankenhaus« und »Kredit«. Dass Tarun sie auf diese Weise in die Angelegenheiten seiner Familie einbezieht, ist neu. Natürlich erzählt er ihr von den Telefonaten und Nachrichten, die ihn aus Kolkata erreichen, so wie sie von den Gesprächen mit ihren Eltern berichtet. Doch anders als bei Tarun, der zu seinem Geburtstag von ihren Eltern Glückwunschkarten mit persönlichen Grüßen erhält, wäre so etwas bei ihr und Priya schon aufgrund der Sprache unmöglich. Clara legt ihre Finger auf die Tasten. Soll sie Priya antworten, mit einem Bild oder Zeichen? Nein, nicht solange sie nicht weiß, ob Priya schon weiß, dass ihr Tarun von der Krankheit erzählt hat. Clara nimmt ihre Finger wieder von der Tastatur. Dass Tarun seiner Schwester helfen, ihr das Geld überweisen wird beziehungsweise dass er es ihr, wenn er selbst nicht genug hat, durch eine Bürgschaft oder einen eigenen Kredit zur Verfügung stellen wird, steht für Clara außer Frage. Auch wenn sie nicht genau weiß, wie viel Geld Tarun eigentlich besitzt; darüber haben sie nie gesprochen. Sie weiß, dass er keine Schulden hat, von seinem Gehalt gut leben kann und sicher ab und an etwas zurücklegt, denn als

Claras alter Fiat im letzten Jahr kaputtging, hatte Tarun angeboten, einen neuen Wagen zu kaufen, bevor sie sich gemeinsam gegen den Kauf eines Autos entschieden, das die meiste Zeit ungenutzt auf der Straße herumstehen würde. Die Kosten für die Wohnung und gemeinsame Reisen teilen sie und gehen ansonsten finanziell jeder ihre eigenen Wege. Zumindest bislang … Clara steht auf, lässt den Computer an und beschließt, Tarun anzurufen.

Der Schriftzug auf der Markise des kleinen Ladens flirrt in der Hitze. *Zigarren und Zitronen* entziffert Amal beim Näherkommen. Als sie das Geschäft fast erreicht hat, bemerkt sie, dass im Eingang zwei junge Krankenschwestern stehen und rauchen. Die beiden lehnen am Türrahmen, tragen weiße Schwesternhäubchen und schnippen die Asche ihrer Zigaretten lässig auf die Straße. Dabei werfen sie Amal von oben herab Blicke zu, belustigte Blicke darüber, wie klein und kurios sie doch wirkt in ihrer Schuluniform, mit ihren festen Schritten, derart kurios, dass man mit dem Finger auf sie zeigen und glucksen kann, als sei Amal eine Puppe oder ein Clown. Amal bleibt stehen, geht nicht weiter, dreht sich stattdessen zu den Mädchen und sieht die beiden scharf an. Fixiert sie mit den Augen und friert ihr Grinsen ein. Sie sagt nichts. Die anderen sagen auch nichts. Und doch hat Amal das Gefühl, die beiden hätten verstanden, als sie irgendwann weiterläuft, einen Schweißfilm auf der Stirn und im Nacken.

Ein Mann auf einem Moped mit Anhänger knattert ihr entgegen, und als Amal die Melonen sieht, deren Schalen auf dem Anhänger in der Sonne glänzen, bekommt sie Durst. Sie beschleunigt ihre Schritte, biegt an der nächsten Ecke ab, durchquert eine breite Straße voller Dattelpalmen und biegt dann in eine enge, ruhige Gasse ein. Jetzt sind es nur noch wenige Minuten bis nach Hause, bis zu Tariqs Bäckerei. Amal lässt ein Haus nach dem anderen hinter sich, sie folgt der Kurve der Gasse und sieht schließlich vor Tariqs Bäckerei Großmutter auf einem Stuhl unter der grünen Markise sitzen. Neben ihr auf dem Tisch stehen eine Tasse Tee und ein großes Glas mit Melonensaft, für Amal. Freudig hebt Amal die Hand, ruft »Großmutter!« und beginnt zu rennen, als plötzlich Soldaten auf die Straße stürmen, Großmutter von ihrem Stuhl zerren, sie auf eine Trage werfen und mit ihr davoneilen, die Infusionsflasche über der Trage schaukelt und klappert. Sie will Großmutter nachlaufen, sie festhalten, doch immer mehr Soldaten stürzen zwischen den Häusern auf die Straße, rennen jetzt auf sie zu, schwenken ihre Stöcke und rufen: Ileri! Vorwärts! Ileri! Amal bleibt stehen, sieht sich um, sie will fliehen, doch ihre Beine sind auf einmal schwer wie Blei, auch in ihrem Rücken schreien die Soldaten, kläffen Hunde, es wird dunkel, Nacht auf einmal, immer lauter die Schreie, ein Schlag – Amal fährt hoch und keucht.

Großmutter, im Krankenhaus, erinnert sie sich, als ihr Atem allmählich zur Ruhe kommt. Kurz vor dem Einschlafen hat sie noch überlegt, wie es abgelaufen sein könnte, ob man Großmutter im Notarztwagen von ihrem Haus ins Krankenhaus gebracht hat, nicht in Vaters Krankenhaus, sondern in das nächstgelegene, das Krankenhaus, in dem sie zur Welt gekommen ist und in dem sie als Grundschulkind Rauya besucht hat, die dort mit einem gebrochenen Bein lag. Vater und sie hatten Rauya gemeinsam besucht und dann nach Verlassen des Krankenhauses in dem Geschäft gegenüber noch einen Melonensaft getrunken. Süß und klebrig. Und die Schwestern auf den Gängen, erinnert sich Amal, trugen damals tatsächlich Häubchen wie die Krankenschwestern in den europäischen Filmen, Häubchen, keine Schleier, damals, in den Neunzigerjahren ... Amal greift nach dem Wasserglas unter ihrem Bett. Und hatten sie Rauya nicht tatsächlich eine der grünen Schachteln aus Tariqs Bäckerei ins Krankenhaus gebracht? Eine große Schachtel mit drei Lagen geschichteter Baklava; Tariqs Baklava, die, wie Rauya gerne sagt, der »zweitbeste Beweis dafür sind, dass das Paradies irdisch ist«. Amal schließt die Augen, ihr läuft sogar jetzt, in dem dunklen

Zimmer, allein bei dem Gedanken an die noch warmen Süßigkeiten, den Duft von Butter und den Geschmack der in Rosenwassersirup getränkten Pistazienstücke das Wasser im Mund zusammen. »Die Leidenschaft für Tariqs Baklava vererbt sich in unserer Familie wie sich in anderen Familien Muttermale oder besondere Fähigkeiten vererben«, hatte Großmutter einmal mit großer Zufriedenheit festgestellt, als sie sah, mit welchem Genuss sich Amal nach dem Verzehr der Baklava jeden einzelnen Finger ableckte.

Amal öffnet die Augen und führt schon wieder das Wasserglas an ihre Lippen, um den Durst zu löschen und den Geschmack der Erinnerung wegzuspülen. Sie könnte Tariq anrufen, überlegt sie, wenn sie Rauya auch morgen Vormittag nicht erreicht. Vielleicht hat Tariq etwas gesehen, den vorbeifahrenden Notarztwagen, die Pfleger, die Großmutter auf einer Trage aus ihrem Haus getragen und in den Notarztwagen geschoben haben? Was aber, wenn Tariq noch nichts weiß? Er würde sich Sorgen machen, Ischtars langjähriger, heimlicher Verehrer, denkt Amal und muss lächeln. Tariqs bewundernde Zuneigung für Ischtar, die Witwe seines engen Freundes Ahmed, ist in ihrer Straße ein offenes Geheimnis. Manche behaupten sogar, Großmutter sei der Grund, warum der gutherzige, von allen geschätzte Tariq niemals geheiratet hat.

Amal rollt sich in ihre Bettdecke ein und reibt ihre Fußspitzen aneinander. Hört ihren eigenen und versetzt, wie ein Echo, den Atem von Nourig. Die so entstehende Verbindung, das Geflecht aus zweierlei Atem klingt nach einer Ruhe und friedlichen Verbundenheit, der Amals nervöses Innere jedoch nicht entspricht. Sie versucht, wieder zu schlafen, dreht sich auf den Rücken und starrt die Decke ihres Zimmers an. Versucht, sich die Decke des Krankenzimmers vorzustellen, in dem Ischtar gerade liegt. Weiß ist die Decke dort sicher auch, aber wie weiß: beigeweiß, warmweiß oder eher kalkweiß? Sind die Ecken schmutzig angegraut, mit Spinnweben überzogen, und wenn ja, kann Ischtar in solchem Schmutz schlafen? Will sie überhaupt schlafen? Weiß sie, was mit ihr geschehen ist, in welcher Gefahr sie vermutlich noch schwebt, fragt sich Amal, und ihr wird klar, dass eine Großmutter, die sich ihres Zustandes nicht bewusst ist, besorgniserregender wäre als eine unruhige, schlaflose Ischtar. Zwölf Mal hat sie gestern Nachmittag und Abend versucht, Rauya zu erreichen, ohne Erfolg. Eine Nachricht kurz nach zehn Uhr Bagdader Zeit: »Großmutter hat überlebt. Bin noch im Krankenhaus. Melde mich morgen«, sonst nichts. Rauyas Telefon war nicht erreichbar, was bestimmt heißt, dass Rauya bei Ischtar im Krankenhaus übernachtet.

Stimme, die dich im Dunkeln wach hält
sie ist deine
trotz allem
unwiderruflicher Kern
deines geschundenen
Ameisenkörpers.

Nahrin hatte die Verse vorgelesen. Verse, geschrieben von einer schmutzigen Hand auf ein zerknittertes Papier, das man Nahrin zugesteckt hatte. Die Angehörigen, Frauen und Mütter, manchmal auch die Ehemänner von Gefangenen, steckten Nahrin und ihrer Kollegin, der anderen Anwältin für Menschenrechte, immer wieder Zettel, Schnipsel, manchmal auch ganze Hefte zu mit der Bitte, sie »aufzubewahren«.

»Aufbewahren kann in dem Fall doch nur heißen, das Gedicht zu veröffentlichen«, dachte Rauya laut, nachdem Nahrin zu Ende gelesen hatte. Worauf Nahrin erwiderte: »Schöne Idee, aber wo? Eine Veröffentlichung hier, in Bagdad, unter seinem richtigen Namen wäre sein Todesurteil.«

»Dann eben unter Pseudonym«, schlug Rauya vor.

Da setzte sich Nahrin entrüstet in ihrem Sessel auf: »Ein Pseudonym? Das heißt, man nimmt ihm alles, was ihm noch geblieben ist, seinen Namen, seine Identität, seinen ›unwiderruflichen Kern‹? Man klaut ihm gewissermaßen seine Stimme?«

Das war, Amal weiß es genau, kurz vor der Jahrtausendwende, als sie noch zur Grundschule ging und sie sich am späten Nachmittag, nachdem sie ihre Aufgaben erledigt hatte, zu den Erwachsenen ins Wohnzimmer setzen durfte. Die Partei stand in den Jahren, wie Vater ihr erklärt hatte, »wegen der wichtigen Waren, die nicht ins Land dürfen: den fehlenden Medikamenten, Impfstoffen und den dringend gebrauchten Ersatzteilen« unter Druck, die Herrschenden reagierten darauf jedoch mit den immergleichen Mitteln: noch mehr Hetzrede, Willkür und Gewalt.

Stimme, die dich im Dunkeln wach hält
sie ist deine
trotz allem
unwiderruflicher Kern
deines geschundenen
Ameisenkörpers.

Nahrins Stimme war beim Vorlesen mit jeder Zeile langsamer und leiser geworden, nach »geschundenen« hatte sie eine Pause gemacht und dann das letzte Wort in zwei geteilt – Nahrin hatte die »Ameise« von dem »Körper« getrennt in der Hoffnung, so den geschundenen Körper von der Statur und dem Selbstwertgefühl einer Ameise fernzuhalten. Amal dreht sich im Bett um, es ist erstaunlich, und dann auch wieder nicht, wie deutlich sie sich an diesen Nachmittag erinnert. Es war nicht das erste Mal, dass sie zu Hause Poesie hörte, Großmutter las ihr früher oft vor dem Einschlafen Gedichte vor, aber es war das erste Mal, dass sie beim Zuhören den Dichter der Zeilen vor sich gesehen hatte. Amal greift nach dem Kopfkissen und schiebt es sich unter die Schläfe. Erinnert sich auch Vater an das Gedicht und Nahrins Vortrag? Wenn er sich noch erinnern kann?

Das leise, aber beharrliche Schaben eines Vogelschnabels an der Fensterscheibe weckt sie. Amal blinzelt, öffnet die Augen und sieht, dass Nourig aufrecht im Bett sitzt und den Vogel offenbar schon eine Weile beobachtet. »Morgen«, murmelt Nourig, ohne ihre Blickrichtung zu ändern, und deutet mit der Hand zum Fenster: »Meinst du, die Krähe hat Hunger?«

Langsam setzt sich Amal in ihrem Bett auf und sagt schläfrig: »Wenn sie im Winter nicht fortziehen, heißt das doch, dass sie hier ausreichend Nahrung finden. Vielleicht mag die Krähe einfach keinen Regen und klopft deshalb an.«

Nourig zuckt mit den Schultern. Da, auf einmal, überfällt Amal die Erinnerung: Großmutter, im Krankenhaus. Hastig schlägt sie die Bettdecke zurück, springt auf, setzt sich an den Tisch und klappt den Laptop auf.

»Ja, bitte?«

»Rauya? Rauya!«

»Amal?«

»Wie geht es Großmutter?«

Stille.

»Rauya! Wo bist du? Ich höre dich schlecht. Im Auto? Warst du im Krankenhaus? Rauya! Wie geht es Großmutter?«

»Nicht schlechter, aber –«, es knackt in der Leitung, »nicht stabil. Wir müssen abwarten.«

»Abwarten? Auf was, Rauya?«

»Sie liegt noch – Intensivstation. Herzrhythmusstörungen. Amal? Ich bin – Autobahn, ich schreibe dir später.«

»Rauya! Hörst du mich? Leg nicht auf!«

»Ich melde mich. Wir müssen –« Noch ein Knacken. Es knistert, als störe etwas die Leitung, dann signalisiert Skype durch sein schrilles »Pling«, dass die Leitung unterbrochen wurde oder Rauya aufgelegt hat. Amal stößt ihren Stuhl zurück, hebt wütend und hilflos die Hand – Nourig betrachtet sie schweigend, und Amal weiß nur, dass sie jetzt nicht hier sein will.

Es klingelt ins Leere, und Clara nutzt die Zeit, um nach den richtigen Worten zu suchen, was nicht einfach ist, da sie gar nicht genau weiß, warum sie spontan zum Telefon gegriffen hat. Normalerweise vermeidet sie es, Tarun im Büro anzurufen, dafür gibt es schließlich die Schriftform, Kurznachrichten oder Mails, jene Arten der Kommunikation, die nicht derart aufdringlich nach einer Antwort gellen.

»Ja? Clara?«

Im Hintergrund schlägt eine Tür, als habe sich Tarun gerade zurückgezogen.

»Entschuldige, Tarun.«

»Kein Problem.«

»Ich wollte – ich habe deine Mail gelesen beziehungsweise die von Priya.«

»Ah, gut. Danke«, entgegnet Tarun. »Was meinst du, kennst du die Krankheit, von der Priya schreibt? Wie ernst ist es?«

Clara holt Luft, die Ärztin in ihr ärgert die Frage. Tarun weiß doch, dass Ferndiagnosen zwangsläufig ungenau und deshalb gefährlich sind. Natürlich sind ihr Herzfehler wie der, den Priya beschreibt, aus dem Studium bekannt, wie kompliziert der konkrete Fall jedoch ist, wie risikoreich die Operation und wie hoch die Wahrscheinlichkeit von Spätschäden, hängt entscheidend von der Größe und dem Sitz des »Loches« ab – Fakten, von denen sie nicht die geringste Ahnung hat.

»Aus der Ferne lässt sich das nicht sagen«, erklärt Clara, »wichtig ist vor allem, dass Priya und das Baby in guten Händen sind.«

»Das habe ich auch gedacht«, antwortet Tarun. »Dass sie gleich bei einem Spezialisten waren, ist beruhigend. Ich habe außerdem überlegt, Nirad, dem Bruder eines Freundes aus Kolkata, zu schreiben. Nirad ist Arzt in Delhi, und ich wollte ihn fragen, was er von der Klinik hält, die Priya erwähnt.«

»Das ist sicher keine schlechte Idee«, erwidert Clara. Und diese Klinik kostet *Geld*, geht es Clara durch den Kopf, als wüsste sie jetzt wieder, was sie fragen, sagen wollte. Aber ist das ein Thema fürs Telefon?

»Clara, entschuldige, ich muss jetzt zurück zu einer Besprechung. Du hast heute frei, oder? Wollen wir uns zum Mittagessen treffen? Zwei Red River Shakes, um halb zwei?«

Clara stimmt zu, Tarun verabschiedet sich schnell, legt auf, und Clara betrachtet noch einen Moment lang das Telefon in ihrer Hand.

Als sie den schweren Vorhang hinter der Eingangstür zur Seite schiebt und das angenehm belebte, nach Koriander und Zitrone duftende Restaurant betritt, sieht sie Tarun bereits an einem Tisch hinten an der Wand sitzen. Konzentriert blickt er auf sein Smartphone, notiert etwas, hält inne, schreibt dann weiter. Als er Clara entdeckt, springt Tarun auf, kommt auf sie zu, küsst sie und hilft ihr aus ihrer Jacke.

»Danke, dass du gekommen bist, Clara.«

»Kein Problem«, sagt Clara und lächelt.

Als sie sitzen, deutet Clara auf Taruns Smartphone, das noch immer auf dem Tisch liegt, und fragt: »Du arbeitest?« Tarun schüttelt den Kopf, tippt auf seine Uhr: »In den nächsten paar Stunden kann ich ohnehin nichts tun. In Haora ist es jetzt siebzehn Uhr, dazu Freitag, da ist keiner mehr auf der Baustelle. Der Bauleiter geht jetzt nach Hause, isst mit seiner Familie zu Abend und bringt seine Kinder ins Bett, danach, wenn alle schlafen, telefonieren wir. Er hat versprochen, mich anzurufen.«

»Am Freitagabend?«, stellt Clara fest und schmunzelt.

Tarun hebt die Hand: »Es muss sein! Es gibt Dinge, die schnell geklärt werden müssen. Der Bauleiter ist mein einziger, direkter Zugang zur Baustelle, und seinem letzten Bericht war zu entnehmen, dass es auf der Baustelle ein paar Probleme gibt.«

»Was für Probleme?«, will Clara wissen.

»Nun, wie es aussieht, halten sich manche Firmen nicht genau an das, was sie vorher zugesagt haben. Sie kommen zu spät zur Baustelle oder mit zu wenig Leuten oder mit den falschen Mengen – wenn man da nicht sofort klug reagiert, kann sich schnell alles verzögern«, sagt Tarun.

Da steht Chuong, der Kellner, der sie meistens bedient, vor ihnen.

»Hallo ihr zwei!«, begrüßt er sie schwungvoll, »lasst mich raten: zwei Tagesgerichte, wie immer?« Sie nicken.

»Dazu frische Früchte, keinen Alkohol?«

»Zwei Red River Raspberry Shakes, wie immer«, sagt Clara, und Chuong reckt zufrieden den Daumen in die Höhe.

Während sie auf das Essen warten, nimmt Tarun Claras Hände in seine.

»Hast du schon geantwortet?«, fragt Clara.

»Auf Priyas Mail? Nur kurz«, erwidert Tarun, »ich habe ihr geschrieben, dass ich mich heute Abend in Ruhe melden werde.«

Clara versucht, sich Priya an einem Computer vorzustellen; soweit sie sich erinnern kann, gibt es in Priyas kleiner Wohnung nur in der Küche einen Tisch.

»Meinst du, Madri weiß Bescheid?«, fragt Clara in Gedanken an Taruns aufgeweckte, hübsche Nichte mit dem Bindi, dem dunkelrot glänzenden Punkt zwischen den Augenbrauen.

»So, wie ich Madri einschätze«, antwortet Tarun, »kann man ihr nichts verheimlichen.«

Clara nickt. So schätzt auch sie die kleine Madri ein, die bei Claras Besuch nur in den ersten Minuten unsicher hinter den Beinen ihrer Mutter Schutz gesucht hatte. Nachdem Madri jedoch verstanden hatte, dass die große Unbekannte, die ihre Sprache nicht versteht, zu Tarun, ihrem geliebten Onkel gehört, nahm Madri sie an die Hand, führte sie in ihre Spielecke und stellte ihr dort mit Gesten und imitierten Tiergeräuschen die Bewohner ihres Zoos vor, eines Zoos aus Hölzchen und Nussschalen, den Udar für Madri gebastelt hatte.

»Schön, dass Madri so aufgetaut ist«, hatte Clara später auf dem Rückweg zu Tarun gesagt, worauf Tarun entgegnete: »Du musst das verstehen, Madri hat wahrscheinlich bis heute noch nie einer Weißen die Hand geschüttelt.«

Chuong bringt die zwei Himbeer-Shakes, serviert in Weingläsern und garniert mit einem Blatt frischer Minze.

»Auf Priyas Sohn!«, erhebt Tarun sein Glas, und sie stoßen an.

Das Essen lässt nicht auf sich warten, Tarun und Clara nehmen die obenauf liegenden Stäbchen in die Hände und rühren die verschiedenen Schichten ineinander, mischen den Salat unter das Curry mit Huhn und Reis.

»Madri kommt nächstes Jahr in die Schule«, sagt Tarun, während er die Stäbchen zum Mund führt.

Clara stellt ihr Glas ab, sucht Taruns Blick und fragt: »Du wirst Priya helfen, nicht wahr?«

Tarun nickt: »Ich werde sie bitten, dem Krankenhaus zu sagen, dass es die Rechnung gleich an mich schicken soll, wenn das möglich ist. Oder ich zahle vorher etwas an.«

Clara holt tief Luft: »Und hast du genug Geld?«

Tarun zuckt mit den Schultern: »Ich weiß nicht, wie viel so etwas kostet.«

»Das kann teuer werden«, sagt Clara, »gerade in einem Land, in dessen Gesundheitswesen seit Jahrzehnten ein Zweiklassensystem, seit ein paar Jahren sogar ein Dreiklassensystem herrscht und Fachkrankenhäuser gewöhnt sind, dass Operationen direkt bezahlt werden.«

Auf Taruns Stirn bilden sich zwei Falten. »Ich hoffe«, sagt er langsam, »meine Ersparnisse werden reichen.«

Da streckt Clara ihren Arm aus, greift nach Taruns Hand und erklärt: »Wenn du nicht genug haben solltest, frag mich bitte. Ich habe etwas zurückgelegt, das Preisgeld für meine Doktorarbeit ist auch noch da, es liegt eh nur auf der Bank, und ich gebe es dir gerne.«

Tarun blickt sie verwundert an, und Clara kann nicht erkennen, ob ihr Angebot ihn freut oder nicht. Seine Reaktion kommt zeitversetzt, Tarun lächelt und lehnt sich gleichzeitig in seinen Stuhl zurück, sodass seine Hand aus ihrer gleitet: »Das ist lieb von dir, Clara, aber Priya würde das nicht wollen.«

»Warum nicht?«

»Du bist nicht ihr Bruder.«

»Natürlich nicht«, sagt Clara, »aber ich lebe mit ihm.«

»Trotzdem –«, Tarun stockt, »wir sind auch nicht verheiratet. Aber auch das ist es nicht, Priya würde es auch dann nicht wollen.«

»Warum?«, fragt Clara wieder.

»Es wäre ihr unangenehm«, erklärt Tarun. »Priya ist stolz, sie würde sich schämen, von jemandem, der nicht ihr Bruder ist oder ihre Eltern sind, Geld anzunehmen.«

»Aber einen Kredit von der Bank, den nimmt sie?«

»Das ist etwas anderes«, sagt Tarun, »ein Kredit ist neutraler.«

»Neutraler? Es ist doch hirnrissig, Zinsen für einen Kredit zu zahlen, wenn man das Geld umsonst bekommen kann. Gerade in Priyas Situation.«

Tarun hebt die Schultern und schüttelt dann den Kopf: »Priya wird dieses Mal auch keinen Kredit aufnehmen müssen. Wenn es nötig ist, werde ich es tun.«

»Aber warum?«, fragt Clara laut, »für dich gilt doch dasselbe: Bei mir liegt das Geld rum, und du müsstest dafür bezahlen.«

Tarun schweigt. »Ich habe dir den Grund bereits genannt«, sagt er schließlich und presst die Lippen aufeinander.

Ja, natürlich hat sie verstanden. Dieser Grund ist für Clara aber noch kein Anlass, das Ganze derart kompliziert und unnötig teuer zu machen. »Die Hauptsache ist doch, dass die Rechnung bezahlt wird«, versucht sie es erneut, mit sanfter Stimme, »und wenn du glaubst, dass es Priya unangenehm wäre, einen Teil des Geldes von mir zu bekommen, sagst du es ihr einfach nicht.«

Tarun, der gerade dabei war, mit der Gabel ein Stück Huhn zum Mund zu führen, legt das Fleisch zurück auf seinen Teller. »Du willst, dass ich meine Schwester anlüge?«, fragt er, dabei das Wort »…lüge« betonend, als habe Clara ihn aufgefordert, einen Unschuldigen des Mordes zu bezichtigen.

Clara hebt abwehrend die Hände: »Wenn du es so nennen willst …«

»Wenn ich sage, das Geld sei von mir, ist es eine Lüge«, erwidert Tarun scharf.

Sie blicken sich an und schauen dann weg, spüren offensichtlich beide, dass dieser Ton zwischen ihnen ungewöhnlich, neu ist. Clara fällt das Schlucken schwer, Tarun dagegen isst weiter. Er isst und starrt dabei beharrlich auf seinen Teller, er weigert sich, den Blick zu heben, ihren Blick zu erwidern, was dazu führt, dass Clara irgendwann wütend wird: »Ich will doch nur helfen, mein Gott! Und du führst dich auf, als wollte ich ein Verbrechen begehen.«

Jetzt schaut Tarun auf. Sein Blick ist nicht feindselig, aber unlesbar, fern. Tarun lässt sich Zeit, bevor er erwidert: »Clara, willst du Priya helfen oder mir etwas beweisen?«

Clara fährt zurück. Was soll das jetzt? Wie kommt Tarun darauf? Sie weiß nicht, warum er das jetzt fragt, sie weiß nur, dass sie es hasst, wenn sich Menschen einer Diskussion entziehen, indem sie den anderen interpretieren, ihn in ihre Interpretation einsperren, in der man erst einmal festsitzt, selbst dann, wenn man die Erklärung letztendlich für sich ablehnt. Ihre Mutter ist eine Meisterin in dieser Taktik der Ablenkung.

»Was tut das jetzt zur Sache?«, fährt Clara zornig auf, »selbst wenn es so wäre, was tut das zur Sache? Maß dir nicht an, mich besser zu verstehen als ich mich selbst!«

»Ich maße mir nichts an, ich frage«, entgegnet Tarun ruhig, doch seine Stimme klingt jetzt kälter.

Sie schweigen. Tarun isst weiter, Clara nicht.

»Ich verstehe einfach nicht, warum du auf einmal so stur bist«, zischt sie, »erst übersetzt du mir Priyas Mail, involvierst mich in die Geschichte, und jetzt blockst du so ab. Dabei könnte ich dich genauso fragen: Würde Priya das Geld von mir nicht wollen, bist du dir da sicher, oder willst du es nicht annehmen?«

Tarun sieht sie an und legt dann seine Stäbchen ordentlich auf die Serviette neben seinem Teller. Er schüttelt den Kopf, schaut auf die Uhr und sagt: »Das bringt so nichts. Ich muss los.«

Tarun steht auf, verlässt seinen Stuhl, zögert, erwägt offenbar eine Geste, lässt dann die Hand jedoch fallen und geht. Etwas in Clara will aufspringen, Tarun festhalten, rufen: »Du kannst doch jetzt nicht einfach gehen!« Doch eine Stimme in ihr sagt auch, dass sie ihn so gehen lassen muss, wenn er meint, das sei angebracht … Sie muss es aushalten, dass Tarun sich entfernt, seinen Mantel holt, zum Tresen läuft, zahlt und dann, ganz so, als hätte er alleine gegessen, das Lokal verlässt. Ihre Liebe muss das aushalten, denkt Clara, als sie beobachtet, wie Tarun draußen auf dem Bürgersteig sofort die Straße in Richtung Museumsinsel überquert, was er eigentlich erst später, hinter der Espressobar auf dieser Straßenseite tut. Sie muss es aushalten, dieses komische Gefühl in ihrem Magen, das Wut, Angst oder Groll sein kann, Groll, denkt Clara und zwingt sich zu einem Lächeln: Klingt das nicht nach Geröll? Genau so fühlt sie sich, spürt harte, kleine Steine in ihrem Bauch und im Hals. Tarun auf der anderen Straßenseite entfernt sich in federnden Schritten.

Während sich die Verbindung zu Claras Telefon aufbaut, versucht Amal, die durcheinanderrufenden Worte in ihrem Kopf zu ordnen: Infarkt! Bagdad – Skype-Störung – Herzrhythmusstörungen …

»Ja, bitte?«

Amal ist sich nicht sicher, ob sie tatsächlich mit Clara spricht, ihre Stimme klingt anders als sonst, heller, gläserner.

»Clara? Hier ist Amal.«

»Amal!« Clara freut sich ersichtlich und fragt gleich, ob der Computer funktioniere.

»Bestens«, versichert Amal. Aus den stoßartig laut werdenden Verkehrsgeräuschen ist zu schließen, dass sich Clara draußen, nah einer befahrenen Straße befindet.

»Wenn ich dich störe –«, beginnt Amal, worauf Clara ihr versichert, ihr Anruf störe gar nicht. »Im Gegenteil, du rufst genau im richtigen Moment an«, sagt Clara, »denn weißt du, was ich gerade betrete? Die Museumsinsel! Du erinnerst dich, oder? Die Insel in der Spree, zwischen dem Fluss und dem Kanal, auf der sich auch das Pergamonmuseum befindet, mit dem Ischtar-Tor.«

Ja, Amal erinnert sich, wie sie über das Ischtar-Tor, das mehr als nur ein Tor ist, gesprochen haben; das Nordtor der alten Stadtmauer Babylons und die sich daran anschließende Prozessionsstraße, der Grund, weshalb sie es damals in Österreich unbedingt bis nach Deutschland schaffen wollte. Obwohl sie das Ischtar-Tor dann, nach ihrer Ankunft in Brandenburg, bis heute nicht besucht hat.

»Wir waren dreißig Jahre zu spät!«, hatte Rauya kopfschüttelnd gerufen, als Großmutter sie vor ein paar Jahren nachmittags beim Tee aufforderte, mal wieder von der Göttin Ischtar und »ihrem« Tor zu erzählen.

»Über zweieinhalbtausend Jahre lang ruht das Tor unbemerkt im Wüstenboden, und dann sind die Deutschen dreißig Jahre schneller als wir«, sagte Rauya in einem Ton, als habe sie noch nicht entschieden, ob sie dieses »Zuspätkommen« als Ironie der Geschichte belächeln oder einfach nur tragisch finden sollte.

»Dabei ist diese zeitliche Nähe aber kein Zufall«, ergänzte Hassan und versuchte, Rauya so zu beschwichtigen. Ein Einwand, mit dem ihr Vater, wie Amal damals bereits wusste, einen entscheidenden Punkt berührte: Denn im Zuge des heimlichen Wettkampfes zwischen den Kolonialmächten um archäologische Schätze aus dem Nahen Osten waren die Franzosen bereits Mitte des neunzehnten Jahrhunderts ins Zweistromland gekommen, konnten ihre Fundstücke damals aber nicht einordnen. Als dann Ende des Jahrhunderts der deutsche Architekt Koldewey in Babylon glasierte Ziegel entdeckte und sie als Teil des Ischtar-Tors identifizierte, organisierte Koldewey deren Abtransport nach Berlin im Rahmen einer Jahrzehnte andauernden, vom preußischen Staat finanzierten, wissenschaftlich höchst umsichtig und klug vorgehenden Ausgrabung, die wiederum die Engländerin Gertrude Bell derart beeindruckte, dass Bell sich nach dem Ersten Weltkrieg für die Gründung ebenjenes archäologischen Museums in Bagdad einsetzte, das Rauya meinte, wenn sie, auch noch Jahre nach ihrer Entlassung, von »uns« beziehungsweise »wir« sprach.

»Vergiss nicht, Rauya«, sagte Hassan sanft, »dass ›eure‹ Miss Bell von der Arbeit ihres ›dear friend‹ Koldewey sehr beeindruckt gewesen ist.«

Rauya winkte ab: »Das ist richtig, aber nicht zentral. Entscheidend ist, dass sich Gertrude Bell nach dem Ersten Weltkrieg mit aller Kraft dafür eingesetzt hat, die archäologischen Schätze hier vor Ort zu lassen«, stellte Rauya klar mit einer Stimme, als spräche sie vor großem Publikum und nicht vor ihrer Familie beim Tee. »Genau darum ging es doch bei der Gründung unseres Museums!«

»Amal, bist du noch dran?«, fragt Clara unsicher.

»Natürlich«, beeilt sich Amal zu sagen.

»Was meinst du: Wollen wir uns das Ischtar-Tor gemeinsam anschauen?«

Amal zögert kurz, erinnert sich, warum sie Clara ursprünglich angerufen hat – wegen Großmutters Infarkt –, und antwortet: »Ja, gerne.«

»Wann wäre es dir recht?«, fragt Clara umgehend.

Worauf Amal erwidert, sie richte sich nach Clara.

»Dann sagen wir nächsten Montag?«, schlägt Clara vor, und Amal hört, wie Claras Stimme am Ende des Satzes ein wenig in die Höhe schnellt.

»Nächsten Montag. In Ordnung.«

Es ist nicht unangenehm, denkt Amal, nachdem das Gespräch beendet ist, zu wissen, dass Clara und sie sich in wenigen Tagen in Berlin sehen werden, um gemeinsam das Ischtar-Tor zu besuchen. Denn etwas verwundert ist sie schon darüber, dass sie es in den letzten vier Monaten alleine nie geschafft hat. War ihr Drang, zu sparen, der Grund? Oder hatte ihr Zögern vielmehr damit zu tun, dass das Ischtar-Tor an der Spree, wie sie von Rauya weiß, zwar größtenteils aus Originalziegeln besteht – aus Ziegeln, die in Kisten auf Schiffen von Basra bis nach Hamburg und von dort aus weiter nach Berlin gebracht worden sind –, das mit ihnen wiedererrichtete Tor jedoch *nicht* exakt dem Original entspricht? Die Maße stimmen nicht, das Ischtar-Tor ist zwar auch in Berlin groß, aber lange nicht so imposant wie damals im alten Babylon, unter freiem Himmel. Die Räumlichkeiten des Pergamonmuseums seien dafür, wie Rauya erzählt hatte, nicht ausreichend gewesen. Und hatte diese Tatsache Rauya, als sie damals beim Tee vom Ischtar-Tor sprach, ein Lächeln aufs Gesicht gezaubert? Oder ist das ihr eigenes Lächeln, jetzt und hier, vor den Toren Berlins?

Nourig betritt das Zimmer und erzählt, sie habe Abu unten in der Halle mit einem Kühlbeutel am Kopf gesehen, von einer Schar Leute umringt. Es habe offenbar im Ort eine Schlägerei zwischen Jugendlichen gegeben, Abu hatte sich eingemischt, hatte schlichten wollen und dabei selbst etwas abbekommen. Amal nickt stumm, beschließt, heute Abend bei Abu vorbeizuschauen, wenn sich die erste Aufregung gelegt haben wird.

Einmal versucht sie es noch. Sie setzt sich an den Computer und wählt Rauyas Nummer, erfolglos. Dieses Mal ist die Verbindung nicht gestört, sondern kommt gar nicht erst zustande. Ist Rauya denn noch immer im Auto unterwegs? Nein, denn wie Amal erst jetzt entdeckt, hat ihr Rauya vor knapp zehn Minuten eine Mail geschickt: »Bin in der Universität, gleich beginnt die Vorlesung, melde mich später.«

Amal klappt den Computer zu, steht auf und tritt ans Fenster. Allmählich beginnt sie zu ärgern, dass es für Rauya offenbar nicht oberste Priorität hat, sie persönlich, per Telefon, so oft wie möglich über Großmutters Zustand auf dem Laufenden zu halten. Weil sie eh so weit weg ist, ohnehin nichts tun könnte? Oder weil es tatsächlich nichts Neues von Großmutter gibt? Weil Rauya sie nicht spüren lassen will, welche Sorgen sie sich tatsächlich um Großmutter macht? Amal blinzelt in die Sonne. Großmutter, zwischen Schläuchen, im Krankenhaus. Abu, mit einem Kühlbeutel am Kopf. Amal schließt die Augen und sieht sie plötzlich beide, unversehrt, vor Tariqs Bäckerei, im hellen Sonnenlicht. Abu und Großmutter sitzen an dem kleinen Tisch unter der Markise und trinken Tee, Abu trägt eine übergroße schwarze Sonnenbrille, dazu einen Panamahut. Was für ein Dandy. Und wie er grinst! Tariq sieht aus wie immer, die dunkelgrüne Schürze an der Hüfte zugebunden, lehnt er im Türrahmen, den einen Fuß im Laden, den anderen auf der Straße. Vor ihm Großmutter, ihre Haarenden sind wie immer sorgfältig im Nest festgesteckt, dazu trägt sie ein Kleid mit Blumenmuster, ein westlich geschnittenes Sommerkleid. Amal kennt das Kleid, aber nicht von Ischtar. Es ist das Kleid, das Gertrude Bell auf einem der Fotos in den Büroräumen des Museums in Bagdad trägt. Großmutter greift nach ihrer Teetasse und hört interessiert Abu zu, der mit lebhaften Gesten von etwas erzählt, das Ischtar zum Lachen bringt, so sehr zum Lachen, dass die Teetasse in ihrer Hand gefährlich wackelt. Tariq lauscht ebenfalls Abus Geschichte und betrachtet dabei versonnen eine silberne Haarsträhne, die sich aus Ischtars Haarknoten gelöst hat. Als Amal die Augen wieder öffnet, verschwimmt ihr Blick.

Meine liebe Schwester,

vielen Dank für Ihre Nachricht. Ihr Vertrauen.

Ich habe vor mir das rote Meer von Seidenbaumwollbäume zu sehen. Und Madri, wenn um die Bäume laufen. Geben Sie einen Kuss von seinem Onkel.

Priya, Schwester, natürlich werde ich Ihnen helfen. Sie müssen nicht zu viele Sorgen. Erzählen Sie das Krankenhaus, sagen Sie, mir alle Rechnungen zu schicken. Ich sofort durch Banküberweisung bezahlt. Oder, falls nicht möglich, im Vorfeld der Operation, wenn in bar entrichtet werden musste, dann laufe ich nach einer Organisation die Summe vor der Filiale Ihrer Bank, wo Sie abholen können das Geld vor Reise in Geburt Delhi. Kann in den nächsten Wochen möglich sein, mit Krankenhaus per Telefon zu klären? Danke. Und, lassen Sie es mich wissen, die Summe, die sie Ihnen gesagt haben.

Liebling, ist es sicher, wird alles gut. Das Wichtigste ist, dass Sie in guten Händen sind. Ich bin froh, Ihnen einen Spezialisten gesehen zu haben. Glücklicherweise haben wir eine Zeit, als Ärzte »falsch« geheilt werden. Sie können vertrauen, lieber Doktor.

Haben Sie schon einmal gesprochen Madri? Sie hat sich Ihre Angst, Ihre Spannung sicher gespürt. Sprechen Sie mit ihr. Viele gute Ärzte in Delhi bei Geburt von ihren kleinen Bruder notwendig. Madri, was ich verstehe, ich bin sicher, dass sie verstehen wird. Als ich ihr Spiel zusehe, ich verstehe, dass sie hat das Vertrauen in die Fähigkeit, die Welt zu schaffen, zu reparieren das Nötige.

Priya, der Anfang des Frühlings, aber es ist immer noch kalt. Rot, Orange, Kolkata Farben fehlen mir! Sie wissen, dass Gelb hier in

Deutschland für Neid symbolisiert, ziemlich fragwürdige Farbe? Farbe der Sonne, das Licht, das alle erleuchtet! Hier ist etwas anderes, glaube ich, weil Gelb anders. Es ist heller, mehr als der Mond gelb, und nicht der Sonne gelb. Kein Safran, Kurkumagelb.

Liebling, erinnere mich, wir haben Kurkumapulver geschmiert auf unsere Gesichter? Wir haben Kurkumapulver genommen aus Mutters Küche und liefen mit ihm auf den Hof hinter die Möbelwerkstatt. Wir schmierten uns Pulver in Gesichter, so wie wir Bräute mit unserer Nachbarschaft gesehen haben, und dann tanzten wir! Wir haben uns gedreht, um die bösen Geister zu vertreiben, wie sie gelernt alle. Liebling, wissen Sie nicht mehr, wie wir tanzten? Wie viel Spaß wir hatten, wie wenig Angst vor die Geister? Priya, Ihr Sohn wird einmal so tanzen! Auf seine Hochzeit oder Madris oder, was ich sage, schon vorher, auf dem Hof hinter der Werkstatt …

Priya, Schwester, manchmal in diesen Tagen, ich habe Angst zu vergessen, wie war das ausgelassene Spiel in unserer Kindheit. Dabei ich erinnere mich in letzter Zeit häufiger an damals als früher.

Ich bin es sicher, Liebling, es wird gut mit dem Baby. Lassen Sie mich wissen, was die Ärzte sagen. Und gut auf sich, selbst und das Baby aufpassen.

Wenn Sie möchten, können Sie mich jederzeit anrufen. Sie wissen, nicht wahr? Gehen Sie einfach auf die Post und ›R‹ fragen.

Ich umarme Sie stark.

Ihr Bruder,

Jung

Sie hat mehrfach geschmunzelt, einmal sogar laut gelacht, und es doch in jedem Satz gespürt, das weite Feld, die Entfernung zwischen ihr und dem Text, zwischen der vertrauten Wärme in den Worten und ihrem gierigen, kalten Lesen. Einem Lesen, das ebendiese Entfernung in jeder Zeile zu überwinden hofft und das doch immer wieder gegen eine Mauer stößt, das abprallt an ihnen beiden, Bruder und Schwester, die in einer Sprache miteinander kommunizieren, die sie nicht versteht. Eine Sprache, die ihr derart fremd ist, dass bereits ihr Alphabet Clara außen vorlässt, Zeichen, die zum Dickicht, einer Mauer werden, die sie mit dem Übersetzungsprogramm gewaltsam niederreißen wollte – und obwohl das gelungen ist, obwohl sie jetzt einen recht guten Einblick in den Inhalt und den Ton von Taruns Brief hat, bleibt ein flaues Gefühl zurück.

Ein Gefühl, das in Emsigkeit umschlägt, als Clara anfängt, auch die anderen Nachrichten in Taruns Postfach, die sie nicht versteht, in die Übersetzungsmaske einzugeben und zu übersetzen, erst ins Englische, denn das Programm, das Tarun für bengalische Texte am besten findet, »kann« kein Deutsch, und dann noch einmal vom Englischen ins Deutsche. Eine Nachricht nach der anderen, als ginge es hier um die Befriedigung einer linguistischen Neugier – nicht um einen Vertrauensbruch. Natürlich weiß Clara, was sie da tut. Und sie weiß auch, dass es nicht zuletzt diese Grenzverletzung ist, die in ihr das Gefühl erzeugt, als schwinde der Boden unter ihren Füßen. Erodiert das Vertrauen wirklich stets zuerst? Öffnet unser Misstrauen Abgründe, deren Folgen wir erst begreifen, wenn uns der Sog des Fallens bereits erfasst hat? Oder ist das eine moralistische Mär, eine Erfindung jener, die begründete Angst vor dem Misstrauen anderer haben? Ist es überhaupt möglich, fragt sich Clara, pauschal zu beurteilen, ob uns entzogenes Vertrauen schützt oder unser Glück vielmehr erst in Gefahr bringt? Ist nicht viel entscheidender, wer von der Grenzüberschreitung weiß? Clara schließt zuerst die Internetseite mit der Übersetzungsmaske, löscht dann den Suchverlauf des Browsers. Sie verwischt die Spuren, als sei sie Derartiges gewöhnt oder als habe sie ihre Aktion sorgfältig geplant. Und das ist es, was ihr, wenn überhaupt, zu denken geben sollte, sagt sich Clara, als sie Taruns Computer ausschaltet und das Zimmer verlässt.

Tarun ist noch immer nicht vom Laufen zurück. Clara geht in die Küche, bereitet einen Salat, Fladenbrot und eine Joghurtsauce vor, in die sie nach kurzem Zögern eine ordentliche Prise Kurkuma einrührt, so, wie sie es bei Priya gesehen hat. Während des Rührens erinnert sich Clara an die vielen verschiedenen, köstlich gewürzten, ungemein schmackhaften Speisen, die Priya ihnen damals bei sich zu Hause aufgetischt hat. Aufmerksam, aber nicht aufdringlich, mit freundlichem Wohlwollen hatte Priya immer wieder ihren Arm ausgestreckt und die Schalen in Claras Richtung gehoben – jede Geste eine Frage, jedes Lächeln die Bitte, Clara solle sich ganz frei fühlen, sich nehmen, was sie wolle, Reis oder Fisch, mehr Wasser, Lassi oder Fruchtsaft … Udar hatte seine Hände, wenn er nicht gerade aß, meist unter dem Tisch gefaltet, manchmal lachte er laut auf, verstummte dann wieder, schaute Madri liebevoll an und brachte sie irgendwann ins Bett.

Clara hört mit dem Rühren auf, erinnert sich: Zu Beginn ihres Besuches, nach der freudigen Begrüßung, waren Priya und Udar zunächst höflich still, schauten erwartungsvoll zu Tarun, als läge es in seiner Hand, die Unterhaltung anzuführen. Erst später, nachdem Tarun mit Worten, die Clara nicht verstand, und Gesten, die sie sehr wohl verstand, Priya und Udar und vor allem Madri zum Lachen und Erzählen gebracht hatte, löste sich die Zurückhaltung auf, das Gespräch wurde lockerer und lauter.

Clara nimmt den Löffel aus der Sauce, legt ihn ins Spülbecken und stellt die Schale auf den Küchentisch. Wie ihr Kolkata und vor allem Taruns Familie gefallen habe, hatte ihre Mutter sie nach ihrer Rückkehr gefragt: Hast du dich dort wohlgefühlt? Clara hatte über die Frage nachdenken müssen, das Wort »wohlfühlen« kam ihr angesichts der vollen, eifrig beschäftigten Stadt unangemessen vor, und was Taruns Familie anging – ob sie sich dort wohlgefühlt habe? Gefühlsmäßig ja, auf jeden Fall, es herrschte eine angenehm familiäre, herzliche Atmosphäre in Priyas und Udars Haus. Und doch blieb sie, da sie die Sprache nicht verstand, natürlich immer auch außen vor, eine Fremde.

Ob sie glaube, dass das anders wäre, wenn sie Bengali spräche, hatte ihre Mutter, immer gleich in Lösungsansätzen denkend, nachgefragt. Vielleicht, hatte Clara geantwortet, und dann ergänzt: Nein, ganz sicher wäre es anders. Sie könnte mitreden, wäre in die Unterhaltungen und damit in das Leben der Familie integriert. Ob sie dann trotzdem noch das Gefühl hätte, eine Außenstehende zu sein, von außen auf diese Menschen, ihre Gemeinschaft zu blicken – das ist eine andere Frage, hatte Clara damals gedacht, aber nicht laut gesagt. Um diese Distanz zu überwinden, braucht es wahrscheinlich vor allem Zeit, gemeinsame Erlebnisse und Gespräche mit allen Mitgliedern der Familie, Gespräche, die über das Oberflächliche hinausgehen, bei denen sie das Gefühl hat, die anderen könnten ihre Ansichten und Gedanken, ihren Humor wahrnehmen. Bei Madri ist das ja sehr schnell gegangen, erinnert sich Clara und lächelt. Bei Madri und ihrem Zoo aus Streichhölzern hatte es gar keine Worte gebraucht, um sich einander nah zu fühlen, ihr hatte sie auch mit Mimik und ihren Fingern zu verstehen geben können, dass sie vor Löwen Angst hatte, Giraffen bewunderte und Affen lustig fand.

Ob sie in Kolkata den Eindruck gehabt habe, Tarun sei dort »ein Anderer« gewesen, hatte ihre Freundin Beate sie gefragt; eine Frage, gegen die sich Clara instinktiv gewehrt hatte. Nein, er ist kein Anderer dort, hatte sie geantwortet, er verhält sich vielleicht anders, dem Anlass oder den Leuten entsprechend, andere Aspekte seiner Persönlichkeit treten hervor, seine bengalische Vergangenheit, seine Rolle als Bruder oder Sohn, aber das kennen wir doch alle, dass wir im Beruf, vor unseren Freunden oder in der Familie unterschiedliche Rollen annehmen, er bleibt dabei doch Tarun! Der Tarun mit dem fein geschnittenen, ernsthaft schönen Gesicht, das zwischen den indischen Gesichtern genauso auffiel wie in Europa; der Tarun mit seiner glatten Haut, der man sogar im Dunkeln anfühlt, dass sie glänzt.

Clara greift nach dem Küchentuch, seufzt und schüttelt gleichzeitig den Kopf, sie seufzt schon wie eine alte Frau! Aber sie weiß auch, warum, der Streit von heute Mittag geht ihr nach. Schließlich hat sie sich mit Tarun, wie ihr auf dem Rückweg vom Restaurant klar geworden ist, bislang noch nie ernsthaft, das heißt über die Situation hinausgehend gestritten. Sicher, kleine Wortgefechte, auch hitzige Diskussionen, argumentativen Schlagabtausch hatte es gegeben, aber im Streit auseinanderzugehen – das war neu bei ihnen. Meist lag ihnen beiden daran, gerade nach einem emotionalen Ausbruch auf den anderen zuzugehen, ihn die eigene Liebe spüren zu lassen und sich zu versöhnen.

So wie damals, kurz vor Taruns erstem Besuch bei ihren Eltern, als Clara auf Taruns Frage, was ihre Eltern mögen könnten, geantwortet hatte, ein Buch über Architektur, etwas aus seinem Fachgebiet oder seiner Heimat würde ihre Eltern sicher interessieren. Worauf Tarun am Abend mit einem Buch über Hermann Jansen, den Städteplaner und Architekt, dessen Credo lautete: »Nicht das einzelne Haus soll wirken, sondern das Ensemble«, nach Hause gekommen war. »Ein deutscher Architekt, kein Bengale?«, hatte Clara eher überrascht als irgendwie despektierlich gefragt, worauf Tarun erstaunlich schnippisch erwidert hatte: »Was hast du denn erwartet? Ich bin schließlich nicht nur Inder!«

Als Tarun kurz darauf den Flur betritt, erkennt Clara an der Art, wie er sich an den Türrahmen lehnt, dass er erschöpft ist.

»Heute war ich gar nicht in Form«, sagt Tarun und schnauft.

Clara sieht ihn an, fragt sich, ob dieser Satz etwas über ihren Streit am Mittag sagen soll, deutet dann auf den Tisch und erwidert: »Wenn du möchtest, können wir bald essen.«

Während des Essens reden sie nicht über Priya oder ihren Streit. Sie reden über Kurkuma im Joghurt und über den Turm; Tarun berichtet von seiner Unterhaltung mit dem Bauleiter, die offenbar spannungsgeladener gewesen ist, als er es erwartet hat.

»Was nützt es mir«, echauffiert sich Tarun, »wenn der Bauleiter Wort für Wort die Erklärungen der zu spät aufgebrochenen oder mit den falschen Lademengen auf der Baustelle ankommenden Arbeiter zitiert! Die kranke Frau des einen, der falsche Lieferschein des nächsten, die Staus … ›Warum auch immer!‹, habe ich ihm gesagt: Seine Aufgabe als Bauleiter ist es, dafür zu sorgen, dass der Fundamentbau trotz dieser Pannen weitergeht! Es ist seine Aufgabe, das Projekt von seiner Zielsetzung aus zu denken, er muss sicherstellen, dass die Arbeiten planmäßig fortschreiten und es keine Missverständnisse gibt. Stattdessen käut der Bauleiter nur wieder, was die anderen sagen, plädiert für Verständnis, und Geduld –«, Tarun hebt die Augenbrauen, »Geduld« war offenbar ein Reizwort. »Und wenn er mir dann noch eher beiläufig erzählt, einige der Lieferanten, mit denen wir in den nächsten Wochen fest gerechnet haben, seien in ihren Zusagen auf einmal nicht mehr ›so konkret‹ wie früher, sprächen auf Nachfrage hin von möglichen ›Lieferverzögerungen‹ – da frage ich mich, wie das weitergehen soll …« Tarun wirkt jetzt eher verunsichert als verärgert, nervös beginnen seine Finger auf den Tisch zu trommeln.

»Wie seid ihr verblieben?«, fragt Clara vorsichtig.

»Morgen rede ich«, erwidert Tarun, »erst mal mit Andreas über das Problem. Wir wollen gemeinsam abendessen, du hast dann doch eh Spätdienst, oder?«

Clara nickt.

Nach dem Essen gehen sie früh schlafen, lesen beide noch ein wenig und geben sich, nachdem sie ihre Bettlampen ausgeschaltet haben, einen Kuss. Er beginnt ein wenig vorsichtiger als sonst, hört aber nicht auf, wird intensiver, wird mehr als ein Kuss und endet schließlich mit erschöpften Atemzügen auf der Bettdecke. Clara, noch erhitzt, streckt sich auf dem Laken aus, fährt sich durch die Haare und spürt ihre Erleichterung. Es tut gut, zu merken, dass auch Tarun dem Streit von heute Mittag nicht die Macht geben will, sich zwischen sie zu stellen. Auch wenn sie weiß, dass ihr Disput in der Sache damit nicht geklärt ist und dass Tarun, was das angeht, vielleicht genau wie sie einfach abwartet: auf die Informationen von Priya, auf die Höhe der Summe, die Antwort auf die Frage, ob Claras Angebot an Tarun überhaupt nötig ist. Dass Tarun sie in dem Brief an Priya nicht erwähnt, hat vielleicht etwas zu bedeuten, vielleicht aber auch nicht.

Später, unter der Bettdecke, bei geschlossenen Augen versucht Clara, sich die Orte und Szenen vorzustellen, die Tarun in seinem Brief erwähnt: den Hof hinter der Möbelwerkstatt, eine tanzende Hochzeitsgesellschaft, »Mutters Küche«. Sieht sie aus wie Priyas Küche? Taruns Eltern, gutmütige Leute, denen man die jahrelange, harte Arbeit ansieht, der Vater mit seinen ledrigen Händen, die Mutter mit ihren eingefallenen Schultern, aber wachen Augen, hatte sie auf ihrer Reise zwar ebenfalls kurz besucht, dabei aber nicht die Küche gesehen.

In der Nacht schreckt Clara auf. Sie hat geträumt, von Priya, die nachts hochschwanger im Hof um ein Feuer tanzt. Tarun, sein Gesicht von den Flammen erleuchtet, steht in einem Kreis von Menschen, hält Madri an der Hand und feuert Priya an. Was er ruft, ist nicht zu verstehen, nur, dass es Madri offenbar gefällt, lachend blickt sie zu Tarun auf und zieht rhythmisch an seiner Hand.

Endlich klingelt es. Sogar Nourig legt ihr Buch aus der Hand und schaut auf.

»Ja, bitte?«

»Rauya?«

»Amal!«

»Wo bist du, Rauya?«

»Zu Hause«, sagt ihre Mutter, und jetzt sieht Amal sie auch am Bildschirm.

»Wie geht es Großmutter?«

»Ihr Zustand ist immer noch kritisch.«

»Was heißt das?«

»Sie liegt noch auf der Intensivstation. Das EKG ist nach wie vor unruhig, ihre Blutzuckerwerte sind schlecht, und der Blutdruck ist auch zu hoch.«

»Aber sie bekommt doch Medikamente gegen den Bluthochdruck?«

»Natürlich. Die Ärzte tun, was sie können. Der Oberarzt ist ein Bekannter von Mahmoud, er kannte sogar Vater vom Namen, hat mich auf ihn angesprochen.«

»War Mahmoud im Krankenhaus?«, fragt Amal daraufhin.

»Ja, gestern Abend. Ich soll dich grüßen.«

»Und Nahrin?«, fragt Amal weiter.

»Natürlich war auch sie da. Nahrin hat mich sogar mit Essen versorgt«, erzählt Rauya.

»Na dann muss es Großmutter ja wirklich schlecht gehen!«, versucht Amal einen Witz in Nahrins Manier, der jedoch nicht wirklich zum Lachen einlädt.

»Du kennst ja Nahrin«, sagt Rauya, »sie hat mit den Ärzten diskutiert, hat im Internet irgendwo gelesen, dass Diabetiker nach einem Herzinfarkt manchmal zu streng eingestellt werden und dann an einer Unterzuckerung sterben.«

»Und das will Nahrin bei Ischtar verhindern«, denkt Amal laut.

»Genau«, antwortet Rauya.

»Ist Großmutter denn –«, jetzt stockt Amal. Ob Großmutter in Lebensgefahr schwebe, will sie fragen und hat Angst vor der Frage. »Ist Großmutter denn in Gefahr?«, ist die Formulierung, zu der sich Amal durchringt.

»Wie gesagt, stabil ist sie noch nicht«, erwidert Rauya. »Aber die Ärzte hoffen, dass sich ihr Zustand in den nächsten Tagen bessern wird. In den letzten zwölf Stunden hat er sich zumindest nicht verschlechtert«, erzählt Rauya, und Amal hört ihrer Mutter an, dass auch Rauya inständig auf eine Besserung hofft.

»Es tut mir leid, dass ich nicht da bin«, sagt Amal nach einem Augenblick der Stille.

»Ich bin so froh, dass du in Deutschland, in Sicherheit bist«, erwidert Rauya prompt, und Amal verzichtet darauf, das mit der Sicherheit zu relativieren. Sie weiß, dass Rauya unter normalen Umständen jetzt als Nächstes fragen würde, wann denn mit dem Asylbescheid zu rechnen sei, und da sie das genauso wenig weiß wie Rauya, sagt sie schnell: »Gib Großmutter einen Kuss von mir und erzähle ihr, dass ich in ein paar Tagen das Ischtar-Tor besuchen werde.«

»Das Ischtar-Tor in Berlin? In dem Museum aus der Kaiserzeit?«, fragt Rauya, plötzlich mit der Stimme der interessierten Archäologin.

»Ja, genau. Ich treffe mich dort –«, Amal hält kurz inne, »mit Clara.«

»Das ist gut«, erwidert Rauya, »ich bin gespannt auf deinen Bericht. Kannst du ein paar Fotos machen?«

Amal entgegnet, das sei sicher möglich, Clara habe bestimmt ein Telefon mit Kamera. »Ich werde sie fragen. Vielleicht können wir dir sogar ein Bild direkt aus dem Museum schicken.«

»Gerne, das ist aber nicht nötig«, antwortet Rauya.

Sie wissen, dass sie ihr Gespräch an diesem Punkt beenden können, dass sie es hier, mit einem Ausblick beenden sollten, um nicht unmittelbar nach dem Auflegen in dem Gefühl der Hilflosigkeit und der Trauer über die Entfernung zwischen ihnen zu versinken. Ein solcher Schlusspunkt erscheint Amal angesichts der kritischen Lage, in der sich Ischtar befindet, jedoch unangemessen.

»Rauya, versprich mir: Du meldest dich umgehend, wenn sich bei Großmutter etwas ändert, ja?«

Rauya verspricht es. Dann erwähnt sie einen Topf auf dem Herd, der kontrolliert werden müsse, und verabschiedet sich schnell.

Nourig hat die ganze Zeit zugehört. Jetzt hebt sie den Arm, öffnet langsam ihre Hand und streckt sie Amal entgegen, ein Angebot, das Amal mit einem Lächeln erwidert. Sie vergisst mitunter, dass Nourig, mit der sie Hocharabisch spricht, auch das Bagdader Arabisch versteht, da Nourigs Vater aus der Dschazira im Nordosten Syriens stammt und Nourig dort viele Sommer im Haus ihrer Großeltern verbracht hat.

»Dein Herz ist dort, deine Füße sind hier«, sagt Nourig leise, wissend. Der Satz lässt Amal zusammenzucken, nicht weil er ihre Situation so treffend beschreibt, sondern weil Nourig über Füße spricht und Amal sofort an Nourigs Füße denken muss. Ihre schmalen, vernarbten Füße, die von den Schlägen mit dem Hartgummischlauch, die man ihnen im Militärgefängnis von Damaskus verabreicht hat, derart durchzuckt worden sind, dass der Schmerz noch immer in ihnen brennt. Diese Füße kommen jetzt auf Amal zu, und Nourig setzt sich neben sie aufs Bett.

»Du fragst dich, warum du überhaupt hier bist«, spricht Nourig weiter, »sicher, die, die du vermisst, sind froh, dich hier zu wissen, sie wollten, dass du gehst, nehmen das nicht krumm, und doch –«, Nourig holt Luft, »fühlt sich das Exil manchmal merkwürdig, gar falsch an.«

Amal starrt auf Nourigs Füße, schweigt.

»All die guten Gründe, warum du hier bist«, sagt Nourig, »die Angst, die Demütigungen, Schmerzen und, nicht zu vergessen, die Hoffnung auf Europa, auf Deutschland, einen Staat mit Gesetzen, die dich schützen, anstatt dich zu verhöhnen … All diese Argumente haben auf der Flucht geholfen, haben dir Kraft gegeben, Mut gemacht, und trotzdem –«, Nourig stockt, »fällt es manchmal schwer, ihnen weiterhin zu glauben. Es zerreißt dich, hier zu sein und nicht bei den Deinen. Du schämst dich, weil du nichts tun kannst, weder protestieren noch helfen.«

Amal betrachtet gebannt Nourigs Lippen. Noch nie hat sie ihre Zimmernachbarin so sprechen hören.

»Und dann fragst du dich, wie es wäre, wenn du nicht gegangen wärst …«, setzt Nourig hinzu.

»Vielleicht wärst du schon tot«, entfährt es Amal, Nourig im Blick.

Nourig nickt: »Vielleicht. Wahrscheinlich sogar. Oder nicht, du lebst noch. Und dann?« Nourig dreht sich zu ihr und sieht Amal an, als kenne sie die Antwort.

»Dann quält dich die Frage, ob du fortgehen sollst«, erinnert sich Amal.

Nourig nickt wieder. »Genau. Wie du es auch machst, ganz richtig ist es nie.« Nourig verstummt, und Amal verspürt das Bedürfnis, Nourig zu umarmen, sie hebt die Arme, als Nourig plötzlich auffährt und ruft: »Und sie wissen das, es ist Teil ihrer Taktik! Sie wollen dich zermürben, wollen, dass du dich quälst.«

Amal fährt zurück, staunt erneut über Nourig, den jetzt schneidenden Klang ihrer Stimme. Nur ein einziges Mal hatte Nourig bislang von »damals«, von ihrer Zeit als »Oppositionelle« erzählt. Eine Oppositionelle, deren Vergehen darin bestanden hat, im Schaufenster ihrer Buchhandlung Poster aufzuhängen, die zu Demonstrationen im Zentrum von Damaskus aufriefen. »Beim ersten Mal kamen sie in den Laden und zwangen mich, ›den Schmierkram‹ zu entfernen. Beim zweiten Mal, als die Poster und Zettel schon nicht mehr im Schaufenster, sondern drinnen an einer Pinnwand hingen, rissen sie selbst alles ab, schmissen Bücher aus den Regalen und fragten mich, ob ich auch ›religiösen Scheiß‹ verkaufe – was ich verneinte. Und beim dritten Mal müssen sie mir dann gefolgt sein. Als es später in unserem Büro zu den Verhaftungen kam und ich gleich als Erste abgeführt wurde, rief mir ein Bekannter nach, er habe schon vorhin das Gefühl gehabt, dass mir auf dem Weg zur Versammlung jemand gefolgt sei …« Das alles hat Nourig ihr einmal, am Tag nach ihrer Ankunft im Heim, erzählt und danach geschwiegen. Bis heute. Bis Amals Angst um Ischtars Gesundheit Nourigs Schweigen gebrochen hat. Und mehr als das, zum ersten Mal, seitdem sie sich kennen, hat Amal das Gefühl, in der stets frierenden, von Albträumen gequälten und nur in Embryonalstellung schlafenden Nourig jene Frau zu spüren, die Nourig früher gewesen ist: eine selbstbewusste, selbstbestimmte Nourig. Mit achtundzwanzig Jahren bereits Besitzerin einer Buchhandlung, »der Kredit war fast abgezahlt«. Nourig, die Flugblattschreiberin und Rennradfahrerin, Nourig, die Frau mit den Apfelbrüsten und dem – schon damals – geschorenen Haar. »Meine Eltern sind nicht religiös, aber diese ›Fastglatze‹, wie meine Mutter es nannte, war ihnen dann doch zu extrem.«

Nourig dreht sich jetzt zu Amal, blickt ihr in die Augen und sagt ernst: »Weiterleben, mittlerweile glaube ich, das geht nur mit einem Bruch.« Nourigs Mundwinkel zucken, »natürlich kannst du nicht alles vergessen, sollst du auch nicht, und doch«, Nourig wendet den Blick ab, schaut zum Fenster, »musst du dich lösen können. Musst aus den Bildern der Vergangenheit heraustreten, musst lernen, dich alleine zu sehen, in anderen Kleidern, in einem anderen Licht: du, auf der Wiese zwischen diesen Bäumen hier –«, Nourig deutet zum Fenster, nickt Amal, ihnen beiden Mut zu, steht dann auf und verlässt das Zimmer.

Die plötzliche Stille ist merkwürdig. Amal blickt Nourig nach, ihre letzten Worte klangen in Amals Ohren ungewöhnlich, irgendwie therapeutisch. So, wie Nourig das »Heraustreten« aus der Vergangenheit beschrieben hat, könnte es eine Übung der Giraffe sein: Denken Sie an Ihr Elternhaus, ja gut, sehen Sie jetzt sich selbst vor der Haustür? Ja, gut, und jetzt treten Sie aus der Vergangenheit heraus wie aus einem Foto, einer Kulisse, Vorsicht, zuerst den linken Fuß … Amal schüttelt den Kopf, wie auch immer. Sie steht vom Bett auf und geht zum Fenster, kann Nourig draußen, zwischen den Bäumen, aber nicht entdecken.

Über den Bildschirm von Claras Computer ziehen Sternschnuppen und Rauten, die im Zentrum der Bildfläche zerspringen. Kurz überlegt Amal, Nahrin anzurufen, entscheidet sich dann aber dagegen. Nahrin ist jetzt sicher beschäftigt, in ihrer Kanzlei oder im Gespräch mit Mandanten. Amals Augen gleiten über Nourigs Zimmerhälfte, wollen sehen, ob Nourigs persönliche

Dinge nach ihrem Gespräch in neuem Licht erscheinen. Als ihr Blick das dicke Buch streift, das noch immer aufgeklappt, mit dem blauen Schutzumschlag nach oben, auf Nourigs Bettdecke liegt, spürt Amal ihre Neugier geradezu in den Fingern, es reizt sie, den Wälzer hochzuheben, umzudrehen und nachzuschauen, was Nourig da liest. Amal nähert sich dem Bett und zögert. Sollte sie Nourig vorher um Erlaubnis bitten? Wäre das nicht höflicher? Höflicher schon, denkt Amal, doch auch ohne Erlaubnis wird ihr Nourig ihre Neugier sicherlich verzeihen, gerade nach ihrem Gespräch eben, entscheidet Amal, läuft auf das Buch zu, greift nach ihm und dreht es um. Es liegt schwer in ihrer Hand, als sie – die aufgeschlagene Seite mit dem Mittelfinger sichernd – zurück nach vorne, zur Titelseite blättert. Es sind die Erzählungen aus *Tausendundeine Nacht*, eine arabische Ausgabe aus Damaskus, gedruckt am Ende des letzten Jahrhunderts. Auf der Innenseite des Schutzumschlags sieht Amal einen Stempel, darunter die Adresse einer öffentlichen Bibliothek in Potsdam. Trotz seines Alters wirkt das Buch relativ ungenutzt, nur unten links auf den Seiten haben blätternde Finger ab und an graue Flecken hinterlassen. Auch Amal beginnt, in dem Buch zu blättern, stößt auf Namen, Dschinn, den Flaschengeist, oder Dschullanar vom Meer, und ihre Geschichten, die Amal noch von früher, aus Großmutters Erzählungen kennt. Ischtar hat ihr oft nachmittags im Garten, wenn es für alles andere zu heiß war, eine Fabel oder ein Märchen aus *Tausendundeine Nacht* erzählt, ohne dabei, wie Scheherazade im Buch, an der spannendsten Stelle aufzuhören. Das hätte Amal vermutlich gar nicht ausgehalten, viel zu sehr packten sie dafür die Geschichten, erfüllten sie mit Aufregung und Entsetzen. Amal hebt den Kopf, sie erinnert sich deutlich, wie sie damals beim Zuhören oft dachte: Was ist das für eine Welt, voller Wunder, bezaubernd schöner Frauen und beängstigend grausamer Herrscher … Amal begreift erst, woher das Geräusch kommt, als Nourig bereits ins Zimmer tritt. Amal dreht sich zur Tür, zuckt zusammen, Schamesröte tritt ihr jetzt doch ins Gesicht. »Verzeih mir, ich –«, weiter kommt sie nicht, weiß sie doch gar nicht, was sie sagen könnte. »Es tut mir leid, Nourig, ich war neugierig, nach unserem Gespräch –« Da hebt Nourig die Hand und winkt ab: »Ist gut«, sagt sie und lächelt sogar: »Ich habe schon überlegt, wann du mich wohl fragen wirst, was es mit dem da –«, sie deutet auf das Buch, »auf sich hat.«

Amal lächelt zurück, Nourigs Worte erleichtern sie. »Aus Damaskus«, sagt Amal und tippt auf das Titelblatt des Buches.

Nourig nickt: »Ich hatte diese Ausgabe in meiner Buchhandlung, habe sie in Syrien aber nie gelesen. Früher interessierte mich das nicht, ich dachte: Wozu so etwas heute lesen, diese Männerfantasien, Geschichten aus einer Welt, in der Männer Frauen nach Belieben vergewaltigen und dann töten können. Eine Welt, so glaubte ich damals, in der sich Frauen nur retten können, indem sie ihren Vergewaltiger mit Liebesspielen betören …« Nourig streicht sich über den Kopf, ihre Haarstoppel: »Doch als ich dann begann, das Buch zu lesen, fand ich eine ganz andere Scheherazade als die, die ich – zumeist aus Bildern – zu kennen glaubte. Ich entdeckte eine Frau, die freiwillig ihr Leben riskiert, um so das Morden in ihrem Land zu beenden. Eine Frau, die sich nicht schont in dem Vertrauen, so die vielen anderen Jungfrauen verschonen zu können, die statt ihrer Nacht für Nacht vom König vergewaltigt und am nächsten Morgen getötet worden wären.« Nourig holt Luft, und Amal hört ihr aufmerksam zu. »Scheherazade sieht den Käfig, in dem sie lebt, sehr genau«, sagt Nourig, »und sie versucht, ihn zu durchbrechen, mit Erzählungen, mit ihrer strategischen Klugheit.« Nourig wirft

Amal einen Blick zu: »Weißt du, entscheidend ist nicht, wie die schöne Scheherazade ihre Brüste oder Hüften schwingt, sondern wie sie argumentiert, wie sie ihre Geschichten aufbaut: Eine Erzählung wächst aus der anderen, sodass die Spannung nie abreißt, es gibt kein Ende, es geht nur immer weiter«, erklärt Nourig und deutet mit den Händen einen Fluss an, der sich in die Ferne schlängelt, »und sie hat die Kraft dazu, weil sie sich vertraut, weil sie Vertrauen in ihre Fähigkeit hat, den König in Spannung zu halten, ihn so zu bändigen und ihn im Laufe der Zeit«, Nourig hält inne, sucht offenbar nach dem richtigen Wort, »heute würde man sagen: ihn zu zivilisieren.«

Amal weiß nichts zu erwidern. Sicher, auch sie kennt Scheherazade, die Rahmenhandlung der Schachtelgeschichten, letztendlich aber nur so gut, wie Nourig das Werk früher zu kennen glaubte.

»Es bleibt eine grausame, streng patriarchalische Welt«, spricht Nourig weiter, »und doch versucht Scheherazade, auf keinen Fall ein Opfer zu sein. Sie lehnt sich gegen die bestehenden Gebräuche auf, will lieber sterben als selbst zum Opfer werden. Und –«, Nourig macht eine Pause, lächelt: »Scheherazade gewinnt, sie rettet sich und die anderen Frauen.«

Nourig verstummt, und auch Amal schweigt. Kurz blitzt in Amal die Frage auf, wie Nourigs Begeisterung für Scheherazade zu ihrer vorhin verkündeten Forderung passt, man müsse sich von der Vergangenheit lösen, um weiterleben zu können – denn hält sich nicht auch Nourig an der Vergangenheit, an einer Geschichte aus ihrer Kultur, ihrer Kindheit fest? Selbst wenn Nourig Scheherazade hier im Exil mit neuen Augen sieht, wie passt das zu ihrer Forderung, man müsse alles Frühere abstreifen, müsse aus den »Bildern der Vergangenheit« heraustreten, um – ja, um was? Um frei zu werden? Eine Forderung, die Amal noch immer nicht versteht, gibt ihr doch der Gedanke an Großmutter und Rauya eher Kraft als irgendetwas sonst.

Nourig zeigt auf das Buch und erklärt: »Wenn ich durch bin, kann ich es dir leihen, wenn du möchtest.«

Amal nickt, reicht Nourig den schweren Band und erwidert: »Danke. Das ist nett von dir. Danke auch für –«, Amal stockt, und sie lächeln beide.

»Gern geschehen«, antwortet Nourig.

Dass Tarun angeboten hatte, sie heute im Krankenhaus abzuholen, hat Clara überrascht, obwohl es nicht außergewöhnlich ist. Früher hat Tarun oft nach dem Spätdienst auf sie gewartet und sie sind gemeinsam essen, manchmal auch ins Kino gegangen, erst in den letzten Monaten ist dieses Ritual seltener geworden.

Kurz nach Einbruch der Dämmerung flackern draußen auf dem Bürgersteig die Straßenlaternen auf. Clara steht, ein Glas Wasser in der Hand, am Fenster im Aufenthaltsraum und schaut erschöpft hinaus, als sich ihr Schwester Micki von hinten nähert.

»Suchste wen?«, fragt Micki und grinst erwartungsfreudig.

Clara lächelt zurück und schüttelt müde den Kopf. Sie mag Micki und weiß, dass sie ihr nicht glaubt.

»Haste nur mal so üba Bäume meditiert?«, fragt Micki weiter, und Clara antwortet: »Genau. Ich habe mich gefragt, wie es wäre, ein Baum zu sein, auf meinen Ästen zwitschern die Vögel, und innen bin ich hohl.«

»Na, dazu muss manch 'eener keen Baum werden«, gibt Micki zurück und zwinkert Clara zu, wie um klarzustellen, dass Clara selbstverständlich nicht zu jener Gruppe Mensch gehört.

Micki läuft zum Regal, greift nach dem Clipboard auf der Ablage, steckt sich einen Kugelschreiber in die Brusttasche ihres Kittels und fragt: »Wat is'n mit der Oma von jestern? Hat die't jeschafft?«

Clara nickt, froh, Micki, die bei der Reanimation der alten Frau gestern dabei gewesen ist, diese Mitteilung machen zu können.

»Sie ist auf Intensiv«, antwortet Clara, und Micki hebt zufrieden den Daumen.

Ihn zu sehen, wie er auf sie wartet, ohne dass er sie bereits entdeckt hat; zu wissen, dass er auf sie wartet, dass er nicht zufällig hier ist, er diesen Ort vermutlich gar nicht kennen würde, wenn sie beide kein Paar wären – ist es das, was diese im Grunde unspektakuläre Situation immer wieder auflädt, ihr die Aura des Besonderen verleiht? Es ist nicht das Gleiche, denkt Clara, ob sie sich abends irgendwann in ihrer Wohnung begegnen oder sich vor ihr die automatischen Schwingtüren öffnen und dabei ein Geräusch erzeugen, das Tarun herumfahren lässt. Er hält Blumen in der Hand, wie Clara jetzt bemerkt, Blumen, die Tarun vor dem Wind schützt, während er in schnellen Schritten auf sie zuläuft.

»Für dich«, sagt er und reicht ihr den Strauß, ein Frühjahrsstrauß mit Anemonen und stark duftenden, blauen Hyazinthen. Clara ist überrascht, sie bedankt sich, fragt nicht, wofür die Blumen sind, sondern schlägt stattdessen vor, ein wenig »in den Abend« zu laufen. Als sie sich Arm in Arm vom Krankenhaus entfernen, hat Clara das Gefühl, Micki schaue ihnen vom Fenster aus nach. Oder ist das kein Gefühl, vielmehr ein Wunsch?

Clara überlegt noch, wie sie am besten Priya anspricht, als Tarun von sich aus darauf kommt. Priya habe ihm geantwortet, erzählt er, und ihm die Summe genannt, mit der man rechnen müsse. Tarun nennt die Zahl und fügt hinzu, damit dürfe es für ihn kein Problem sein, die Operation des Neugeborenen und Priyas Krankenhausaufenthalt zu bezahlen. Und für den Fall, ergänzt Tarun, dass sich die Summe durch unerwartete Komplikationen wesentlich erhöhen sollte, habe er bereits seine Bank kontaktiert, die ihm seine Kreditwürdigkeit bestätigt, mehr noch, ihn ermutigt habe, sich bei Bedarf einfach zu melden.

Clara bleibt stehen, versucht, zu verstehen: Das heißt also, Tarun hat entschieden, sich im Fall der Fälle das Geld für seine Schwester bei einer Bank zu leihen, nicht bei ihr.

»Weißt du«, fährt Tarun fort, »ich habe außerdem beschlossen, ein Konto bei einer Bank in Kolkata zu eröffnen, auf das meine Eltern und Priya zugreifen können. Wenn meine Eltern in ein paar Jahren regelmäßige Unterstützung brauchen oder einer von ihnen krank wird, ist es so am einfachsten. Bei meinem nächsten Besuch kann ich das in die Wege leiten, denn wie es aussieht –«, Tarun hält inne, »muss ich nächste Woche ohnehin nach Haora auf die Baustelle und unser Büro bei einer wichtigen Sitzung mit den Auftraggebern vertreten.«

»Du fliegst nach Kolkata?«, fragt Clara erstaunt.

Tarun nickt: »Es gibt Dinge zu klären, die nicht warten können. Der Bauleiter hat, wie ich ja erzählt habe, auf der Baustelle mit ein paar Problemen zu kämpfen, die ich in Augenschein nehmen muss; zudem hat die bengalische Landesregierung, unser maßgeblicher Geldgeber, unerwartet einen Zwischenbericht erbeten. Andreas und ich wissen nicht genau, warum der Bericht gerade jetzt angefordert wird, eigentlich waren die normalen Jahresberichte geplant, aber wir müssen dem schnell nachkommen. Nächsten Freitag ist die Sitzung, wahrscheinlich fliege ich am Mittwoch.«

»Meinst du, der geforderte Bericht hat etwas mit dem Zustand auf der Baustelle zu tun?«, fragt Clara.

Tarun schüttelt den Kopf: »Ich denke nicht. Das sind zwei getrennte Welten, und der Bauleiter ist auch nicht offizieller Ansprechpartner der Regierung, das sind Andreas und ich. Wahrscheinlich hängt der Bericht eher mit den anstehenden Wahlen im kommenden Jahr zusammen, für die sich die großen Parteien bereits in Stellung bringen. Der Turm ist schließlich so etwas wie ein Prestigeprojekt der Landesregierung und wird mit dem Trinamool Congress, der bengalischen Regierungspartei, assoziiert«, sagt Tarun und fährt lächelnd fort: »Vielleicht wollen unsere Auftraggeber aber einfach auch nur Futter für ihre PR-Abteilung – denn das andere, was ich dir erzählen wollte, hat die Landesregierung bestimmt auch schon gelesen!« Tarun zieht strahlend ein Papier aus seiner Manteltasche: »Sieh mal, Clara, heute ist in einer großen bengalischen Tageszeitung ein Artikel über unseren Turm erschienen. Ein euphorischer Artikel! Es geht darin um die Entwicklung des Stadtteils in Haora, hauptsächlich aber um unser Projekt«, erklärt Tarun und faltet das Papier auseinander. »Ich habe eine Kopie dabei, die ich dir beim Essen zeigen wollte, darauf kannst du zumindest die Größe des Artikels und die Bilder sehen.«

Clara nickt und sieht, wie Tarun mit dem Finger über die Schwarz-Weiß-Kopie fährt, deren Inhalt sie im trüben Licht der Straßenlaterne jedoch nur schemenhaft erkennen kann.

»Ich gratuliere dir«, sagt Clara und umarmt Tarun, indem sie ihr Gesicht fest in seinen Mantel drückt.

Sie laufen weiter, Tarun greift eng um ihre Taille und zählt die Restaurants auf, die ihnen zur Wahl stehen, während Clara im Stillen mit sich ringt. Warum kann sie sich nicht ungehemmt, vorbehaltlos für Tarun mitfreuen? Wegen der Geldgeschichte? Ja, weiß Clara, und es ist sinnlos, das ignorieren zu wollen. Taruns Mitteilung vorhin, sich im Fall der Fälle das Geld für Priyas Entbindung bei seiner Bank zu leihen, ärgert sie. Es ärgert sie, weil sie nicht versteht, warum Tarun in diesem Punkt so stur ist, er, der sonst doch offen und besonnen auf vernünftige Argumente reagiert; und es ärgert Clara noch mehr, dass es Tarun offenbar auch normal findet, sie bei solchen Entscheidungen außen vor zu lassen. Er stellt sie vor vollendete Tatsache, zeigt Grenzen auf, an denen sie nicht rütteln, über die sie auch nicht diskutieren, die sie nur akzeptieren kann.

Sie entscheiden sich für ein kleines italienisches Lokal, das mit seinen Zweiertischen und dem spärlichen Kerzenlicht vor allem Liebespaare anzieht. Obwohl Tarun morgen arbeiten muss, bestellt er eine ganze Flasche von dem Rotwein, den Clara gerne trinkt, und breitet, während sie auf das Essen warten, die Kopie des Artikels auf dem Tisch aus.

»Im Text wird hin und wieder ein Interview mit mir erwähnt«, erzählt Tarun, »du erinnerst dich vielleicht, wie ich vor ein paar Wochen eine Journalistin aus Kolkata erwähnte, die mich hier im Büro anrief und mich interviewte? Nun, was meine Person betrifft, malt der Text ein wenig zu sehr mit dem Bollywood-Pinsel nach dem Motto: Schusterjunge zieht ins Ausland und kehrt als Architekten-Star in seine Heimat zurück –«, Tarun winkt lachend ab, als wäre das völlig von der Hand zu weisen, reine Fiktion.

»Stimmt das denn nicht?«, fragt Clara herausfordernd.

»Nein!«, erwidert Tarun vehement. »Ich bin kein Star, ich bin ein Architekt, der zum ersten Mal einen eigenen, größeren Entwurf umsetzt, ihn umzusetzen versucht«, sagt Tarun und fährt sich durch sein dichtes schwarzes Haar, »und auch, was in dem Artikel als meine Motivation beschrieben wird, entspricht nicht der Wahrheit.«

»Inwiefern stimmt es nicht?«, will Clara wissen.

»Na, in dem Text hört es sich so an, als sei ich immer darauf aus gewesen, alle anderen, meine Mitschüler, meine Freunde im Sportverein und später meine Kommilitonen zu übertrumpfen. Dabei ging es mir gar nicht darum, überall der Beste zu sein«, erklärt Tarun aufgebracht, »sondern schlicht darum, durch gute Leistungen die Chancen zu haben, die ich mit meiner Herkunft sonst nicht gehabt hätte: eine gute Schuldbildung, später ein Studium im Ausland, einen ersten Arbeitgeber, der meine Diplommappe, aber nicht meine Kaste kennt … Verstehst du?« Tarun sucht Claras Blick, und Clara nickt. »In meinen Träumen ging es nicht ums Siegen«, fährt Tarun mit leiserer Stimme fort, »sondern darum, frei zu sein! Ich wollte reisen, andere Länder und Gesellschaften kennenlernen, ich wollte einer von vielen ausländischen Studenten und nicht ›der lange Leichtathlet mit dem Stipendium‹ sein. Ist das nicht nachvollziehbar?«

»Doch«, erwidert Clara, schließlich ist ihr das alles nicht neu.

»Wie dem auch sei –«, Tarun wischt mit einer schnellen Geste diesen Teil des Artikels beiseite und tippt stattdessen mit dem Finger auf die mittlere Spalte des Textes: »Entscheidend ist, dass die Journalistin genau verstanden hat, worum es bei unserem Turm geht: um Transparenz und Durchlässigkeit, um eine Zentrierung des Viertels bei gleichzeitiger Offenheit in alle Richtungen. Und das, obwohl noch gar nichts zu sehen ist!« Tarun lacht auf und deutet auf das Bild rechts oben neben dem Artikel, das ein Satellitenfoto der ausgehobenen Baugrube zeigt: ein braunes Loch zwischen dem Fluss Hugli und einer Vielzahl dicht an dicht stehender Betonbauten, durchsetzt von Schienen und Straßen.

»Und was das Innenleben des Turms betrifft«, sagt Tarun, »spricht der Artikel von einem ›Geigerzähler bengalischer Kräfte‹, ein schöner Begriff, findest du nicht?«

Clara nickt und überlegt laut, ob sich der Begriff auf die Bibliothek und den ›Saal der Stille‹ ganz oben unter dem Dach bezieht.

Tarun zuckt mit den Schultern: »Wahrscheinlich. Außerdem wird hier –«, Tarun tippt auf einen Absatz weiter unten im Text, »erklärt, inwiefern auch die Architektur, der Rundbau auf bengalischen Traditionen aufbaut.«

Neben Taruns Finger entdeckt Clara jetzt ein zweites, kleineres Bild, eine Zeichnung des mittelalterlichen Tempels, den Tarun bereits in seinem Vortrag in Kolkata erwähnt hat.

»Der Kantaji-Tempel«, ruft Clara überrascht und deutet auf die Zeichnung. Tarun lächelt: »Du erinnerst dich«, sagt er sanft, greift nach ihrer Hand und fährt mit seinen Fingerkuppen über ihre Finger.

»Natürlich«, erwidert Clara, und sie schweigen kurz.

»Schade, dass du nicht mitkommen kannst«, sagt Tarun da plötzlich, »am Wochenende nach der Sitzung will ich bei meinen Eltern und bei Priya vorbeischauen, Madri sehen. Madri würde dich bestimmt gerne wiedertreffen.«

Clara hört die Innigkeit in Taruns Stimme, sie spürt sein ehrliches Bedauern, den Besuch bei seiner Familie dieses Mal nicht zu zweit machen zu können, und seine Zärtlichkeit trifft sie auf seltsame Weise, reißt etwas in ihr auf, auf einmal kocht Wut in ihr hoch, und sie fragt sich: Wieso ist sich Tarun so sicher, dass ich ihn nicht begleiten kann, dass er nicht einmal fragt? Hat er auch das bereits entschieden?! Sicher, einfach wäre ihr Mitkommen nicht, ihre Dienstpläne werden für Monate im Voraus gemacht, und einen Ersatz für mehr als einen Tag bekommt man nicht mal eben; aber Ausnahmen gibt es immer, und zur Not könnte doch auch sie einmal kurzfristig ›krank‹ werden, oder? Wer sagt denn, dass auf sie immer Verlass ist, sie stets gewissenhaft, berechenbar an ihrem Platz bleibt?

»Was, Tarun«, fragt Clara heftig, »macht dich so sicher, dass ich nächste Woche nicht mitkommen kann, dass du mich nicht einmal fragst?«

Tarun sieht sie verwundert an.

»Wenn du es ›schade‹ findest, dass ich nicht dabei sein kann, kannst du mich doch fragen, ob es tatsächlich unmöglich ist, anstatt mich vor vollendete Tatsachen zu stellen«, sagt Clara.

Tarun staunt noch immer: »Aber«, murmelt er, »nächste Woche – das ist doch beruflich! Das Wochenende zwar nicht, aber trotzdem, ich muss arbeiten, komme bereits Anfang der Woche zurück, und so kurzfristig ginge das doch gar nicht. Oder?« Seine Stimme klingt verunsichert.

»Es wäre nicht leicht«, antwortet Clara, und Taruns sichtbare Verwirrung, seine fragenden Hände und sein offener, abwartender Mund führen dazu, dass Clara das Thema kurz entschlossen beendet: »So spontan wäre meine Reise in der Tat sehr aufwendig; nicht unmöglich«, betont Clara, »aber auch nicht ideal.«

Taruns Mund schließt sich, und Clara beginnt, von Micki im Krankenhaus zu erzählen, von der alten Frau, die gestern fast gestorben wäre, und von ihrem bevorstehenden Besuch im Pergamonmuseum morgen.

»Ich bin wirklich gespannt, wie Amal reagieren wird, wenn sie das originale Ischtar-Tor, das einmal in ihrer Heimat gestanden hat, hier in Berlin im Museum sehen wird.«

»Ich auch«, erwidert Tarun trocken. »Als ich in London zum ersten Mal das British Museum besuchte, war ich geradezu schockiert! Dass die Briten ihr gesamtes Empire geradezu systematisch mit Bauwerken bestückt haben, die ihre Vorliebe fürs Neoklassizistische und später auch Neugotische spiegelten, war mir bereits bekannt. Dass sie darüber hinaus jedoch jahrhundertelang Kunstschätze aus der ganzen Welt zu sich auf die Königsinsel geschifft haben, wurde mir erst in London im Museum, beim Anblick der langen Flure mit den Vitrinen und Schaukästen klar.«

Clara schweigt. »Amals Mutter ist Archäologin, im Irak«, denkt sie laut, worauf Tarun lächelt und nickt: »Ein guter Punkt. Denn natürlich ist die Sache verworren, nicht einfach schwarz-weiß. Jeder Archäologe, auch ein indischer oder irakischer, würde dir bestätigen, dass im neunzehnten Jahrhundert nur wenige Länder die Expertise und Mittel hatten, um archäologisch fundierte, verantwortungsvolle Ausgrabungen und Rekonstruktionen durchzuführen. Die Frage ist vielmehr –«, Tarun richtet sich auf, »wie man heute mit den Tausenden, oft sehr wertvollen Objekten umgeht, die damals auf dubiose oder nicht mehr zu rekonstruierende Weise erworben, ›gefunden‹ oder schlicht gestohlen worden sind.«

Clara sieht bemalte Vasen, Kopfschmuck aus Elfenbein und Speere in mehreren Größen, dann ganze Grabmäler vor sich, aus Stein und mit Inschriften versehen.

»Du meinst, man sollte die Objekte an die Staaten zurückgeben, auf deren Territorium sie gefunden wurden?«

»Oder sie zumindest den Menschen in diesen Regionen zugänglich machen«, erwidert Tarun und beugt sich zu ihr: »Denn darauf kommt es letztendlich doch an! Wozu wurden denn diese gigantischen Museen in London und Berlin gegründet? Als ›Bildungsstätte für jedermann‹, weil ihre Gründer, engagierte Humanisten, daran glaubten, dass sich der Mensch durchs Anschauen ein Bild von der Welt machen und sie so verstehen kann. Tatsache ist jedoch, dass ›jedermann‹ damals fast immer weiß und überwiegend männlich war.« Tarun macht eine kurze Pause, spricht dann weiter: »Wir müssen uns deshalb heute fragen, wie man dieses im Kern hehre Ziel einer ›Bildung für jedermann‹ in unsere zunehmend vernetzte und in weiten Teilen demokratische Welt übertragen kann. Weißt du, dass einige Museen ihre Sammlungen zum Beispiel online verfügbar machen? Das ist ein Schritt in die richtige Richtung, wenn auch natürlich nicht vergleichbar mit dem Tonkrug, der vor dir steht und von dem du weißt, dass er viertausend Jahre alt ist, oder einem Mausoleum, das du umrunden musst, um seine Größe zu erfassen.«

Clara lächelt, erinnert sich an einen Museumsbesuch mit ihren Eltern hier in Berlin, bei dem ihr Vater und Tarun amüsiert einen Kampf mit den ausgestellten Harpunen gegen die ausgestopften Tiere nachstellten, und erwidert: »Ich werde dir berichten, was Amal sagt.«

Als sie das Restaurant verlassen und Tarun ihr den Strauß mit Hyazinthen, sein »Geschenk«, in die Hand drückt, muss Clara erneut an Priya und Taruns Entscheidung, seinen entschlossenen Alleingang denken. Bestechung!, ruft eine Stimme in Claras Kopf, als Tarun vorschlägt: »Nehmen wir ein Taxi nach Hause?«

»Nach Hause?«, wiederholt Clara; nein, sie will noch nicht nach Hause, nicht jetzt, fragt stattdessen: »Wollen wir nicht noch tanzen gehen?«

Tarun blickt sie überrascht an, lacht, sagt dann aber: »Warum nicht?«

Sie nehmen ein Taxi und fahren zu einem Klub, in dem Clara seit Jahren nicht gewesen ist. Sie drehen sich auf dem mittlerweile spiegelnden Boden, lassen sich in den Rhythmus fallen, reißen die Arme hoch, streifen sich zufällig und driften auseinander, sie stoßen sich und küssen sich, tanzen und tanzen, tanzen so lange, bis Clara das Gefühl hat, alles sei leicht, beinahe schwebend.

Noch immer keine Besserung. »Großmutters Zustand unverändert, instabil. Fahre ins Krankenhaus, melde mich später. In Liebe, Mama«, hat Rauya heute Morgen geschrieben. Amal schaut nach der Uhrzeit auf dem Absender, die Mail wurde um kurz nach sechs Uhr Ortszeit abgeschickt. Hatte Rauya da bereits mit dem Krankenhaus telefoniert?

Amal antwortet umgehend, bittet Rauya, sich bald zu melden. Dann stockt sie, denkt an ihren Ausflug heute nach Berlin, sucht Claras Mobilfunknummer heraus und schreibt dazu: »Auf diesem Telefon erreichst du mich heute im Museum.« Unruhig schickt Amal die Mail ab. Es juckt ihr in den Fingern, sie will am Computer bleiben, ins Netz gehen, die Internetseite des Krankenhauses in Bagdad aufrufen und sich beim Anblick des Hauptgebäudes einen Moment lang der Illusion hingeben, Großmutter so näher zu sein. Doch ihr fehlt die Zeit dafür, ermahnt sich Amal und klappt den Computer zu, sie muss den übernächsten Bus bekommen, denn der nächste Zug nach Berlin verlässt den Regionalbahnhof in weniger als einer Stunde.

Tarun hat bereits geduscht, sitzt am Frühstückstisch und antwortet, wie er Clara erklärt, gerade seiner Sekretärin, die wissen will, welchen Flug sie für ihn buchen soll. »Weißt du, dass Monika oft schon morgens um fünf Uhr ihre Mails verschickt? Sie sagt, seit ihrer Elternzeit käme sie aus dem Rhythmus nicht heraus.«

Clara schleicht noch im Halbschlaf zum Waschbecken, nimmt ein Glas vom Abtropfgitter und füllt es mit kaltem Wasser. Offenbar hat Tarun den Alkohol und die schlechte Luft auf der Tanzfläche letzte Nacht besser verkraftet als sie. Als sich Clara kraftlos gegen den Kühlschrank lehnt und die Augen schließt, hört sie, wie Tarun aufsteht. Er kommt näher, küsst sie auf die Stirn und fragt sanft, ob sie einen Kaffee trinken oder etwas frühstücken wolle. Claras Lippen formen ein »Nein«. Sie stehen einander dicht gegenüber, und es entsteht eine Spannung zwischen ihnen, eine Anziehung, die zu mehr führen könnte – aber nicht führt, die Spannung löst sich, verebbt, und auf einmal nimmt Claras Nase den herben Duft von Taruns Rasierwasser derart intensiv wahr, dass sie sich abwendet, Tarun über die Wange streicht und ihm einen schönen Tag wünscht.

Als sie nach dem Notizbuch greift und es in den Rucksack stecken will, fällt Amal auf, dass ihre Zeichnungen in den letzten Tagen seltener geworden sind. Seltener und offenbar weniger wichtig, wie sonst hätte ihr das einfach so entgehen können, denkt Amal und beginnt, durch die Seiten zu blättern. Sie betrachtet die pummelige Nilpferdfrau, erspäht die Wachhunde und blättert schnell weiter, erkennt die rothaarige Giraffe und schließlich den Heimleiter mit seinen Flossen – erst jetzt fällt Amal auf, wie witzig diese Zeichnung ist, der eilende, glitschige Direktor mit seiner gut getroffenen Brille.

Geräuschvoll dreht sich Nourig im Bett um, blinzelt ins Morgenlicht und fragt mit belegter Stimme, ob Amal aufbreche. Amal nickt, und Nourig wünscht ihr lächelnd: »Viel Spaß.«

Das Notizbuch noch immer in den Händen, blättert Amal leise weiter, sucht und findet das gehäutete Schaf. Auf einer bestimmten Ebene passen die Zeichnung und Nourig noch immer zusammen, wenn sie Nourigs blasse, rot aufgekratzte Haut, ihre mageren Finger anschaut oder an die Langsamkeit denkt, mit der Nourig einen Becher wäscht; zu der Nourig, die am Freitag neben ihr auf dem Bett gesessen hat, passt das Schaf jedoch schon weniger. Es wirkt innerlich ausgelöscht, denkt Amal und klappt das Buch zu.

In der Eingangshalle, dicht hinter der Flügeltür, stolpert Amal beinahe über eine Sporttasche und Tüten, die auf dem Boden stehen. Vorsichtig tritt sie zur Seite und hört im gleichen Augenblick Stimmen hinter sich auf dem Flur sowie das laute Weinen einer Frau. Die Stimmen kommen näher, die Flügeltür öffnet sich, und Abu schlurft in die Halle, an den Händen zwei kleine

Mädchen. Amal erkennt in ihnen die Töchter einer Familie aus Tschetschenien, die im Westtrakt des Gebäudes wohnt.

»Sie müssen zurück«, raunt Abu Amal zu, »der Wagen steht schon draußen.«

Die Mädchen sehen verängstigt aus, drehen sich um und blicken zurück in den Flur, in dem, wie Amal jetzt sieht, die Mutter der beiden weint und schreit. Ihr Mann stützt sie und zwingt sie gleichzeitig nach vorne, seine Frau schüttelt den Kopf, sie stemmt ihre Fußsohlen in den Linoleumboden, sie stemmt sich gegen die Bewegung ihres Mannes und fügt sich doch in die nach vorne drängende Umarmung. Vor ihr, neben dem Türrahmen der Flügeltür erkennt Amal jetzt auch die zwei Söhne der Familie, der Größere von ihnen blickt derart finster geradeaus, als sähe er den, der für das alles hier verantwortlich ist, direkt vor sich.

Amal wird kalt. Sie weiß nicht, was sie tun oder sagen könnte. Ihr Blickt fällt auf die Mädchen, von denen die eine zu Abu aufschaut, als könne er ihr alles erklären, während das andere Mädchen sich die Hand auf den Bauch legt. Unter der Hand erkennt Amal eine auf das rosa T-Shirt aufgeklebte Minnie Mouse aus Plastik. Minnie schwingt, eine riesige Schleife im Haar, ihre Hüften zum Tanz. Mit ihrem koketten Grinsen und den auffordernd ausgestreckten, weiß behandschuhten Fingern wirkt sie dabei – höhnisch? Traurig? Wehmütig leicht? Nein, nichts von alldem, denkt Amal, denn all diese Wertungen setzen eine Beziehung voraus zwischen Minnie, dem Mädchen und dem, was gerade hier geschieht, diese Beziehung gibt es aber nicht. Sie lässt sich nicht herstellen, Minnies fröhlicher Tanz, das rosa T-Shirt in seiner verwaschenen Alltäglichkeit und unbekümmerten Mädchenhaftigkeit scheint einer anderen Welt anzugehören. Einer Welt, die den Mädchen an Abus Händen gerade wieder entrissen worden ist.

Der Vater der beiden kommt mit seiner Frau näher und bleibt schließlich bei Abu stehen. Sein Nicken ist vielsagend und stumm, kann: »Danke« oder auch: »Es ist so weit« bedeuten. Abu geht in die Knie, obwohl ihn das offensichtlich schmerzt, zieht die Mädchen der Reihe nach zu sich und küsst sie auf die Stirn. »Alles wird gut. Gott schütze euch«, flüstert Abu auf Arabisch, dann führt er die zwei kleinen, fest zupackenden Hände in die ausgestreckte Hand des Vaters. Die Mädchen folgen der Bewegung, lassen sie zu auf eine Weise, die Amal Angst macht: Wissen sie, was geschieht? Und wenn sie es wissen, ist das der Grund, warum sie, mit den Händen in der Hand ihres Vaters angekommen, Abu trotzdem nicht loslassen? Einen Moment lang stehen sie so da, zwei Männer und zwei Mädchen, über die Hände miteinander verbunden. Und schließlich ist es die Mutter, die sich von ihrem Mann löst und zu ihren Töchtern tritt, ihnen die Hände auf die Rücken legt und sie sanft nach vorne schiebt. Einer der Söhne greift nach der Sporttasche auf dem Boden und schultert sie, dann nehmen sein Bruder und er die vielen Tüten an sich und begeben sich zum Ausgang. Der kleinere der Brüder öffnet die Eingangstür, sodass helles Sonnenlicht in die Halle fällt.

Draußen auf dem Parkplatz erkennt Amal einen Kleinbus und zwei Männer in Zivil. Die Art jedoch, wie die Männer dastehen, breitbeinig und die Hände am Gürtel, lässt vermuten, dass es sich um Polizisten handelt.

Eines der Mädchen dreht sich, kurz bevor es den Eingang erreicht, noch einmal um und hebt die Hand, winkt Abu zum Abschied. Abu sackt daraufhin zusammen, Amal spürt, wie sein Körper neben ihr an Spannung verliert, doch Abu fängt sich, reißt sich hoch, hebt die Hand und winkt kurz, dreht sich dann um und schlurft schnaufend, kopfschüttelnd davon.

Das Wetter ist optimal fürs Laufen: warmer Sonnenschein und ein weiter, blauer Himmel. »Strahlendblau« würden viele bei diesem Anblick sagen, doch Clara hat die Bezeichnung nie wirklich nachvollziehen können, das Schöne an einem derart klaren Himmel ist doch gerade, dass er nicht ausstrahlt, sondern eher einsaugend, nach oben wegziehend wirkt. Sie geht ein paarmal in die Knie und fängt an zu laufen, der Bürgersteig vor ihrem Haus ist so früh am Morgen noch leer, nur ein paar Schulkinder schleichen, meist in Paaren, nebeneinanderher. Clara überquert eine Kreuzung, läuft weiter und erreicht den Park, beschleunigt dort ihr Tempo. Ihr Atem und der Rhythmus ihrer Schritte finden sich, die frische Luft dringt tief in ihre Lungen, und ihr Herz schlägt schneller. Ja, es ist die richtige Entscheidung gewesen, nachdem Tarun die Wohnung verlassen hatte, nicht wieder ins Bett, sondern rauszugehen. Ihr Kopf fühlt sich schon frischer an, die Gedanken werden klarer und ihre Wahrnehmung präziser. Ist Tarun mittlerweile im Büro? Hat sie seine Blumen heute Nacht eigentlich ins Wasser oder nur in die Vase im Wohnzimmer gestellt? Wofür waren die Blumen letztendlich, was genau hat Tarun gestern Abend feiern wollen: den Zeitungsartikel? Sicher, dafür brauchte es aber keine Blumen. Der Strauß war schließlich für sie. Sollte er ein Zeichen seiner Liebe sein? Eine Bitte, seine Entscheidung bezüglich Priya zu akzeptieren? Oder beides zusammen? Hat sich Tarun diese Frage überhaupt gestellt? Er weiß, dass sie sich über Blumen freut – ist das nicht Grund genug? Ist ein Grund wichtig?, überlegt Clara und läuft weiter. Fragen kommen und gehen. Das ist einer der Gründe, warum sie das Laufen so schätzt, weil hier die Fragen kommen, ohne auf einer Antwort zu beharren, sie tauchen auf und nicken einem zu, wie ein entgegenkommender Läufer, und verschwinden wieder. Als sie ihrer Freundin Janine, die Sport immer nur in der Gruppe und unter Anleitung absolviert, einmal von diesem Kommen und Gehen, dieser Leichtigkeit erzählte, lächelte Janine und erwiderte etwas, das Clara nicht vergessen hat: »Viele Fragen stellen wir doch gar nicht, um unbedingt eine Antwort zu erhalten, sondern um zu begreifen, was mit uns geschieht.«

Die Stöpsel in den Ohren häufen sich, je näher sie Berlin kommen. Und wer Stöpsel in den Ohren trägt, ist meist jung oder zumindest nicht alt und gebrechlich. Im Zug lesen nur wenige Zeitung, mehr schon ein Buch, viele tippen auf das Telefon in ihren Händen oder starren aus dem Fenster.

Auch Amal schaut aus dem Fenster, jedoch nicht, weil sie sich langweilt, sondern weil sie die richtige Station nicht verpassen darf. Jedes Mal, wenn der Zug anhält, liest sie auf den Schildern draußen den Namen der Station nach und fragt sich, wie das die Bewohner aus dem Heim machen, die das lateinische Alphabet nicht lesen können oder die überhaupt nicht lesen können. Sie fahren wahrscheinlich gar nicht nach Berlin und müssen doch ab und an öffentliche Verkehrsmittel benutzen, um zu einem Amt oder einem Arzt zu gelangen. Richten sie sich dann allein nach der Anzahl der Stationen, die man ihnen vorher genannt hat? Oder streng nach der Uhr, im Vertrauen auf die deutsche Pünktlichkeit?

Ihre eigene Erfahrung mit der deutschen Pünktlichkeit ist die, dass die Deutschen auch nicht immer auf die Minute pünktlich sind. Wie bei anderen Menschen auch scheint es bei ihnen vielmehr darauf anzukommen, ob ein pünktliches Erscheinen als wichtig oder notwendig empfunden wird. Zu einem offiziellen Termin im Amt oder einer Untersuchung darf man nicht zu spät kommen, andernfalls ist mit missbilligenden Blicken, Ungeduld und wer weiß noch was zu rechnen. Sintje und Henning dagegen, die ehrenamtlich als Flüchtlingshelfer arbeiten und deren wöchentliche Sprechstunde im Heim offen ist für jeden, der spontan an die Tür klopft, kommen schon mal zu spät, überziehen dafür oder verschieben kurzfristig »ihren Nachmittag«.

Amal lehnt ihren Kopf an die Glasscheibe des Zuges. Rauya beginnt ihre Vorlesungen immer pünktlich, und auch Vater war nie zu spät im Krankenhaus. Selbst eine kleine Verspätung wäre für sie beide ein Ausdruck mangelnden Respekts, der Sache und den beteiligten Menschen gegenüber. Amal schließt die Augen, erinnert sich: Nur ein einziges Mal ist sie in ihrem ersten Studienjahr zu einer Vorlesung von Rauya in den Hörsaal gegangen, obwohl sie beide fast täglich auf dem gleichen Campus waren. Doch sie hatte Rauyas Vorlesungen im ersten ihrer zwei Jahre an der Universität bewusst gemieden, sie wollte sich – wenigstens zu Beginn – auf Themen konzentrieren, die ihr weniger vertraut waren, wie die Religionen im alten Mesopotamien zum Beispiel. Einmal jedoch ließ sie es sich nicht nehmen, Rauya zuzuhören, als sie von dem »neuen Babylon«, der von Saddam veranlassten Rekonstruktion auf den Ruinen sprach.

Rauya fing geschickt an, zeigte zunächst ein paar Ziegel des ursprünglichen Palastes, die alle den in sumerischer Keilschrift eingemeißelten Verweis trugen: »Ich, Nebukadnezar, König von Babylon, Sohn des Nabopolassar, habe diesen Palast zu Ehren meines Gottes Marduk gebaut.« Auf die Ziegel folgten Zeichnungen des gesamten Palastes, jene Zeichnungen, die der Deutsche Walter Andrae zu Beginn des letzten Jahrhunderts vor Ort erstellt hat. Rauya erläuterte den Aufbau des Gebäudes, verwies auf die fünf Innenhöfe, die Torbögen und betonte mehrfach die damals, zur Zeit Nebukadnezars, visionäre Entscheidung, anstatt Mörtel Naturasphalt zu verwenden, ein Gemisch aus Asche, Schwefel, Sand und Kieselerde, das seine Elastizität auch noch bei über vierzig Grad Celsius bewahrt und die Palastmauern so besonders stabil und wetterbeständig machte. Es folgten Fotos von den alten Ruinen, Reste einer Grundmauer, ein Brunnenschacht und dann ein mit modernen, lehmfarbigen Backsteinen

»reparierter«, alter Torbogen. Rauya zeigte auf einen der ursprünglichen Ziegel und sagte: »Sehen Sie die Löcher hier? Ziegel, die mehr als zweieinhalbtausend Jahre unbeschadet überstanden haben, fangen an zu bröckeln, da der unter Präsident Saddams Ägide verwendete Mörtel in der Sommerhitze Blasen wirft.« Rauya sprach von den sechzig Millionen Backsteinen, die auf den Ruinen von Nebukadnezars Palast verbaut worden sind, »wertvollstes archäologisches Material« werde so erdrückt oder zumindest unerreichbar gemacht. Rauya erwähnte die durch die Bauwerkzeuge verursachten Erderschütterungen, die dazu führten, dass Restmauern des alten babylonischen Nordpalastes mittlerweile vom Einsturz bedroht sind, und sie sprach von dem veränderten Grundwasserspiegel, der zur Durchfeuchtung tieferer, archäologischer Schichten führte.

Mit dem neu entstandenen Palast hielt sich Rauya nicht lange auf, ein Foto aus der Vogelperspektive musste genügen, bevor sie ihren Vortrag mit einem Bild beendete, das, wenn auch nur vage, an das erste Bild, das sie gezeigt hatte, erinnerte: Es war einer der für die Rekonstruktion des Palastes verwendeten Backsteine aus den 1980er-Jahren, versehen mit der Inschrift: »Ich, Saddam Hussein, Präsident und Beschützer des irakischen Volkes, habe den Palast des Nebukadnezar und die Zivilisation des Irak wiederauferstehen lassen.« Auf dem Ziegel waren, wie bereits auf vielen anderen der verwendeten Backsteine, Risse und Bruchstellen zu sehen. »Keine dreißig Jahre sind diese Steine alt«, schloss Rauya und beließ es dabei. Jeder Riss, der wie ein Schwertschnitt durch die Lettern der Inschrift fuhr, war ein kleiner Triumph für sie.

Ein sehr kleiner Triumph, findet Amal, während sie den Namen der Station liest, in die der Zug gerade einfährt. Denn auch wenn die jüngste Geschichte Rauya recht gibt und auch die

UNESCO ihr Urteil bestätigt, die sich beharrlich weigert, Saddams Wiederauferstehungsfantasie als Weltkulturerbe anzuerkennen – was für einen Preis hat ihre Mutter für ihre Warnungen und ihre aufrichtige Meinung zahlen müssen! Nur wenige Tage, nachdem das große Interview mit Rauya in einer Bagdader Zeitung erschienen war, ein Interview, in dem sich Rauya bestürzt und empört über den von Saddam »erzwungenen« Palast auf den Ruinen des alten Babylon gezeigt hatte, wurde Rauya eines Morgens ins Büro ihres Vorgesetzten im Museum gebeten, wo man ihr erklärte, sie sei mit sofortiger Wirkung ihrer bisherigen Aufgaben entbunden, man habe diese bereits einem Kollegen übertragen. Ihr sei damals eine Stelle als Sekretärin im Museum angeboten worden, um den Schein zu wahren, hat Rauya Jahre später Amal erzählt, sie habe das Angebot jedoch abgelehnt. »Ganz abgesehen von allem anderen ist das eine Beleidigung der Sekretärinnen, die haben ihr Handwerk auch gelernt!«

Rauya ging zurück an die Universität, wo ihr alter Professor ihr ein Büro und Studenten anvertraute, Rauya machte das Beste daraus und wurde doch in den folgenden Jahren von all den Teams, die zu kleineren Ausgrabungen an die Stätten des alten Babylon oder des früheren Uruk aufbrachen, aus unerklärlichen Gründen ausgeschlossen. Zumindest bis zum Sturz Saddams, danach wurde die Lage durch die amerikanische Besatzung ohnehin so kompliziert und gefährlich, dass jahrelang keine Ausgrabungen mehr stattfanden.

Hofft Rauya, überlegt Amal, noch immer aus dem Zugfenster schauend, dass jetzt, nach dem Abzug der Amerikaner, die Ausgrabungen wieder aufgenommen werden, sie vielleicht sogar eine neue Chance bekommt? Überall sehe man Wachposten, schiitische Regierungsmilizen, vor den archäologischen Stätten in Babil und in Warka, dem früheren Uruk, hatte Nahrin im letzten Frühjahr nach ihrer Rückkehr aus dem Süden erzählt. Rauya hatte stumm den Kopf geschüttelt, Vater das Kinn gesenkt und gemurmelt: »Wer weiß, was sonst dort los wäre …«

Amal erblickt das nächste, näher kommende Stationsschild: Berlin-Hauptbahnhof.

Sie ist zu früh am Museum, wie geplant. Clara will Amal auf keinen Fall warten lassen, sie läuft vor in die Mitte des weitläufigen Vorplatzes, auf dem sie sich verabredet haben, bleibt dort stehen und dreht ihr Gesicht in die Sonne. Die Wärme auf der Haut ist ein angenehmer Vorbote des Sommers, man erwarte den »bislang heißesten Tag des Jahres«, hieß es vorhin im Radio. Um sie herum versammeln sich mehrere Touristengruppen. Clara folgt den staunenden Blicken: graue Mauern zu allen drei Seiten, strenge Säulen und ein Portal, das wirkt, als sei es für weit entfernte Blicke, für Betrachter geschaffen, die noch jenseits der Brücke stehen, die das Museum auf seiner Insel vom Berliner Stadtleben trennt.

»Excuse me – a picture, please?« Ein höflich lächelnder Japaner hält Clara seine Kamera hin, Clara nimmt ihm den Apparat ab und schafft es erst nach mehrfachem Zoomen, alle Mitglieder seiner Reisegruppe auf ein einziges Foto zu zwängen. Wo sich die Gruppe befindet, ist aufgrund der Menge an Menschen und der schlichten Mauer im Hintergrund nicht eindeutig zu erkennen. Das scheint den Japaner aber nicht zu stören, er bedankt sich, nachdem er das Foto auf dem Bildschirm der Kamera gesichtet hat, mit mehreren Verbeugungen, läuft in kleinen Schritten rückwärts, dreht sich dann um und ruft seiner Frau lebhaft etwas zu, wobei er seine Kamera triumphierend in die Höhe reckt.

»Wer weiß, wie wir in Paris, in Peking oder Hiroshima aussehen«, hat Vater oft gesagt, wenn sich Großmutter bei ihren gemeinsamen Besuchen in der Schirn darüber echauffierte, wie »diese Touristenhorden« lautstark durch die Ausstellungsräume jagten, »als seien sie auf dem Rummel«. Dabei waren Museumsbesuche auch Großmutter nicht seit jeher vertraut; erst durch ihren Sohn, Vaters Job als Museumswächter während seines Studiums, hatte Großmutter mit Ende vierzig die Schirn und andere Museen entdeckt, dann aber schnell Feuer gefangen. Sogar die Dauerausstellungen wollte sie wieder und wieder sehen.

»Nicht überall ist die Kunst ein Sakrileg«, war eine von Mutters typischen Erwiderungen auf die Empörung ihrer Schwiegermutter. Worauf Großmutter meist mit hochgezogenen Brauen erwiderte: »Schlimm genug.«

Clara blinzelt und dreht ihr Gesicht aus der Sonne; sie hat das Gefühl, jetzt Ausschau halten zu sollen – und tatsächlich, wenn sie nicht alles täuscht, ist es Amal, die in schnellen Schritten auf die Brücke zuläuft.

Sie wird schneller und bleibt, als sie sich sicher ist, kurz vor der Brücke stehen: Ja, eine Frau in der Mitte des Platzes hebt den Arm, setzt sich in Bewegung, und Amal erkennt Clara an ihren hastigen Fohlenschritten, die rennen wollen und doch von etwas zurückgehalten werden.

»Amal!« Claras Freude ist offenkundig, sie streckt die Arme aus und zieht Amal mitsamt ihres Rucksacks an sich: »Schön, dass du gekommen bist.« Am Hals duftet Clara nach Jasmin, ihre Locken glänzen in der Sonne, und Clara wirkt noch frischer, unternehmungslustiger als sonst.

»Bist du bereit?«, fragt Clara, zieht aus ihrer Tasche zwei Eintrittskarten und erklärt, mit den Karten müssten sie nicht anstehen, könnten direkt ins Museum, zur Garderobe und dann weiter »in den ersten Stock, zum Ischtar-Tor«.

Amal nickt verwundert, das Tor Ischtars hätte sie nicht auf der ersten Etage erwartet.

Im Museum empfängt sie ein Gewirr aus Stimmen, autoritäre Rufe bemühen sich, das aufgekratzte Gekicher, die privaten Diskussionen und zahlreichen Telefongespräche im Eingangsbereich zu übertönen. Clara bahnt sich zielstrebig ihren Weg zur Garderobe, zieht dort ihre Jacke aus und legt sie auf den Tresen. Amal zögert, dasselbe zu tun, ihre Finger umklammern den Rucksack, den sie auf keinen Fall ablegen und hier zurücklassen will. Der Garderobier hinter dem Tresen erkennt ihr Unbehagen, nickt Amal zu und deutet auf den Raum gegenüber der Garderobe, eine Nische, an deren Wänden Amal Schließfächer entdeckt. Schließfächer wie in einer Schwimmhalle oder auch in einigen Moscheen, im Museum hat sie Amal dagegen noch nie gesehen. Clara reicht ihr eine Münze: »Für das Fach, ich habe es passend«, sagt sie und fügt, als Amal sie fragend anblickt, hinzu: »Wenn wir gehen, kannst du mir den Euro ja zurückgeben.«

Nur ihr Notizbuch, einen Stift und ihr Portemonnaie nimmt Amal aus dem Rucksack, nicht den Schlüssel ihres Zimmers im Heim.

Sie steigen eine Treppe hoch, treten durch einen offenen Türrahmen, wenden sich nach rechts, und da ist es: groß und lückenlos und blau glänzend, viel zu groß für den Raum, in den man es gestopft hat und der schon jetzt voller Besucher ist. Amal bleibt staunend stehen, sie hat geglaubt, sich keine Vorstellung gemacht zu haben, jetzt jedoch merkt sie, dass die vielen Menschen sie überraschen.

»Komm«, sagt Amal zu Clara, und sie nähern sich dem Tor.

Marduks Drachen und Adads Stiere bewegen sich von links und rechts auf das Tor in der Mitte zu, majestätisch und machtbewusst wie seit jeher; wie er, Nebukadnezar, der in weißen Schriftzeichen auf den Ziegeln festhalten ließ: »Ich legte das Fundament der Tore gegen das Grundwasser und ließ sie selbst aus Blaustein herstellen, auf denen Stiere und Drachen kunstvoll abgebildet waren, ... dass die gesamte Menschheit sie staunend betrachten möge.« Amal murmelt die vertrauten Worte, merkt erst, dass sie murmelt, als Clara fragt: »Hast du etwas gesagt?«

Statt einer Antwort zeigt Amal auf einen der Drachen und erklärt, er symbolisiere Marduk, Gott der Stadt Babylon und der Fruchtbarkeit.

»Nebukadnezar hat Marduk tief verehrt.«

»Nebukadnezar war gläubig?«, fragt Clara überrascht. »Ich meine, richtig gläubig, im demütigen, nicht nur rituellen Sinn?«

Amal nickt: »Er war ein sehr religiöser Mensch«, erwidert sie und kann sich ein Lächeln nicht verkneifen. »Wer Nebukadnezar nur aus der Bibel kennt, hat natürlich ein anderes Bild.«

Clara blickt Amal staunend an. Sie kann sich denken, auf was Amal anspielt, ihr Vater hätte im Fall Nebukadnezars wahrscheinlich auch auf einen »Feindmythos« verwiesen, um die historische Gestalt von dem, was Nebukadnezar in den Augen seiner Feinde war und sein musste, abzugrenzen.

»Dann war Nebukadnezar gar nicht so lasterhaft, wie oft behauptet?«, fragt Clara. »Jerusalem hat er aber tatsächlich eingenommen, oder?«

»Besetzt hat er die Stadt auf jeden Fall«, antwortet Amal, »ob diese Besetzung jedoch eine Massendeportation der jüdischen Bevölkerung zur Folge hatte, wie die Bibel sie beschreibt, kann weder archäologisch noch durch andere Schriftstücke belegt werden.«

Amal spricht von all dem nicht in einem rechthaberischen, emotional erregten Ton, sondern vielmehr mit Gefallen an der differenzierten Betrachtung, also wissenschaftlich, stellt Clara fest und denkt sofort: Ihrem Vater würde das gefallen.

»Aber warum heißt es dann Ischtar-Tor, wenn die Drachen nicht für Ischtar, sondern den Gott Babylons stehen?«, will Clara wissen.

Amal dreht sich um und deutet auf die Prozessionsstraße, die vom Tor weg beziehungsweise auf es zuführt: »Siehst du die Löwen dort?«, fragt Amal und geht auf die Reliefs in der Ziegelwand zu, »diese Löwen gehören zu Ischtar, Göttin der Liebe und des Krieges.«

Was für eine Kombination, denkt Clara und muss schmunzeln.

AMAL stellt sich vor einen der Löwen und hebt unwillkürlich den Arm: Das sind sie, die Lehmziegel von damals. Nur ein dünnes, in Kniehöhe gespanntes Stoffband trennt sie noch von den Steinen, den zweieinhalbtausend Jahren, von Babylon in der Fremde hier. Amal stellt sich auf die Zehenspitzen, sie will das Relief, die aus der Wand geradezu herauslaufenden Löwentatzen anfassen, will das furchige Fell befühlen und mit ihren Fingerkuppen über die glasierten, glatten Ziegel fahren, über das Lapislazuliblau und das zarte Türkis. Die ausgebleichten weißen Stellen auf den Reliefs – Zähne und Hautteile der Löwen – haben die Restauratoren meist in Ruhe gelassen, haben eher die Ornamente, die Margeriten und das orangefarbene Band, über das die Löwen marschieren, mit frischen Farben ausgebessert. Doch selbst diese wenigen Reparaturen, diese vielleicht etwas zu bunt, im Vergleich zu Saddams Ungetüm jedoch dezent »gestopften Löcher« sind zu verschmerzen, sind vielleicht sogar notwendig, tritt so doch die Fragilität der Originale noch deutlicher hervor. Und das ist es, was Amal rührt, dass man den Steinen ansieht, was sie erlebt und erlitten haben, dass sie gezeichnet sind von den Jahrhunderten, sich gewehrt und bewährt haben und doch Verletzungen tragen. All das unterscheidet sie von der knallblauen Fassade mit den zitronengelben Tieren im heutigen Babil, dieser Replik, die nicht weiß, dass Zeit die vierte Dimension des Bauens ist.

Amal lehnt sich zurück und späht durch den Raum: Das rege Treiben offenbart sich auf einmal als Vorteil, die Wachleute in den Ecken können so unmöglich alles immerzu im Auge haben, zudem wirken die Damen in den dunkelblauen Hosen auf Amal auch eher gelangweilt als wachsam.

»Soll ich mich vor dich stellen?«, flüstert Clara dicht an ihrem Ohr. Amal ist überrascht, sie weiß nicht, wie lange Clara sie schon beobachtet. Ohne eine Antwort abzuwarten, entfaltet Clara den Plan, den man ihnen unten am Eingang gegeben hat, und stellt sich so an die Absperrung, dass der Plan Amal in Höhe ihrer Schultern verdeckt. Clara wirft Amal einen Blick zu, und Amal hat den Eindruck, Clara nicke ihr zu, ohne zu nicken, ein Nicken allein mit den Augen. Amal bewegt ihre Hand auf die Wand zu, zögert kurz und berührt dann schnell einen Ziegel, zu schnell, um wirklich etwas zu fühlen, aber lange genug, um zu wissen, dass die Wand nicht durch einen Alarm geschützt wird. Sie nickt Clara zu, die unverändert dasteht, wirft einen schnellen Blick an dem Plan vorbei zur Wärterin, die noch immer am Ausgang der Treppe steht und geradeaus nach vorne, nicht in ihre Richtung schaut. An der anderen Endseite des Raumes hat der Wärter ebenfalls die gegenüberliegende Wand, nicht die Prozessionsstraße vor Augen. Erneut streckt Amal ihren Arm aus und legt dieses Mal ihre gesamte Handfläche auf einen Ziegel. Ihr Herz klopft laut, und sekundenschnell schießt ihr die Frage durch den Kopf, was ein entrüsteter Ruf der Wächter für ihren Asylantrag bedeuten könnte – doch es bleibt ruhig, und Amals Finger fahren über den glasierten Ziegel, fahren bis zum Rand des Steines und gleiten über zum nächsten. Die Risse in der glasierten Oberfläche fühlen sich an wie Blattadern, wie eingetrocknete Wasserläufe, denkt Amal und weiß: Das muss sie Rauya und Großmutter erzählen.

Neben ihr raschelt es, Clara ändert ihre Position, und Amal fährt erschrocken zusammen.

Ein Foto, denkt CLARA, wird Amal sicher gefallen, wird den Moment noch einmal anders in ihrer Erinnerung verankern. Sie schaut sich um, die Wächter haben ihre Position nicht geändert, wirken geradezu versteinert, was wahrscheinlich eine Folge ihrer Arbeit hier ist, umgeben von steinerner Materie und lärmenden Touristen. Clara versucht, den Museumsplan mit nur einer Hand zu halten, was ihr schließlich auch gelingt, und zieht gleichzeitig ihr iPhone aus der Tasche. Zwei Anrufe in Abwesenheit werden angezeigt, die sie ignoriert, zumal die Nummer in beiden Fällen nicht angegeben wird.

»Amal, dreh dich zu mir«, flüstert Clara, was einen Herrn hinter Amal dazu veranlasst, sich zu ihnen umzudrehen – jedoch ohne etwas zu sagen. Clara schaut auf das Display, kontrolliert schnell den Ausschnitt und die Schärfe und drückt ab. Zweimal, zur Sicherheit. Erst als das Telefon bereits wieder in ihrer Tasche verschwunden ist, lächelt Amal.

Ob Clara mit dem Foto den erstohlenen und daher notgedrungen kurzen Augenblick dehnen, ihm mithilfe der Konservierung Stabilität geben wollte, fragt sich Amal und weiß doch auch, dass es Clara wahrscheinlich einfach darum ging, ihr einen Gefallen zu tun. Und es funktioniert: Denn jetzt, wo sie weiß, dass es das Bild gibt, rückt Amal ab von der Wand, als habe sie »den Akt« vollzogen und könne sich nun wieder allein auf ihre Augen verlassen.

Clara faltet den Plan zusammen, sie zwinkern einander verschwörerisch zu und gehen weiter, die lange Prozessionsstraße entlang. Als sie einen der Wächter passieren, reizt es Amal, seinen Blick aufzufangen und ihn freundlich anzuschauen, doch der Wächter gibt ihr nicht die Möglichkeit dazu, sein Blick streift sie wie ein Wandbild ohne Zentrum.

Bevor sie die Etage verlassen, dreht sich Amal noch einmal um und betrachtet das Ischtar-Tor aus der Ferne. Kraftvoll leuchtet sein Blau in dem trüben, weißlichen Museumslicht, würdevoll behauptet sich die Fassade mit ihren ausgewogenen Proportionen, dem Torbogen und den Zinnen zwischen blassgelben Wänden und unter einer zwar hohen, aber immer noch viel zu niedrigen Decke. Nun, denkt Amal und holt tief Luft, ein Wiederaufbau des ursprünglichen Tores unter freiem Himmel ist in diesem Klima schlicht nicht möglich gewesen.

CLARA fragt sich, an was Amal gerade denkt, ob sie hofft, bald wieder herkommen zu können, in ein paar Wochen, Monaten, nachdem die Entscheidung über ihren Asylantrag gefallen sein wird? Oder sind Amals Gedanken beim Anblick dieses Tores, über das sie so viel weiß, ganz auf die Vergangenheit und nicht auf die Zukunft gerichtet, auf das, was Amal vielleicht unwiderruflich hinter sich gelassen hat?

Ob Clara den Raum auch zu klein für das Tor und die Prozessionsstraße finde, fragt da Amal.

Clara nickt: »Auf jeden Fall. Dazu wirkt er so milchig, fahl. Das frische Blau und Türkis der Steine«, Clara deutet auf die Ziegel, »wirken hier drinnen wie eingesperrt.«

Amal lächelt, als freue sie die Antwort.

»Eins jedoch verwundert mich«, setzt Clara hinzu: »Ich wusste gar nicht, dass bei euch Margeriten wachsen.« Clara deutet auf die Margeriten, die in regelmäßigen Abschnitten die Prozessionsstraße schmücken.

Amal scheint die Bemerkung zu erstaunen: »Ja, natürlich. Warum denn nicht?«

Clara hebt die Schultern, merkt auf einmal wieder, wie wenig sie über den Irak und den Nahen Osten weiß. »Hast du nicht mal erzählt, bei euch gäbe es keine blauen Veilchen?«

Amal nickt.

»Eben. Und ich verbinde auch Margeriten eher mit feuchten Sommerwiesen als mit heißem, trockenem Wüstenklima.«

»Wild wachsen sie bei uns nicht«, erklärt Amal, »doch wenn man sie richtig pflegt … Im Garten meiner Großmutter zum Beispiel wachsen diese Margeriten in Beeten, zwischen den Dattelpalmen und neben dem Oleander, von dem ich dir bereits erzählt habe, oder?«

Clara nickt.

»Großmutters Oleander ist ein Wunderwerk aus pinken Blüten, das solltest du mal sehen!« Amal lacht, doch ihr Lachen bricht, »er muss jeden Tag gegossen werden, Großmutter gießt ihn, sofern sie zu Hause ist, ich meine – wenn du mal zu uns kommst, wirst du sehen, wie bunt die Pflanzenwelt in Bagdad ist …«, stammelt Amal und wendet sich ab.

Erst später, auf der Treppe wird Clara gänzlich bewusst, was Amal da gesagt hat: Sie sprach von »uns«, von einem Besuch bei »uns«, ganz selbstverständlich, wie jemand, der seine Freundin zu sich nach Hause einlädt … Und auch wenn diese Selbstverständlichkeit Clara auf gewisse Art traurig macht, zeigt sie doch, dass Amal in ihrem Bewusstsein noch immer dort, in Bagdad, in der Ferne lebt – dennoch, oder vielleicht gerade deshalb rührt Clara Amals Einladung, und sie hätte im Nachhinein gerne erwidert, dass sie die Einladung annehme.

Sie schlägt Amal vor, jetzt die Fundschätze aus Uruk und das Modell des Turms von Babel aufzusuchen, doch zu ihrer Überraschung schüttelt Amal den Kopf und deutet hinunter, zum Erdgeschoss.

Amal ist auf einmal unruhig, sie fühlt sich schuldig, dass sie Großmutter, genau genommen den Zustand, in dem sich Großmutter befindet, tatsächlich vergessen konnte. Nur für kurze Zeit, aber immerhin. *Amal, Kind, geh und amüsier dich, die Gedanken sollen frei sein, sollen dich nicht einsperren!* Großmutter wird ihr diesen Moment des Vergessens nicht verübeln, ganz sicher nicht, und doch will Amal jetzt unbedingt mit Rauya sprechen.

»Darf ich mal kurz telefonieren?«, fragt sie und zeigt auf Claras Tasche, wie um Clara daran zu erinnern, dass sie selbst kein Telefon besitzt.

Clara nickt, schlägt jedoch vor, das Gebäude vorher zu verlassen: »Lass uns zumindest hinunter in die Eingangshalle gehen.«

Clara zieht unten in der Halle, kurz vor dem Ausgang, ihr Telefon aus der Tasche und staunt: Vier Anrufe in Abwesenheit, der letzte kam erst vor zwei Minuten. »Jemand hat mich angerufen«, sagt sie, worauf Amal sofort fragt: »Wer?«

»Die Nummer ist nicht zu erkennen.«

»Dann war es vermutlich ein Anruf über Skype?«

»Möglich«, erwidert Clara, hebt den Kopf und erschrickt: Amal ist bleich geworden.

»Kann ich – das war vermutlich für mich!«, sagt Amal und muss sich zusammennehmen, um Clara das Gerät nicht aus der Hand zu reißen.

»Hast du denn jemandem meine Nummer gegeben?«, fragt Clara, und als Amal nickt, ihr Gesicht sich verzerrt und aussieht, als werde es geschlagen, bekommt auch Clara Angst. Doch sie weiß, dass sie jetzt ruhig bleiben, Besonnenheit vermitteln muss. »Hör zu, Amal«, sagt sie sanft, aber deutlich, »zurückrufen können wir ja nicht, aber du kannst dein Mailpostfach einsehen. Willst du das?«

Amal nickt abwesend, blickt auf ihre Finger, die zittern.

Clara, die Amals E-Mail-Adresse auswendig weiß, ruft die entsprechende Webseite auf, gibt die Adresse ein und reicht Amal das iPhone nur für deren Passwort.

Amal fügt das Passwort ein, meldet sich an und starrt auf das Display.

Eine neue Nachricht von Rauya.

»Amal, ruf mich an! Mama!«, steht dort; sonst nichts.

»Ich muss – meine Mutter!«, schreit Amal beinahe.

Clara scheint auch ohne viele Worte zu verstehen: »Kennst du die Nummer?«

Amal muss kurz überlegen, natürlich, die Nummer von Rauyas Büro hat sie noch immer im Kopf.

Clara deutet auf ihr Telefon und sagt freundlich: »Nur zu, ruf an, wen du willst.«

Amal wählt, im Hörer bleibt es stumm, dann läutet es, einmal, zweimal. Viermal, doch niemand hebt ab. Natürlich nicht, denkt Amal plötzlich, wenn etwas geschehen ist, wird Rauya doch nicht in ihrem Büro sein … Fieberhaft überlegt sie, wie sie Rauya auf ihrem Mobiltelefon erreichen kann. Die Nummer weiß sie nicht auswendig, sie ist zwar in ihrem Skype-Konto gespeichert, aber hier, im Museum – »Ich muss in ein Internetcafé!«, ruft Amal, als Claras Telefon zu läuten beginnt.

»Wieder unbekannt – für dich?«, sagt Clara halb fragend und reicht Amal das Gerät.

»Ja, Rauya, ja, ich höre dich. Sag endlich – was? Großmutter ist tot, ja, verstehe, nein! Sie ist tot? Aber warum? Warum so schnell, Rauya! Ja, nein – hör auf! Die Leitung ist schlecht, und ich muss doch alles verstehen … Warum? Wie konnte das passieren, ein zweiter Infarkt, ja, Rauya, das habe ich verstanden, ja, im Krankenhaus, vor einer Stunde – einer Stunde? Rauya, bitte nicht weinen, Mama, wenn du jetzt weinst, muss ich auch – nein, was sagst du? Sag es noch mal! In einer Stunde sprechen, über Skype, ja, natürlich geht das, auch wenn – was soll das jetzt noch … Nein, Rauya, nicht auflegen! Bleib dran! Ich habe doch noch – Fragen: Ist es sicher? Natürlich. Aber Rauya, sag mir noch eins: Ist sie friedlich? Ach so, ja, das hattest du schon … Nahrin. Nahrin was? Nahrin ist da, gut, wenigstens das, gut Rauya, das ist gut. Erst Vater und jetzt Ischtar, das kann doch nicht – Ja, Rauya, ich höre dich, ja, in einer Stunde, ja, bis gleich, ich habe verstanden.«

WENN DER HIMMEL NICHT SO HOCH WÄR', WÜRD' ICH DRAUFHAUN, IHM DIE BLAUE FRESSE POLIEREN! GROSSMUTTER, WO BIST DU? AN DAS OBEN KANN ICH NICHT GLAUBEN, DOCH DEIN ERSTARRTES GESICHT UND DIE KALTEN HÄNDE WILL ICH AUCH NICHT SEHEN, GROSSMUTTER, WO BIST DU …

Sie hat Amal noch nie Arabisch sprechen hören. Jetzt muss sie aufpassen, Amal krümmt sich zusammen, hält sich den Bauch, und Clara tritt vor, fängt Amal auf und schließt sie in die Arme.

»Tot«, meint Clara zwischen zwei heftigen Schluchzern zu hören und fragt sich, ob damit Amals Vater gemeint ist.

»Meine Großmutter … tot.«

Clara schluckt. Amal spricht mehrfach von einem »Internetcafé« und »Rauya«, und Clara versteht, dass sie Amal so schnell wie möglich in ein solches Café bringen muss.

Sie laufen vom Eingang des Museums vor zur nächsten Straße. Amal lässt sich von Clara, die sie untergehakt hat, führen und starrt auf den Asphalt. Clara überlegt, wo sie in der Nähe ein Internetcafé finden, denn auch wenn sie Amal bereits erklärt hat, dass sie Rauya zur Not auch von ihrem iPhone, über ihr Skype-Konto kontaktieren kann, scheint das Amal nicht zu wollen, sie will »Rauya sehen, so klar und groß wie möglich!«.

Clara tritt Taruns riesiger Architekten-Bildschirm vor Augen, und sie bleibt stehen: Taruns Büro befindet sich in Laufnähe. Einer der Konferenzräume ist bestimmt nicht belegt, dort hätten sie ihre Ruhe, einen großen Bildschirm und verlässlicheres Internet als in jedem Café. Kurz entschlossen ruft Clara Tarun an, sagt, es gehe um Amal und einen Notfall, sie bräuchten jetzt, in den nächsten zwei Stunden einen Computer und einen stillen Raum. Clara fragt, ob sie Taruns Büro dafür nutzen könnten, fügt hinzu, sie könne ihm die Situation nicht auf die Schnelle erklären, aber es sei ernst, jemand sei gestorben.

Tarun sagt sofort Ja. Und ergänzt: »Ich bereite alles vor.«

Es ist nicht ganz einfach, Amal von ihrem Plan zu überzeugen.

Amal fragt mehrfach, ob sie in dem Büro auch wirklich ihre Ruhe hätten, Clara verspricht das, erklärt, dass es in dem großen, geräumigen Architekturbüro mehrere Konferenzräume gebe, in denen niemand dauerhaft arbeite, und der riesige Bildschirm dort wie auch die »garantiert gute Leitung« überzeugen Amal schließlich doch.

Alles ist bereit, schon seit Minuten. Clara sitzt neben Amal im Konferenzraum. Hinter einer breiten Fensterfront fangen schräg stehende Jalousielamellen das einfallende Sonnenlicht ab und geben gleichzeitig den Blick auf die Spree und eine Schleuse frei. Das Wasser und die Kekse, die Tarun ihnen hingestellt hat, hat Amal nicht angerührt, stattdessen starrt sie auf den Bildschirm. Ihr eigenes Skype-Konto ist auf Empfang, Rauya dagegen noch immer nicht erreichbar. Amal wird unruhig, schreibt noch eine Nachricht, schickt sie ab. Ihre Finger krallen sich so fest in ihre Oberschenkel, dass es Clara beim Zusehen wehtut. Sie überlegt, etwas zu sagen, ihre Hand behutsam auf Amals Hand zu legen, als endlich grünes Licht neben Rauyas Namen aufflackert und ein Klingeln ertönt.

»Rauya!«

»Amal?«

»Rauya! Ischtar –«

Rauya am Bildschirm nickt. »Amal …«

Ihre Unterhaltung ist stockender, als es Clara nach dem Telefonat im Museum erwartet hat. Mutter und Tochter blicken einander im Bildschirm an, heben gleichzeitig die Hände und lassen sie wieder fallen. Auf dem leicht verpixelten Kamerabild erkennt Clara eine schöne, klug aussehende Frau mit klaren, ebenmäßigen Zügen und einem auffallend langen Hals. Rauya hat ihre Brille hoch in ihr schwarzes Haar gesteckt, das ihr, zu einem Pferdeschwanz gebunden, über die rechte Schulter bis auf den Busen fällt. Auf ihren nackten Schlüsselbeinen schimmert eine silberne Kette, dazu trägt sie passende, silberne Ohrringe.

Rauya scheint gefragt zu haben, wo sich Amal befinde, denn Amal fährt mit ihrem Arm durch den Raum, deutet auf Clara und nennt ihren Namen.

»Hello«, hört Clara daraufhin Rauya auf Englisch sagen, gefolgt von einem: »Thank you«.

Clara nickt, doch bevor sie etwas Freundliches erwidern kann, beginnt Amal, Rauya Fragen zu stellen. Amal fragt, und Rauya antwortet, in einem Rhythmus, der sich beschleunigt, und in einem Ton, der auf Amals Seite immer spitzer, gehetzter wird. Clara weiß, dass emotionale Erregung für ein Ohr, das die Sprache nicht versteht und sie nur lautmalerisch wahrnehmen kann, leicht aggressiv klingt, auch wenn das Gesagte gar nicht aggressiv gemeint ist, und doch hat Clara zunehmend das Gefühl, dass Rauya sich verteidigen muss beziehungsweise dass Rauya das Gefühl hat, sich vor Amal erklären zu müssen.

»Là!«, hört Clara Rauya ein paarmal bittend rufen, doch Amal scheint dieses »Là!« nicht zu akzeptieren, ihre Stimme wird höher und der Fluss ihrer Worte schneller, und als Clara sich fast sicher ist, dass Aggression oder Wut nun doch Teil der Unterhaltung ist, ruft Rauya plötzlich laut: »No, Amal, you stay where you are! You stay in Berlin!« Warum Englisch? Das ist an sie gerichtet – denkt Clara und schaut auf.

Amal wendet den Kopf weg von Rauya und sieht Clara an, ihr Blick ist scharf und angespannt.

»What's the matter?«, fragt Clara vorsichtig.

»I want to go to Baghdad«, schnauft Amal, »to the funeral of my grandmother. She's my grandmother! And I must bring her the violet that I promised her.«

»Ischtar is dead«, wirft Rauya ein, »and you stay where you are safe!«

Doch Amal schüttelt den Kopf: »I must go, I must! She's my grandmother, and I promised!«

»But your application for asylum!«, ruft Clara erschrocken und erhält dafür von Amal einen Blick, der unverhohlen fragt, auf welcher Seite sie stehe.

»You are with us, Amal, of course –«, erklingt da Rauya erneut vom Bildschirm aus, »but after all that you've done – after all that happened – You must stay in Berlin! It's not safe here, you must –« Weiter kommt Rauya nicht, da sich Amal ihr erneut zuwendet und der Streit der beiden weitergeht. Clara, die kein Wort mehr versteht, sieht dafür, wie Amal flucht, weint und schreit, dieses Mal mit dem ganzen Körper: Amals Arme fahren durch die Luft, ihr Haarknoten beginnt, sich zu lösen, mehrfach schlagen ihre Fäuste auf die Knie – warum verletzt sie sich, denkt Clara, als Amals Füße zu scharren beginnen. Stück für Stück schieben Amals Füße den Stuhl, auf dem sie sitzt, nach hinten, Rauya am Bildschirm kämpft mit den Tränen, wischt sie sich aus den Augenwinkeln, sie schreit und hebt bittend die Hände, während Amal noch weiter zurückfährt, schreit, sich dann vorbeugt, Amal will offenbar aufspringen, als Clara sie am Arm packt, umdreht, ihren Blick abfängt und ruft: »Amal, listen, listen to me! I will go for you to Baghdad! I will bring your grandmother what you want her to have. Okay? I will do that for you. Okay?«

Amal starrt Clara an, es ist nicht erkennbar, ob Amal sie verstanden hat. Clara nutzt den Moment der Verwirrung und spricht weiter, dieses Mal so langsam und deutlich, dass auch Rauya es versteht: »I will go for you to Baghdad, I will bring your grandmother Ischtar what you want, I promise! But you must stay here, for your grandmother, for your family – and wait for the judges' decision. Okay?«

Clara lässt sie los, Amal fällt in den Stuhl zurück und fängt an, den Kopf zu schütteln. Ein Schütteln, das Clara nicht sofort deuten kann, Amal könnte im nächsten Augenblick durchdrehen, um sich schlagen oder wie ein Kind anfangen zu weinen, doch nichts dergleichen geschieht, stattdessen schüttelt sich Amal allmählich in eine Ruhe hinein, atmet mehrfach tief und fragt irgendwann leise: »Would you really do that? Do that for me? Go to Baghdad?«

Etwas in Amals Stimme, der Ausdruck staunenden Unglaubens und versteckter Hoffnung berührt Clara tief. Sie nickt, beugt sich vor und nimmt Amals Hand in ihre: »Yes, Amal. I'll do that for you. I promise. You can count on me. I will go to Baghdad.«

Wie sie später zum Bahnhof gekommen sind, weiß Clara schon nicht mehr genau, als der Regionalzug abfährt und sie Amal hinterherwinkt. Natürlich hat sie sich gefragt, ob sie Amal in diesem Zustand alleine lassen, ob sie sicher sein kann, dass Amal keine Dummheiten macht, und wenn sie ehrlich ist, hat Clara unter anderem beruhigt, dass Amal, wie sie weiß, zurzeit gar keinen Ausweis hat. Aber nicht nur das hat sie beruhigt. Auch Amals Fragen vorhin beim Tee im Bahnhofscafé, ob sich Clara auch wirklich sicher sei, ob das überhaupt möglich sei, dass sie für Amal nach Bagdad fahre, ob sie dafür genug Geld habe, und wie sie das Veilchen zu transportieren gedenke … Clara erklärte alles ruhig, dachte, während sie ihren heißen Tee trank, nicht daran, wie sie die Reise dem Krankenhaus und Tarun mitteilen wird, sie nickte Amal zu, sah, wie sich die Falten auf Amals Stirn und in ihren Augenwinkeln langsam ein wenig entspannten, sie sah an Amals Gesichtsfarbe, dass das Blut in ihrem Körper allmählich wieder ruhiger und gleichmäßiger floss, und als Amals Hände irgendwann so warm wie heute Morgen im Museum waren, wusste und spürte Clara, warum sie diese Reise machen wird: Weil sie es kann, sie, Clara Hobrecht mit ihrem deutschen Pass, und, viel wichtiger noch, weil sie es tun möchte. Schon lange nicht mehr hat sich etwas, das nichts mit ihrer Arbeit im Krankenhaus zu tun hat, auf so einfache Weise so richtig angefühlt.

Der Zug gerät außer Sichtweite, und Clara hört noch einmal Amal, wie sie ihr zum Abschied zuflüstert: »Thank you, Clara, you are a real friend.«

III

Schläfst du, Amal? Kind, du musst aufstehen, die Sonne ist gewandert, hier im Gras wird es zu heiß – dort unter den Dattelpalmen ist es besser, deine Decke liegt schon bereit, siehst du sie? Amal, warum presst du dein Ohr ins Gras, deine Augen sind offen, du schläfst nicht, was machst du dann? Du willst Großvater hören, nachdem dir Mama gestern erzählt hat, dass Großvater in der Erde liegt? Aber dafür musst du dein Ohr nicht ins Gras pressen, du kannst überall mit ihm reden, Liebes, er hört dir zu, so wie er mir zuhört, probiere es einfach, und du wirst sehen … Ich muss jetzt die Blumen gießen, die Blüten des Oleanders sind faltig, und die Gießkanne wird mir schwer. Hilfst du mir, Amal? Amal, bitte, steh auf!

»Schläfst du, Amal?« Eine Hand auf ihrer Schulter, rüttelt kurz und verschwindet. »Ich wollte nur fragen, ob du etwas brauchst«, flüstert Nourig. Ihre Stimme ruft in Amal das Bild des Zimmers wach – zwei Betten, zwei Tische und Stühle, zwei Schränke –, dagegen hilft auch das Kissen auf den Augen nicht. Nicht reagieren. Nicht bewegen. Großmutter. Erst Vater, und jetzt sie.

Sie kenne das, hatte Nourig gestern Abend gesagt, dass man erst bei dem sicheren Tod eines vertrauten Menschen merkt, inwiefern man andere, offiziell als vermisst geltende Menschen ebenfalls bereits für tot hält, obwohl man das nie so sagen würde, obwohl man das auch nicht wirklich glaubt, im nächsten Augenblick, nur im ersten Moment denkt man unwillkürlich: Der auch.

»Was kommt zuerst und was ist letztendlich stärker, die Hoffnung oder die Verzweiflung?«, hatte Nourig auf ihrem Spaziergang gestern laut gedacht. »Der Verstand zwingt dich zum Offenhalten beider Möglichkeiten, aber wer hört schon auf ihn …« Nourig hatte den Kopf gesenkt und beinahe lächelnd hinzugefügt: »Seitdem ich hier bin, glaube ich immer mehr, dass der Kampf zwischen Verstand und Gefühl nicht zuletzt physisch entschieden wird. Solange wir gehen oder sitzen, kann die Vernunft in uns die Oberhand gewinnen, wir überblicken, wägen ab und ordnen ein. Sobald du jedoch liegst«, Nourig blieb stehen, »fließen die Energien anders durch den Körper, das Zentrum ist nicht mehr der Kopf, sondern irgendwo hier –«, Nourig legte ihre Hand auf die Brust und fuhr dann hinunter zu ihrem Bauch. Amal war der Hand mit den Augen gefolgt und hatte sich gefragt, ob Nourig deshalb so viel Zeit in ihrem Bett liegend verbringt? Oder glaubt Nourig an ihre Theorie, eben weil sie so viel liegt?

Liegt man einmal, so wie Amal jetzt, kommt einem jede Bewegung doch leicht über die Maßen anstrengend vor, und ihr Sinn scheint umso fragwürdiger, je länger man liegen bleibt … Das wusste auch Professor Alawi, erinnert sich Amal. Klar steht ihr auf einmal jener Abend vor Augen, an dem Rauya bedrückt von ihrem Besuch bei Professor Alawi zurückgekommen war und wortlos erst Vater, dann sie in die Arme schloss, bevor sie irgendetwas sagte. Professor Alawi, Rauyas Paläografielehrer, der ihr das Entziffern der Keilschrift beigebracht hatte, war wenige Wochen zuvor von einem Tag auf den anderen aus der Universität entlassen und in den Ruhestand versetzt worden. Keiner wusste genau, warum, das Gerücht von einem Streit zwischen Alawi und dem neuen Dekan, einem treuen Parteigenossen, machte auf den Fluren die Runde, sicher war aber nur, dass von offizieller Seite aus keine Erklärung zu erwarten war. So ging Rauya schließlich selbst in die kleine Wohnung nah am Tigris, in der Alawi, seit Langem verwitwet, lebte. Wenn Rauya ihren alten Lehrer in der Absicht besucht hatte, Genaueres über die Umstände seiner Entlassung zu erfahren, so war das offenbar im Laufe des Nachmittags unwichtig geworden, denn am Abend erzählte Rauya davon nichts, viel zu groß war ihre Bestürzung darüber, was sie Alawis »Versteinerung« nannte.

»Die Wohnung war ungepflegt und roch, er war ungepflegt und roch, Professor Alawi, der auf dem Campus stets Anzüge getragen hatte!« Er scheine sich von Dosen zu ernähren und in seinen Kleidern zu schlafen, sagte Rauya, doch am meisten schockierte sie Alawis geistige Erstarrung. Er las keine Zeitung mehr, ging wegen seiner Gicht auch nicht mehr zum Arzt, nahm nach eigenem Ermessen Schmerztabletten und verbrachte seine Tage mit »zunehmendem Nichtstun«. Auf Rauyas Nachfrage, warum er nichts tue, erwiderte er nur: »Warum nicht? Darf ich nicht entscheiden, was mit mir geschieht? Jetzt, wo ich mundtot gemacht worden bin, wo mein Leben, meine Gedanken kein anderes Leben mehr berühren, kann ich da nicht machen, was ich will? Und das heißt: Nichts mehr zu machen!« Es sei einfach alles sinnlos geworden, erklärte Alawi Rauya, seiner ehemaligen Schülerin, und trotzdem weiterzuleben wie bislang käme ihm merkwürdig, absurd vor: »Mehr als absurd, lächerlich, beschämend! Wissen Sie, Rauya, das Einzige, was mich jetzt noch aufregen, verletzen könnte, wäre, mich selbst zu erleben, wie ich den Tatsachen zum Trotz weitermachte wie bisher – eine hilflose Ratte im Laufrad, ein Sklave der Hoffnung, ein Äffchen, das seine Augen zwischen die Stangen des Käfigs presst und sich einredet, es gebe den Käfig gar nicht … Nein, Rauya. Nein. Das ist nicht möglich.«

»Wisst ihr, was am unheimlichsten war?«, hatte Rauya tonlos geflüstert, »es klang alles so logisch, was er sagte, ich konnte gar nicht wirklich dagegen argumentieren.«

»Amal? Möchtest du einen Tee? Amal!«

»Ja, Nourig. Danke«, erwidert Amal und dreht sich langsam um.

Dass Tarun ihre Ankündigung, in den Irak zu reisen, überrascht, überrascht Clara nicht; wie er auf die Nachricht reagiert, überrascht Clara hingegen schon.

»Du willst wirklich nach Bagdad, alleine?«, fragt Tarun wenig begeistert. »Ist das nicht gefährlich?«

Clara zuckt mit den Schultern: »Ich werde aufpassen. Amal wird mir sichere Transportmittel empfehlen und mir genau sagen, wo ich hinmuss, hinkann.«

»Und du meinst, das reicht?«

Clara betrachtet Tarun: Sie weiß, dass seine Frage vollkommen vernünftig, auch nicht als Fangfrage gemeint ist, und doch kommt sie ihr so vor, weil sie darauf keine schlagfertige Antwort hat.

»Sorgst du dich um mich?«, fragt Clara stattdessen.

Tarun sieht sie verblüfft an: »Natürlich, ja!«

»Das musst du nicht«, erwidert Clara. Taruns Sorge berührt sie, obgleich sie weiß, dass die nichts an ihrer Entscheidung ändern wird.

»Tarun, vertrau mir einfach. Ich vertraue dir doch auch, dass du in Haora nicht von einem wackelnden Gerüst fällst oder auf offener Straße von einem Motorradfahrer übersehen wirst.«

Tarun wirft ihr einen Blick zu, als sei das doch wohl nicht das Gleiche, sagt aber nichts. Was er kürzlich von ihr verlangt hat, Verständnis und Toleranz, bringt jetzt ihn zum Schweigen, denkt Clara, und irgendwie fühlt es sich gut an, zu sehen, dass auch Tarun mit sich kämpft, dass auch er sich überwinden muss, dass es auch ihm nicht immer leichtfällt, eine Entscheidung zu akzeptieren, die Clara ihm präsentiert und nicht zu diskutieren bereit ist.

»Und deine Arbeit?«, fragt Tarun schließlich.

Clara muss lächeln über diesen neuen Versuch. »Das wird sich regeln lassen. Ich bekomme das schon hin«, entgegnet sie ruhig, geradezu gelassen.

In der Stille, die folgt, nimmt Clara Taruns Hand und sagt sanft: »Tarun, ich muss da hin. Die Reise nach Bagdad ist wichtig. Ich muss das tun, was Amal selbst nicht tun kann und sonst niemand tun würde. Verstehst du das?«

Tarun hebt den Kopf und sieht sie an, lange, dann nickt er, greift nach ihrem Kopf und küsst sie auf den Mund. Liebevoll. Innig, sich mit ihr verbinden wollend.

»Ja, ich verstehe das. Clara, mein Lockenkopf, ich verstehe dich sehr gut.« Tarun nickt ihr mit den Augenlidern zu, und auf einmal hat Clara das Gefühl, als löse sich zwischen ihnen etwas, ein Knoten, den sie jetzt, im Moment seiner Entwirrung, deutlich spürt.

In den kommenden Stunden, die Tarun nutzt, um seine Reise vorzubereiten, merkt Clara, wie er für sie mitdenkt, neben seinem auch ihren Koffer aus der Kammer holt und ihr ebenfalls einen Adapter für das Laptopkabel auf den Schreibtisch legt.

»Danke, aber so schnell geht das nicht«, sagt Clara, während sie das Kabel in einer Schublade verstaut, »mein Visum braucht noch ein paar Tage, ich fliege erst nächste Woche.«

»Hast du schon gebucht?«, fragt Tarun.

Clara nickt: »Über Istanbul, Abflug ist nächste Woche Dienstag.«

»Und wenn das Visum verspätet kommt?«

Clara schüttelt den Kopf: »Der Herr vom Konsulat versicherte mir, mit einer Buchung für nächsten Dienstag sei ich auf der sicheren Seite.«

Sie schweigen kurz; bevor Tarun hinzufügt: »Dann bist du weg, wenn ich wiederkomme.«

»So wird es sein«, hört Clara sich sagen, und es gefällt ihr, wie gefasst ihre Stimme klingt.

»Erzähl mir, Amal«, bittet Nourig, während Amal in der Küche den Tee, den Nourig ihr gekocht hat, an die Lippen führt, »erzähl, wie du dir die Beerdigung deiner Großmutter heute vorstellst: Wer wird da sein, wo wird sie begraben, wo wird deine Mutter mit euren Freunden später essen gehen?«

Amal trinkt einen Schluck, stellt dann den Becher zurück auf den Tisch und versucht, sich Großmutters Beerdigung vor Augen zu führen, das jedoch will nicht gelingen, zu nass sind plötzlich ihre Wangen. Nourigs trockene Hand legt sich auf ihre. »Deine Mutter«, sagt Nourig, »ist, wie du sagst, nicht religiös. Und ihre Mutter?«

»Auch nicht besonders«, antwortet Amal, entzieht sich der Berührung und wischt mit dem Ärmel ihres Hemdes über ihr Gesicht. Sie greift nach dem Becher, trinkt noch einen Schluck Tee und versucht, sich Großmutter in ihrem Totengewand vorzustellen, von den Füßen bis zum Kopf eingewickelt in Leinen … Amal schüttelt den Kopf, nein, sie will sich das nicht vorstellen. Dann schon lieber die Beerdigung, unter freiem Himmel: Tariq wird da sein und vielleicht ein paar andere, alte Freunde von Ischtar. Mahmoud wird sich, stellvertretend für Vater, hilfsbereit in Rauyas Nähe halten und doch darauf achten, nicht direkt neben Rauya zu stehen, Nahrin wird sich bei Rauya einhaken und ihre schwarze Kleidung bestimmt mit einem roten Schal oder einer blühenden Rose kontrastieren, und hinter den beiden werden wahrscheinlich noch weitere Freunde und Kollegen von Rauya unter den Trauergästen sein. Aber sonst? Aus Vaters Familie wird niemand kommen, Hassans Mutter ist tot, und zu seinen Verwandten, den vor Jahrzehnten ausgewanderten Cousins und zu Hassans älterem Bruder, der seine kommunistische Mutter kurz nach deren Erhängung verleugnete, haben sie schon lange keinen Kontakt mehr. Amal blickt zum Fenster und denkt an Rauyas Familie. Rauya war Großmutters einziges Kind, und von Ischtars Geschwistern lebt auch niemand mehr. Dina, Großmutters jüngste Schwester, die in Basra wohnte, starb dort vor einigen Jahren an Krebs.

»Ginge es nach meiner Großmutter«, beginnt Amal, »sitzen alle nach der Beerdigung noch vor Tariqs Bäckerei in der Sonne, trinken Tee oder Kaffee und essen Baklava. Die Gäste unterhalten sich, vielleicht wird auch gesungen, kein langes, formales Begräbnis, keine langen Tische mit verlogenen Reden, sondern Baklava und Tee, ein bisschen das Leben weiterführen, das sie geführt hat, das würde Großmutter gefallen. Verstehst du?«

Nourig nickt.

»Danach gehen Rauya und –«, Amal stockt, »Rauya und Nahrin wahrscheinlich noch in Ischtars Garten und setzen sich an Großmutters Grab. Ich weiß genau, wo es sein wird, unweit der Mauer, Großmutter hat oft davon gesprochen, dass sie zwischen ihren Pflanzen begraben sein will: neben dem Oleander, einem der letzten Geschenke ihres Mannes, unter dem Orangenbaum, den Großmutter kurz vor der Geburt meiner Mutter gepflanzt, und in der Nähe –«, Amal versucht ein Lächeln, »meines Veilchens. Clara, von der ich dir erzählt habe, wird das blaue Veilchen, das sich Großmutter von mir gewünscht hat, am Grab einpflanzen, sie hat es mir versprochen.«

Nourig stellt ihren Teebecher ab und fragt: »Hast du Clara gesagt, dass sie das Veilchen nicht auf, sondern neben das Grab pflanzen soll?«

Amal hebt die Schultern: »Ich werde es Clara noch einmal genau erklären. Aber, weißt du, Tradition hin oder her, meine Großmutter war nicht gläubig, und ich glaube, selbst ein Veilchen genau –«, Amal zögert, wollte ›auf‹ sagen und entscheidet sich dann für ›über‹: »selbst ein Veilchen über ihrem toten Kopf würde sie nicht stören. Im Gegenteil. Ich denke, es würde meine Großmutter freuen, das blaue Veilchen, meinen Gruß aus der Ferne zu spüren, mit ihm verwurzelt zu sein.«

Nourig nickt wieder und sagt dann plötzlich: »Kennst du das Bild von der Frau, der Tochter eines Gottes, glaube ich, der Blumen aus den Fingern wachsen?«

Amal schüttelt den Kopf, lächelt und merkt, wie ihre Augen schon wieder feucht werden.

Ein junger Mann, ein »Neuer«, dessen Namen Amal nicht kennt, klopft und tritt in die Küche, wedelt mit seiner leeren Milchtüte und fragt so, ob man ihm mit etwas Milch aushelfen könne. Nourig steht auf und geht zum Kühlschrank, füllt aus ihrer Milchpackung einen Becher ab und drückt dem Mann den Becher in die Hand.

»Thank you«, sagt der, sieht sich um und bleibt noch einen Moment im Raum stehen, offenbar um zu schauen, ob sich hier ein gemeinsames Frühstück ergeben könnte. Erst das konsequente Schweigen beider Frauen gibt ihm zu verstehen, dass in dieser Küche heute Morgen kein fröhliches Kennenlernfrühstück stattfinden wird, worauf er die Hand hebt und durch die Tür davontrottet.

»Wahrscheinlich einer der Neuen aus dem Westtrakt«, vermutet Nourig, und Amal nickt abwesend.

Später, alleine in ihrem Zimmer, nachdem Nourig zu ihrer Turnstunde gegangen ist und wie ein Pfand das Buch mit den Geschichten aus *Tausendundeine Nacht* auf ihrer Bettdecke zurückgelassen hat, will Amal lesen, und kann es nicht. Sie will für Clara

Informationen über Bagdad zusammenschreiben, und kann es nicht, sie will mit ihren Gedanken bei der jetzt stattfindenden Beerdigung sein – und kann es nicht. Jeder Faden reißt, gibt dem Druck einer Anspannung nach, die Amal hellwach hält und gleichzeitig ermüdet. Jetzt, in diesen Minuten versammeln sich Rauya und die anderen, um von Ischtar Abschied zu nehmen, und kein Bildschirm der Welt wird es ihr ermöglichen, unter ihnen zu sein. Amal läuft durch ihr Zimmer, von der Tür zum Fenster und zurück. Auf dem Schreibtisch liegt aufgeklappt ihr Notizbuch, sie greift nach dem Stift und setzt sich, überlegt erneut: Die Frau mit den Blumenfingern zeichnen? Nicht jetzt. Einen Leoparden im Käfig? Würde den Kopfschmerz nur erhöhen. Einen Vogel? Träum weiter. Einen knurrenden Hund? Wozu? Die Mine ihres Stiftes bohrt sich in das Papier, bohrt ein Loch, doch Amal lässt nicht locker, bohrt weiter, als plötzlich auf dem Flur laute Schritte zu hören sind, die Tür aufgerissen wird und Nourig aufgebracht im Zimmer steht: »Ich habe ihn, Amal! Den Asylbescheid, ich darf bleiben!«

Bevor sie die Liste abschickt, fragt sich Clara ein letztes Mal, ob sie Amal mit so vielen Fragen wirklich nicht überfordert; auch wenn sich Amal hier, in der Ferne, nicht mit dem beschäftigen kann, das Hinterbliebene normalerweise in den ersten Tagen nach einem Todesfall vor der Leere schützt: die Beerdigungsvorbereitungen, Besuche und Anrufe der Nachbarn und Freunde. Dabei ist Ischtars Beerdigung, wie Clara weiß, bereits gestern gewesen, finden Bestattungen doch im Irak, wie Amal erzählt hat, spätestens am Tag nach dem Ableben statt. Claras Blick verlässt den Bildschirm, auf dem Schreibtisch neben ihr liegen die Veilchensamen, die sie gestern gekauft hat. Das schon blühende, blaue Veilchen, das sie mit ins Flugzeug nehmen und in Ischtars Garten einpflanzen wird, holt sie, wie mit der Floristin besprochen, erst am Tag ihres Abfluges ab. Clara hebt die Augenbrauen, es ist gar nicht so leicht gewesen, ein blühendes, blaues Veilchen aufzutreiben. »Veilchen, Ende April?«, hatte die Floristin gestaunt, auf ihre Auslagen gezeigt und erklärt, in ihrem Laden habe sie nichts mehr: »Das sehen Sie doch!« Erst als Clara ihr die Geschichte in Ansätzen erzählte, als sie erklärte, dass sie wegen dieses blühenden Veilchens in den Irak, nach Bagdad reise, griff die Floristin zum Telefon, wählte ihren Lieferanten an und ließ sich von ihm garantieren, dass am nächsten Dienstag ein paar blaue Duftveilchen in ihrem Laden für Clara zur Abholung bereitstehen werden.

»Kann ich mich darauf verlassen?«, hatte Clara vorsichtig nachgefragt.

»Darauf, dass sie hier stehen werden, schon. Wie die armen Pflanzen allerdings die Reise überstehen werden und wie lange sie es dann im heißen Irak aushalten, kann ich Ihnen wirklich nicht sagen«, hatte die Floristin erwidert. Clara entgegnete, das werde man sehen, wichtig sei, dass ein Veilchen dort in Bagdad überhaupt in die Erde käme, in Ischtars Garten eingepflanzt werde.

Clara greift nach den Päckchen mit den Samen und liest die Anleitung zur Aussaat – auf Deutsch, eine andere Sprache gibt es auf der Packung nicht. Sie hat extra mehrere Tüten mit den Veilchensamen besorgt, für den Fall, dass eines der Päckchen am Flughafen kontrolliert und beschlagnahmt wird. *Sie wollen Pflanzensamen importieren? Zum privaten Gebrauch – das sollen wir Ihnen glauben?* Clara hat sogar schon eine kleine Plastiktüte herausgelegt, um die Samen retten zu können, falls man die Tüte, die sie im Handgepäck transportieren will, am Flughafen aufreißen wird. So wären die Samen zwar noch da, wenn auch nicht mehr »keimschutzsicher« verpackt, was, wie die Floristin mehrfach betont hatte, aber wichtig sei. Deshalb wird sie mindestens zwei weitere Päckchen mit den Pflanzensamen an verschiedenen Stellen in ihrem Koffer deponieren. Vorsichtig befühlt Clara die zuoberst liegende Tüte. Nach allem, was sie im Internet über die Aussaat von Veilchensamen finden konnte, macht es wahrscheinlich Sinn, aufgrund der Hitze im Irak die Samen erst einmal drinnen im Schatten, in einem Topf zu ziehen, bevor sie dann im nächsten Winter in Ischtars Garten eingepflanzt und im nächsten Frühjahr hoffentlich Blüte tragen werden … Aber das soll Rauya entscheiden, befindet Clara und schickt die Liste mit ihren Fragen für Amal ab.

Was genau sie empfindet, seitdem Nourig ihr den Brief mit dem Asylbescheid gezeigt hat, kann Amal nicht fassen, es ist so viel gleichzeitig, dass sich die verschiedenen, teils widersprüchlichen Gefühle zu einem Knäuel der Verwirrung ballen. Natürlich freut sie sich für Nourig, ist erleichtert, dass Nourig in Deutschland bleiben darf. Gleichzeitig fragt sich Amal, was das für ihr gemeinsames Zimmer hier im Heim bedeutet, und die Tatsache, dass Nourig bereits morgen ausziehen und ihr Bett vielleicht schon übermorgen von einem fremden Menschen besetzt werden wird, erfüllt Amal mit Unbehagen, Angst. Sie will nicht alleine zurückbleiben. Mit ihrer Trauer und mit einem Unwissen, das beklommen macht. Denn es ist doch fragwürdig, dass Nourig, die nach ihr ins Heim gekommen ist, ihr Asyl bereits erhalten hat, während sie noch immer auf eine Antwortet wartet; auch wenn Sintje vom Flüchtlingsrat wiederholt erklärt hat, die Dauer der Verfahren sei willkürlich, sage nichts über die Erfolgschancen eines Antrags aus. Syrer erhielten, so Sintje bei einem ihrer letzten Treffen, in Deutschland zurzeit schneller als alle anderen Asyl, oft kämen aber auch Ablehnungen zügiger als intensive Bearbeitungen. Überhaupt brauche sich Amal, so Sintje an jenem Nachmittag, als Irakerin im Jahr 2013 keine großen Sorgen zu machen, der Irak befände sich schließlich unübersehbar im Chaos, schlittere immer mehr in einen Bürgerkrieg hinein, der so bald nicht beendet sein werde … Wie Sintje dort auf ihrem Stuhl über die Situation in ihrem Land geredet hat, wie all das Undurchschaubare, die täglichen Gefahren, die Brutalität, der ihr Vater – davon ist auszugehen – auf die eine oder andere Weise zum Opfer gefallen ist, wie all das hier, in der Fremde, auf einmal nicht nur als Schutzgrund, sondern geradezu als ihr persönlicher Vorteil definiert wird, »zum Beispiel den Asylbewerbern aus Osteuropa gegenüber, die haben es schwerer«, das hat Amal schon damals verwirrt, bei ihr zu leichtem Schwindel und einem Stechen in den Schläfen geführt. Eine Verwirrung, gegen die am besten konzentrierte Arbeit hilft, weiß Amal und öffnet ihren, Claras Computer.

Claras Liste mit Fragen zu ihrer Reise ist lang, aber durchdacht. Sie beginnt mit der Ankunft am Flughafen, der Währung und dem Weg in die Stadt, weiter unten folgen Fragen zu ihrer Unterkunft – Clara kann natürlich bei Rauya bleiben, in ihrem alten Zimmer schlafen, entscheidet Amal und macht sich eine Notiz –, sowie Fragen zu dem Viertel, in dem Amal aufgewachsen ist. Clara will die genaue Adresse von Ischtars Garten wissen, Amal soll ihn und Rauyas Haus in einer Karte einzeichnen und die Karte Clara bei deren nächsten Besuch mitgeben. Und eine zweite Zeichnung vom Inneren des Gartens mit der exakten Position von Ischtars Grab erbittet Clara. Das ist einfach, denkt Amal und seufzt: neben dem Oleander, unter dem Orangenbaum, nah der Mauer. »Genau dort, wo Großmutter es wollte«, hatte Rauya gestern am späten Abend geschrieben und in einer für sie ungewöhnlich langen Mail von der Bestattung am Vormittag und dem anschließenden Essen erzählt. Zeilen, die Amal heute Morgen nur hastig überflogen hatte, in denen sie mehr oder weniger das, was sie gestern Nouriq erzählt hat, wiederfand: Nahrin und Mahmoud sind natürlich gekommen, Tariq und noch ein paar andere Freunde von Ischtar, auch ihr Hausarzt; gegessen hatten sie dann alle doch in einem Restaurant, nicht bei Tariq, jedoch in einem Restaurant, in dem Ischtar gerne ihre Geburtstage feierte, usw. Nichts von dem, was Rauya schrieb, hatte Amal wirklich überrascht, und so ausführlich wollte sie es im Nachhinein auch gar nicht mehr wissen. Jetzt, wo die Beerdigung vorbei und sie nicht dabei gewesen ist, will sie sich auf das konzentrieren, was ihr letzter Gruß an Großmutters Grab sein wird: das Veilchen, das Clara für sie nach Bagdad, in Ischtars Garten bringen wird, denkt Amal und kehrt zurück zu Claras Liste, liest die nächsten Fragen:

8. Im Garten: Wenn ich schon einmal da bin, soll ich dann gleich gießen? Und wenn ja: Wo befindet sich der Wasserschlauch? (Karte!)

9. Die Straßenschilder: Sind sie nur auf Arabisch? Zumindest außerhalb der grünen Zone?

Amal schaut auf und überlegt, wie lange noch Ausländer, wenn sie über Bagdad reden, die Stadt in eine grüne und rote Zone teilen werden.

»Schau mal«, sagt Tarun und stellt einen Karton auf den Esstisch, »für Madri.«

Auf dem Deckel des Kartons sind verschiedene Baumaterialien abgebildet: Backsteine und Holzpaneele, Dachziegel, Marmorsäulen und Zäune, Metallgitter und gerahmte Gläser, aber auch Leitungen, Masten, Laternen und sogar kleine Ampeln.

»Ein Baukasten«, sagt Clara, »mit so etwas habe ich als Kind auch gespielt.«

»Aber sicher nicht hiermit«, erwidert Tarun und zeigt auf zwei schwarze Quadrate: »Das sind Solarpaneele, die man auf die selbst gebauten Dächer setzen kann. Der so erzeugte Strom bringt die Lampen und Laternen zum Leuchten, es lassen sich sogar einigermaßen komplexe Schaltkreise bauen.«

Clara sieht Madris Spielecke im Schlafzimmer ihrer Eltern vor sich, einem Raum, der einfallendes Sonnenlicht eher meidet, anstatt sich danach auszurichten.

Alle Materialien seien original, nicht aus Plastik, fügt Tarun hinzu und hebt wie zum Beweis den offenbar nicht leichten Karton hoch.

»Passt das Geschenk in deinen Koffer?«, fragt Clara.

Tarun schüttelt den Kopf. »Es kommt im Flugzeug in die Gepäckablage«, erklärt er und geht vor Vorfreude auf die Zehenspitzen.

Tarun packt die letzten Sachen zusammen, läuft dazu durch die Wohnung und bleibt irgendwann im Türrahmen des Wohnzimmers stehen. Clara, die auf dem Sofa liegt und liest, blickt auf.

»Findest du«, beginnt Tarun zögernd, »dass ich typisch deutsch denke? Oder westlich?«

Erstaunt hebt Clara den Kopf aus dem Kissen und stützt sich auf die Ellenbogen. Sie betrachtet Tarun, dessen Finger etwas verkrampft über seine Handrücken fahren, denkt kurz an ihren Streit wegen des Geldes für Priyas Entbindung und erwidert: »Ob du typisch deutsch denkst? Nein, finde ich nicht. Wie kommst du darauf?«

»Der Bauleiter«, erzählt Tarun, »hat mir bei unserem Streit letzte Woche, du weißt schon, von dem ich dir erzählt habe, als ich ihn aufforderte, den Bauprozess mehr ›von seiner Zielsetzung aus‹ zu denken – da hat mir der Bauleiter vorgeworfen, ich würde ›typisch deutsch‹ beziehungsweise ›westlich‹ argumentieren. Einmal sagte er ›deutsch‹, später dann ›westlich‹, das ging durcheinander. Was hältst du davon?«

Clara überlegt: »Was du gesagt hast, ist doch vernünftig …«

Da lächelt Tarun: »Auch das, hat der Bauleiter gesagt, sei typisch deutsch beziehungsweise westlich: Zu glauben, man selbst sei, wie der Bauleiter sich ausdrückte, ›die Reinkarnation der Vernunft‹ und alle anderen schwer von Begriff, nur der eigene Blick sei objektiv und richtig.«

Die Vernunft ist überall gleich objektiv, will Clara erwidern, lässt das dann, als Tarun bereits fortfährt: »›Du bist wie sie alle!‹, hat er zu mir gesagt, ›die aus Europa zu uns gekommen sind: Ankommen, alles von oben betrachten, alles besser wissen und fordern, dass alles so gemacht wird, wie man selbst es will.‹« Das leichte Zittern in seiner Stimme verrät, wie sehr Tarun die Anschuldigungen des Bauleiters getroffen haben, auch wenn er sie offensichtlich nicht für gerechtfertigt hält: »Als ich ihm dann erwiderte, es gehe mir aber doch darum, von ihm als Bauleiter mehr Verantwortungsgefühl und Eigeninitiative einzufordern, was ein Zeichen von Vertrauen in seine Kompetenz ist – da wurde der Bauleiter politisch, um nicht zu sagen ideologisch!«, Tarun schüttelt den Kopf: »Für ihn, der seit Jahrzehnten Mitglied der kommunistischen Partei ist, bin ich der ›Handlanger‹ von Architekten aus dem Kontinent der alten Kolonialherren, dazu bin ich ein Protegé der aktuellen Landesregierung, und das nur, weil die vom Trinamool Congress, dem ›Gegner‹ der kommunistischen Partei, angeführte Landesregierung den Turm-Entwurf ausgewählt hat und das Projekt unterstützt. Dabei war der Wettbewerbsbeitrag damals anonym!«, ruft Tarun. »Und was den Trinamool Congress betrifft – der hat doch vor ein paar Jahren armen Farmern ihr Land zurückgegeben, das die kommunistische Partei einem indonesischen Konzern für Industriebauten zur Verfügung gestellt hatte! Das war einer der Hauptgründe, warum der Trinamool Congress mit seiner Vorsitzenden Mamata Benerjee in den letzten Jahren so stark geworden ist – weil sich die Partei wirklich für die Belange der armen Landbevölkerung einsetzt. So ist es ihr gelungen, die in Westbengalen vierunddreißig Jahre lang herrschende, kommunistische Regierung abzulösen. Eine Regierung«, echauffiert sich Tarun weiter, »die sich zwar kommunistisch nannte, bei der aber zufälligerweise die Regierenden, solange ich mich erinnern kann, ausnahmslos aus der Mittelschicht kamen. Aber so etwas interessiert Ideologen ja nicht«, stellt Tarun erstaunlich verbittert fest, »für den Bauleiter gibt es nur uns, die ›Kapitalisten‹ und ›Köpfe‹ des Projekts, und ihn als Teil der ausführenden Masse, der ein Überblick oder tieferes Verständnis, geschweige denn eine Identifikation mit dem Endprodukt verwehrt wird. Dass Letzteres auch an der eigenen Einstellung liegen könnte – daran denkt er allerdings nicht!«

Clara ist überrascht, Tarun derart erregt zu sehen. Für was der Trinamool Congress, die Regierungspartei Westbengalens steht, hat Tarun ihr zwar schon mehrfach erklärt, die Partei aber bislang nie mit sich persönlich in Verbindung gebracht. Clara weiß nicht einmal, ob Tarun sie je gewählt hat. Dass für Tarun hingegen schon in seiner Jugend von der kommunistischen Partei keine Hoffnung auf eine wirkliche »Durchlässigkeit nach oben« ausging, wusste sie, hatte dieser Frust doch mit zu Taruns Wunsch beigetragen, im Ausland zu studieren.

»Könnte dir der Bauleiter nicht dasselbe vorwerfen, wenn du ein leitender Architekt von dort wärst?«, überlegt Clara laut.

»Aber ich bin doch von dort!«, entgegnet Tarun heftig, »ich spreche ihre Sprache, bin dort aufgewachsen!«

Natürlich, denkt Clara, und sucht nach einem anderen Argument.

»Wenn der Bauleiter so ein Kommunist ist«, fährt Tarun da fort, »soll er mal an die Menschen denken, für die der Turm gebaut wird! Das meinte ich doch mit ›vom Ziel aus‹ denken! Alle, die auf der Baustelle arbeiten, müssen täglich mehrfach an den Plastikhütten an der Zufahrtstraße vorbei, es ist doch nicht zu übersehen, in welchen Zuständen die Wanderarbeiter momentan leben müssen. Was ist denn Solidarität, wenn nicht, sich für deren Zukunft ins Zeug zu legen?«

Was Tarun sagt, klingt überzeugend, findet Clara, und doch scheint die Sache verworrener zu sein.

»*Ich* weiß, was es heißt, sich nach Ruhe zu sehnen«, spricht Tarun leiser weiter, »nach einer Stille, in der sich die Gedanken entfalten können, ich habe das nicht vergessen! Ich wuchs zwar zwischen echten Steinmauern auf, nicht unter Plastikplanen, in Liebe und Fröhlichkeit, ich will das gar nicht dramatisieren, auch als Schusterjunge hatte ich immer saubere Kleider an und unterstützende Eltern, aber die Sehnsucht nach Stille – die kennt jeder Bengale, der in der Stadt aufgewachsen ist und dort nicht gerade in betonierten Luxusapartments mit riesigen Räumen, Schalldämmung und Liftboy.«

Tarun verstummt, und Clara weiß nicht recht, was sie darauf erwidern kann. Sie versucht es trotzdem, da sie sieht, dass Tarun auf eine Reaktion hofft. »Meinst du«, beginnt sie zögernd, »der Bauleiter fühlt sich vielleicht einfach überfordert? Er weiß letztendlich nicht, wie sich das Chaos auf der Baustelle verbessern lässt? Hat er viel Erfahrung? Läuft es dieses Mal anders als gewöhnlich, und wenn ja, woran liegt das?«

Tarun zuckt mit den Schultern: »Aus der Ferne kann ich das nicht wirklich beurteilen. Aber wenn ich hinfahre, werde ich das ja sehen«, sagt Tarun und will noch etwas hinzufügen, als sein Telefon klingelt. Tarun dreht sich um und geht in die Küche, nimmt dort den Anruf an und kehrt nach einigen Minuten ins Wohnzimmer zurück.

»Andreas«, berichtet er, »hat eine Mail von einem Professor der Universität in Kolkata erhalten. Der Professor hat den Artikel über unseren Turm gelesen und würde mich gerne treffen.«

Clara nickt.

»Außerdem hat mir Andreas eine gute Reise gewünscht und mir ein Zitat mit auf den Weg gegeben, von Mies van der Rohe.« Einem der vier großen, männlichen Architekten, denkt Clara, dessen Porträt im Konferenzraum des Architekturbüros hängt; in dem Raum mit Blick auf die Spree, in dem sie mit Amal gesessen hat.

»Architektur«, zitiert Tarun, »ist der Wille einer Generation übersetzt in Raum.«

Clara blickt zum Fenster und setzt das Zitat in Gedanken neben einen Mies-van-der-Rohe-Bau: einen Kubus aus Stahl und Glas, klar in der Form, totale Transparenz – oder Überwachung.

Tarun lächelt, als Clara seinen Blick sucht, es ist nicht klar, ob er von der Erhabenheit des Zitats ergriffen ist oder seinen Pathos belächelt. Oder beides. Und es ist ebenso unklar, überlegt Clara weiter, ob Tarun ihren Gedanken teilt, er sich ebenfalls fragt, wer mit der »Generation« in diesem Fall gemeint sein könnte: Andreas und Tarun? Oder Tarun und der Bauleiter, die Inder auf der Baustelle? Sie alle zusammen? Ist das möglich? Bevor Clara den Gedanken laut aussprechen kann, kommt Tarun auf sie zu, nimmt ihr Gesicht in seine Hände und sagt unerwartet ernst: »Pass auf dich auf im Irak, Clara, bitte.«

Clara nickt, und sie küssen sich.

Als das Taxi eine knappe Stunde später durch die ruhige Straße davonfährt, spürt Clara plötzlich doch eine leichte Enge in der Brust. Sie blickt dem Wagen vom Bürgersteig aus nach, winkt nicht, weil ihr das kindisch vorkäme, fragt sich, ob Tarun im Auto angeregt mit dem Fahrer plaudert oder seine Brieftasche prüft oder in Gedanken bei ihr ist, und fragt sich, als das Taxi vorne an der Kreuzung abbiegt und verschwindet, ob sie nicht doch hätte winken sollen.

Ein Abschied, wenn auch aus freudigem Anlass. Nourig zieht den Reißverschluss ihrer roten Adidas-Tasche zum wahrscheinlich fünften Mal auf und betrachtet den Inhalt der Tasche, als vermehrten sich so auf wundersame Weise ihre Habseligkeiten. Dann greift sie entschieden hinein und zieht ein Buch, die Geschichten aus *Tausendundeine Nacht* heraus.

»Kannst du das für mich zurückgeben?«, fragt Nourig, reicht Amal den Band und fügt schnell hinzu: »Die Leihfrist läuft erst in zwei Wochen ab.«

Nickend nimmt Amal das schwere Buch in Empfang und bedankt sich. Sie wissen beide, dass diese Übergabe einem Geschenk gleichkommt, dem Geschenk, das Nourig Amal machen würde, wenn sie etwas zu verschenken hätte.

Nourig, der nicht entgeht, dass ihre ehemalige Zimmernachbarin mit Traurigkeit kämpft, legt Amal den Arm um die Schultern und sagt: »Und jetzt gehen wir essen, ja? Wenn Abu erklärt, er bereite für seine Freunde ›ein bisschen was vor‹, wird es sicher ein Fest.«

Wenn Abu, der wie Nourig vor zwei Tagen seinen Asylbescheid erhalten hat, von seinen »Freunden« spricht, meint er, wie Amal weiß, damit nicht nur die Menschen im Heim, mit denen er vertraut geworden ist, sondern alle Bewohner. Alle Bewohner des Heimes sind seine »Freunde«, und das Heim ist auch kein Wohnheim, sondern »unser Haus«. Stets hat es Abu vermieden, jene kühlen, technischen Begriffe wie »Asyl« oder »Bescheid« zu verwenden, lieber fragt er, ob man bereits eine »Antwort« erhalten habe, statt von Asyl redet er vom »Bleiberecht« und der Direktor des Heimes ist für Abu schmunzelnd »der Häuptling«.

In der Küche auf Abus Flur duftet es nach frischer Minze, Zitrone und gebratenem Knoblauch. Syrische Gerichte stehen, kunstvoll garniert, auf dem randvollen Plastiktisch: Hackfleischbrot und ein Linsensalat, mehrere Schüsseln mit Tabouleh, Weinblätter, eine Paprika-Mandel-Paste und sogar ein Kuchen. Die Küchentür, die nach draußen, in »den Garten« (Abu) führt, ist offen, und als Abu über den Rasen näher kommt, scheint es Amal, als wiege der alte Mann bei jedem seiner schlurfenden Schritte die Hüften.

»Amal und Nourig«, ruft er fröhlich, »wie schön! Ich hoffe, ihr habt Hunger mitgebracht.«

Nourig reicht Abu die Flasche Arak, die sie am Vormittag besorgt hat, deutet auf Amal und erklärt: »Von uns beiden.«

Abu gibt ihnen zwei Gläser und strahlt. Dass zu gemeinsamen Essen im Heim jeder einen Teller und sein eigenes Besteck mitbringt, lernt man schnell. Und für Gläser gilt normalerweise das Gleiche, für die heutige Feier dagegen hat Abu bereits mehrere Dutzend Gläser aufgetrieben, die in zwei Reihen auf einem langen Regal stehen.

Eine Karaffe mit kaltem Wasser sowie Eiswürfel für den Arak sind schnell zur Hand, etwas stumpf klickt es in den Gläsern, als sie »auf die Zukunft und die fernen Freunde« anstoßen.

Genau so ist es, denkt Amal, während sie das Glas an die Lippen führt; immer ist ein Teil des Bewusstseins in der Ferne, dort, wo man sich zu Hause fühlt und doch nicht mehr hingehört. Es berührt Amal, zu sehen, wie immer mehr Menschen in die kleine, etwas schäbige Küche strömen und Abu freudig umarmen, ihm beherzt auf die Schulter klopfen oder ihm mit dem verschleierten Kopf freundlich zunicken. Abu, den gütigen, humorvollen Syrer mögen sie alle, die Araber und die Osteuropäer, die Jungen und die Alten, die Verbitterten und offen Verzweifelten. Alle treten sie ein, mit ihren Messern und Gabeln in den Händen, häufen sich Linsen, Fleisch – ja, natürlich Halal! –, Weinblätter und Tabouleh auf ihre Teller und treten dann hinaus auf den Rasen, da in der Küche schnell kein Platz mehr ist. Die Kinder spielen ohnehin draußen, betreten eher zufällig die Küche und greifen am Büfett – sofern die zügelnden Hände ihrer Eltern außer Reichweite sind – direkt nach den Kuchenstücken, die sie sich flink in die Münder schieben. Amal beobachtet das alles und sieht dabei noch etwas anderes: Wie es die Bewohner des Heims, vor allem die Männer genießen, herumzustehen und zu reden, ohne sich dabei verlegen oder komisch fühlen zu müssen. In einem Leben, das hauptsächlich aus Warten besteht: auf die Anhörung, auf den Asylbescheid, auf einen Termin beim Kinderarzt, bei der Kleiderausgabe oder auch bei Sintje und Henning – in diesem Zustand des permanenten Anstehens und Ausharrens ist das Herumlungern vor den Augen der anderen, selbst wenn die sich in der gleichen Situation befinden, erniedrigend. Denn der Andere bleibt die Außenwelt, sein Blick zeigt mir, was ich nicht sein will und doch bin: ein zum Warten verurteilter Empfänger, die schon mehrfach benutzte Plastiktüte in der Hand und ein verängstigtes Kind auf dem Arm. Bei gemeinsamen Feiern hingegen macht das Herumstehen auf einmal Sinn, ist gewollt und sogar schön, eine Art, Abu die Ehre zu erweisen, zu zeigen, wie man sich mit ihm freut. Man kann durchatmen in dem Gefühl, am richtigen Ort zur richtigen Zeit zu sein, denkt Amal und nimmt noch einen Schluck von ihrem Arak.

Nourig tritt zu ihr und fährt sich mit der Hand über ihr Haar, das, wie Amal auffällt, zwar noch immer sehr kurz ist, jedoch schon nicht mehr als geschoren bezeichnet werden kann. In den Monaten, die sie gemeinsam in einem Zimmer verbracht haben, hat Nourig ihre Haare zwar immer wieder auf wenige Millimeter gestutzt, das letzte Mal ist aber schon etwas her. Mittlerweile beginnen Nourigs Haare, wild in alle Richtungen zu sprießen, sie stehen vom Kopf ab und geben der mageren Nourig etwas Robustes, Selbstbewusstes. Früher, in Damaskus, war ihre Frisur sicher Punk, denkt Amal und hat Lust, Nourig zum Abschied einmal übers Haar zu fahren.

»Darf ich?«, fragt sie vorsichtig, wissend, dass Nourig Berührungen, gerade ungewohnte, schnell unerträglich findet.

»Na klar, nur zu«, erwidert Nourig und hält ganz still, als Amals Hand langsam vom Haaransatz über Nourigs Hinterkopf bis hinunter in den Nacken streicht. Das erwartete Gefühl, mit den Fingern wie über Borsten zu fahren, stellt sich bei Amal nicht ein, dafür sind Nourigs Haare zu weich.

»Wer hat dir eigentlich diesen Turbo-Haarknoten beigebracht?«, fragt Nourig und deutet auf Amals Frisur.

»Meine Großmutter«, antwortet Amal, als plötzlich vom Garten aus Rufe erschallen: »Come on, everybody, come on!«, fordert ein Mann mit klangvoller Stimme, dazu hört Amal klatschende Hände. »Come on, join in, join in, all of you!« Zu dem Klatschen ertönt jetzt auch Getrommel, es klingt nach geübten Fingern, und richtig: Schon sieht Amal durch den Türrahmen draußen auf dem Rasen den hageren Somalier mit den langen Haaren, der, eine Trommel an der Hüfte, um die stehenden Gäste herumläuft und sie lebhaft zum Tanzen auffordert. Sein Laufen im Kreis erinnert an einen Hirten, der seine Herde musikalisch zusammentreiben will, denkt Amal und beobachtet, wie sich zuerst die Kinder Nuradin – jetzt erinnert sich Amal auch an seinen Namen – anschließen; sie folgen ihm und drehen sich so, wie Nuradin es vormacht: den Körper erst vornübergebeugt, dann nach hinten werfend, die Augen hoch in den Himmel: »To the sky!«, und zurück zur Erde.

»Abu, Abu!«, ruft Nuradin laut, streckt die Hand aus und verschwindet aus dem Türrahmen, ihrem Bild. Nourig und Amal nähern sich der Gartentür, blicken hinaus und sehen Nuradin auf dem Rasen, jetzt mit Abu an der Hand. Ein kleiner Kreis von Kindern hat sich bereits um sie geschart, Abu in ihrer Mitte lacht und beginnt, sich zu wiegen und langsam zu drehen. Die Kinder um ihn herum jubeln, klatschen, wollen Abu bei seiner Drehung helfen, doch Abu, der schlurfende, schnaufende Abu braucht heute keine Hilfe, er wiegt sich und dreht sich, beugt seinen Kopf rhythmisch vor und zurück und lässt sich dabei nicht aus dem Takt bringen, der, wie Amal feststellt, genau auf Nuradins Trommel hört. Mehrere Frauen, unter ihnen Nuradins Ehefrau Waris, oder Weris, fangen an zu singen, eine Phrase mit »Abu« zu Beginn, deren Rest Amal nicht versteht, doch das ist auch nicht wichtig, wichtig ist, dass Abu auf den Gesang reagiert, seine Arme hebt und winkt und es zu genießen scheint, sich weiter und weiter zu drehen.

»Kommt tanzen!« Das ist Abus Stimme. »Los, kommt tanzen!«, ruft Abu strahlend und winkt in ihre Richtung, er winkt Nourig und Amal. Nourig wehrt hastig ab, weicht sofort ein paar Schritte zurück, und Abu scheint zu verstehen, er lässt seine Hand sinken und tanzt weiter. Um die Kinder hat sich mittlerweile ein weiterer Kreis aus Gästen gebildet, vornehmlich aus Somalierinnen, aber auch das Paar aus Mazedonien und andere Gäste sind darunter. Sie bilden jetzt einen größeren Kreis, der sich gegenläufig zu dem Kreis der Kinder dreht, zwei tiefe Frauenstimmen skandieren den Abu-Satz in einem Gemisch aus Sprechen und Singen, bewegen sich dazu halb tanzend und halb gehend, und plötzlich schert die eine aus, packt Amal am Arm und zieht sie zu sich. Amal weiß nicht recht, wie ihr geschieht, doch etwas sagt ihr, dass sie sich nicht sperren soll, sie geht hinein in den Kreis, und da ist auch schon Abu, sein Lachen empfängt sie, er winkt ihr: »Amal, ja, komm zu uns!« Sie wird weitergezogen, läuft mit im Kreis der tanzenden Erwachsenen, und hier drinnen ist alles noch viel lauter, schneller, schwindelerregend und doch auch schön, du hast keine Wahl, denkt Amal und versucht, nach Nourig Ausschau zu halten, sieht sie nur flüchtig, denn der Kreis bewegt sich noch schneller, sie hebt die Beine, um mitzuhalten, springt und lässt sich fallen, wiegt sich nach links und rechts, wiegt sich im Takt der Trommel, es ist ein Wiegen und Gehen und Summen – und auf einmal glaubt Amal zu wissen, was der skandierte Satz bedeutet, dieses Lob auf Abu, den »Vater« ihrer Festgemeinschaft: »Abu, er lebe hoch! Lebe hoch – und lange!« Amal versteht und tanzt weiter, wiegt sich und dreht sich um die eigene Achse, und plötzlich sieht sie Vater, *Hassan!*, ihren Vater vor sich, wie er tanzt, an seinem Geburtstag, im Wohnzimmer, von Gästen umringt, die ihn hochleben lassen: *Hassan! Vater!* Amal stolpert und fällt über Füße, rollt sich hinaus aus dem Kreis. Vater. Wo bist du?

In dem Gewimmel ist Amal auf den ersten Blick nicht zu erkennen. Eine Menschenmenge schart sich um den Kleinbus auf dem Parkplatz, als dessen Fahrerin aussteigt und den Kofferraum öffnet. Die Fahrerin, die viele der sie umringenden Menschen offenbar gut kennt, grüßt nach allen Seiten und nimmt erst einem alten Mann, dann einer ausgemergelten Frau das Gepäck ab, worauf die dürre Frau sich umdreht und auf jemanden in der Menge – auf Amal zugeht, sie umarmt und einen Augenblick lang festhält.

Es bewegt und erschreckt Clara, Amal mit dieser Frau zu sehen, die wahrscheinlich ihr eigenes Alter hat und deren kräftige Armmuskeln unter dem weißen T-Shirt zeigen, dass sie bis vor wenigen Monaten eine starke, widerstandsfähige, sportliche Frau gewesen sein muss; bevor dieser Körper derart abgemagert ist, dass die Jeanshose jetzt an den Beinen herumschlackert und über den Beckenknochen von einem Gürtel zusammengezurrt und gehalten werden muss. Es wirkt, als habe jemand oder etwas die noch immer erahnbare Kraft in dieser Frau erschlagen, und Clara ahnt, dass dies – wenigstens zu Beginn – keine Krankheit gewesen ist.

Amal löst sich zuerst aus der Umarmung, hebt den Arm und fährt sich mit dem Ärmel über das Gesicht, eine Geste, die Clara an ihr kennt und die sie wahrscheinlich deshalb zum Lächeln bringt. Clara zögert, näher zu treten, Amal hat sie noch immer nicht entdeckt, und sie will die Szene, die offensichtlich ein Abschied ist, nicht unterbrechen.

Erst als sowohl die dünne Frau wie auch der alte Mann in dem Kleinbus sitzen und die Fahrerin geräuschvoll die Türe schließt, bemerkt Amal Clara in der Einfahrt, winkt und läuft auf sie zu.

Clara ist überrascht, wie fest Amal sie an sich zieht. »Danke, dass du gekommen bist, Clara«, hört sie Amal sagen.

Als der Kleinbus an ihnen vorbeifährt, nickt Amal nur flüchtig der dünnen Frau und dem alten Mann am Fenster zu, der seinerseits Amal mit einem Taschentuch fröhlich zuwinkt.

»Sie fahren weg?«, fragt Clara, als sei das nicht offenkundig.

»Ja, sie haben Asyl bekommen und sind jetzt auf dem Weg in ihre neuen Unterkünfte«, erklärt Amal.

»Und wo werden sie wohnen?«

»In Wohnungen in einer Stadt hier in Brandenburg, den Namen der Stadt habe ich vergessen«, sagt Amal und blickt jetzt doch dem Kleinbus hinterher, der das Gelände soeben verlassen hat und nach links in die Straße einbiegt.

Clara fragt sich, wie dieser Abschied auf Amal, die doch selbst auf Asyl hofft, wirken muss. Waren die zwei lange hier? Aus welchem Land kommen sie?, will sie fragen und fragt es nicht, aus Angst, Amal mit ihren Fragen zu beunruhigen.

»Sie kommen beide aus Syrien«, erzählt da Amal, als habe Clara laut gedacht, »Syrer bekommen in Deutschland zurzeit am schnellsten ihr Asyl.«

Clara erleichtert die Antwort, zeigt sie doch, dass sich Amal durch andere nicht verunsichern lässt.

Oben in ihrem halb leeren, halb übervollen Zimmer zieht Amal aus der Schublade ihres Schreibtisches ein Blatt Papier und reicht es Clara.

»Damit du dich in Bagdad zurechtfindest.«

Es ist ein handgezeichneter, auf Englisch beschrifteter Plan des Viertels, in dem Rauya wohnt und Amal aufgewachsen ist. Die Quadrate mit Kreuzen in der Mitte symbolisieren Häuser, das leere Quadrat steht für »Ischtar's Garden«; »Tariq's Bakery«

an der Ecke hat Amal mit einer Tasse frisch gebrühten Kaffees versehen und die nächste Bushaltestelle mit einem eingekreisten »H«, wie man es an deutschen Haltestellen findet.

»Ischtars Garten findest du gesondert noch einmal auf der Rückseite«, sagt Amal, und Clara dreht das Blatt um, betrachtet den Weg zwischen den Bäumen »X« und Sträuchern »x« bis zur Mauer, zu Ischtars Grab »(Blume)«.

Die Mühe und Umsicht, die in den Karten stecken, beeindrucken Clara.

»Rauya hat mir heute Morgen gesagt, dass sie bestimmt zu Hause sein wird, wenn du bei ihr ankommst und klingelst. Trotzdem möchte meine Mutter, dass du weißt, wo der Notschlüssel zur Eingangstür unseres Hauses ist«, berichtet Amal und tippt auf den Punkt neben dem Eingang zu Ischtars Garten.

»Das Tor zu Großmutters Garten ist immer offen, und unter dem ersten Tontopf an der Mauer hier –«, Amal fährt mit dem Fingernagel über eine Linie, »liegt der Schlüssel zu unserem Haus. Ich meine, Rauyas Haus. Hast du verstanden?«

Clara nickt und fragt sich, ob Hausschlüssel auf der ganzen Welt unter Fußmatten oder Pflanzentöpfen versteckt werden.

Amal erklärt noch die Telefonnummern oben rechts am Rand – von Rauyas Büro und Rauyas Freundin Nahrin, der Anwältin. »Nahrin hat mir auch den Fahrer empfohlen, der dich vom Flughafen abholen wird, seine Nummer findest du hier«, sagt Amal und deutet auf die dritte Nummer.

Clara bedankt sich, faltet vorsichtig das Blatt Papier und verspürt, als sie die Karte im Seitenfach ihres Rucksacks verschwinden lässt, zum ersten Mal so etwas wie Reisefieber.

Amal greift nach dem Notizbuch auf ihrem Schreibtisch und beginnt, darin zu blättern, als suche sie etwas. Clara erkennt das Buch wieder, schon im Pergamonmuseum hatte Amal es dabei. Ob das ein Tagebuch sei, fragt Clara. Amal zuckt mit den Schultern: »Ich zeichne mehr, als dass ich schreibe.«

»Was zeichnest du, oder wen?«

Amal zögert und erwidert dann: »Die Tiere, die wir alle sind. Oder sein können.«

Amals Antwort macht Clara neugierig, sie vollführt unklare Gesten mit ihrer Hand, als Amal ihr kurz entschlossen das Buch reicht: »Der da«, sagt sie und deutet auf einen tanzenden Mann, »ist der alte Syrer, der heute im Bus abgefahren ist.«

Clara sieht einen tanzenden, die Beine hoch schwingenden, alten Mann – und sie sieht sein Affengesicht. Der Mann trägt einen Bart und ohrenlanges, gewelltes weißes Haar, ein bisschen wie Albert Einstein, aber seine Nase, allen voran die markanten Nasenlöcher und der überbreite, lachende Mund erinnern deutlich an einen Schimpansen. Um ihn herum haben sich zwei Kreise kleinerer, tanzender Affen gebildet, Affen mit goldenen Ketten auf dem behaarten Brustkorb, Affen mit Röcken und Armreifen, mit geflochtenen Zöpfen, ein im Stolpern begriffener Affe trägt sogar einen Haarknoten wie Amal! All dies ist, wie Clara scheint, zügig, aber mit sicherem Strich gezeichnet, wenige, markante Details – mal die großen Ohren, dann ein paar Barthaare am faltigen Mund – weisen pointiert auf Affen hin. *Affentanz … sich zum Affen machen …* geht Clara durch den Kopf, ohne dass sie weiß, ob Amal daran gedacht hat, ob es diese Ausdrücke auf Arabisch überhaupt gibt.

Ob die Zeichnung von heute sei, will Clara wissen. Amal bejaht die Frage und erzählt, heute Mittag habe es ein Abschiedsfest mit spontanem Tanz für die ausziehenden Syrer gegeben.

»Nur ein paar Stunden, bevor du gekommen bist.« Die Zeichnung habe sie, erzählt Amal, kurz nach dem Fest in ihrem Zimmer gemacht.

»Zeichnest du auch vor anderen Leuten?«, will Clara wissen.

Amal schiebt nachdenklich ihre Unterlippe nach vorne. »Ich achte nicht wirklich darauf«, antwortet sie schließlich.

Clara betrachtet noch immer die tanzende Affenriege, worauf Amal sie ermuntert, sich auch andere Zeichnungen anzusehen. Amal nimmt ihr dafür das Buch aus der Hand, blättert zügig zurück und zeigt Clara eine Giraffe mit feuerroten Haaren, ein gemütliches Nilpferd im Schottenrock und eine Horde bedrohlich wirkender, feister Nashörner, bei denen sich das Menschliche auf ihre Kleidung beschränkt. Ein beunruhigendes Bild.

Amal blättert weiter, überblättert ein gehäutetes Schaf, und plötzlich fällt es Clara wie Schuppen von den Augen: die Drachen auf dem Ischtar-Tor! Waren das nicht auch Mischwesen, halb fantastisch, mythisch und halb Tier? »Wie auf dem Ischtar-Tor«, denkt Clara laut, worauf Amal sie verwundert anblickt: »Was meinst du?«

Clara erklärt, was sie meint, fragt Amal, ob sie nicht auch eine Verbindung sehe zwischen ihren tierischen Zwittern und den Fabelwesen auf dem Ischtar-Tor, den Drachen Marduks mit ihren Schlangenköpfen … Doch diese Verbindung sieht Amal offensichtlich nicht, dafür sind die Falten auf ihrer Stirn zu tief und ihre Nase sogar gerümpft, als sie erwidert: »Aber diese Tiere haben doch gar nichts Menschliches. Sie sind dem Mythos, der Geschichte und der Fantasie entsprungen, nicht der Beobachtung von Menschen.«

»Der Beobachtung von Menschen nicht, aber vielleicht der Beobachtung von Tieren?«, gibt Clara zu bedenken, der die Parallele immer noch mehr als zufällig erscheint.

Amal zögert, denkt augenscheinlich nach und neigt dabei den Kopf: »Natürlich werden bei mythischen Symbolen die herausragenden Merkmale der Tiere: königliches Auftreten, Gefährlichkeit oder so etwas, mitgedacht. Trotzdem, für mich sind und bleiben diese mythischen und nicht zuletzt religiösen Symbole und meine dahingeworfenen Zeichnungen zwei verschiedene Dinge, zwei verschiedene Welten«, präzisiert Amal und schüttelt derart überzeugt den Kopf, dass sich Clara beeilt, zu erwidern: »Aber natürlich weißt du das letztendlich besser.«

Amal legt das Buch zurück auf ihren Schreibtisch, sie reden noch eine Weile, über die irakische Währung, Amals bevorzugte Süßigkeit aus Tariqs Bäckerei, über den von Saddam Hussein gebauten Flughafen von Bagdad und über die Universität, an der Rauya unterrichtet. Erst als Clara auf die Uhr schaut, wird ihr bewusst, dass sie sich auf den Weg machen sollte, wenn sie nicht zwei Stunden lang am Bahnhof auf den nächsten Zug warten will. Amal bietet an, Clara bis zum Eingang des Wohnheims hinauszubegleiten, und die Geste, die Amal beim Öffnen ihrer Zimmertür macht, ist die Geste eines Gastgebers seinem Gast gegenüber. Aber Amal wohnt doch auch hier, sagt sich Clara, zumindest vorübergehend.

Auf dem Korridor kurz vor der Eingangshalle sieht Clara hinter dem Fenster mehrere übervolle Mülleimer auf der Rasenfläche, die zwischen den zwei Seitenflügeln des Wohnheims so etwas wie einen Garten bildet. Die in die Eimer gestopften Einwegflaschen und Essensreste, die Plastikbecher und Pappverpackungen lassen auf ein nicht lange zurückliegendes Fest schließen.

Draußen, auf dem Parkplatz macht der bevorstehende Abschied sie beide ein wenig hilflos.

»Sowie ich bei Rauya angekommen bin, melde ich mich, ja? Und wenn ich wieder da bin, sehen wir uns sofort – in Berlin«, sagt Clara, denn wer weiß, ob Amal dann noch hier im Heim wohnen wird.

Amal nickt und bittet Clara: »Mach ein Foto von dem Veilchen am Grab, nachdem du es eingepflanzt hast.«

Clara verspricht das. Sie öffnet ihre Arme, und die beiden Frauen umarmen sich, halten einander kurz fest.

»Danke, Clara«, flüstert Amal, »und eine gute Reise.«

Clara fährt Amal über den Rücken, tritt dann rasch zurück und dreht sich um, sie hebt ein letztes Mal die Hand und winkt, sieht Amal zurückwinken, Clara senkt den Arm und versteht beim Weggehen plötzlich, wie in Form eines Stiches, noch einmal anders, warum ihre Reise für Amal so wichtig ist. Sie ist nicht nur wichtig für den Teil in Amal, der in Gedanken dort, bei ihrer Familie ist, sondern auch für die Amal, die jetzt hier in Deutschland lebt, die nicht wegkann und sich zuweilen wie ein Affe beim Ringelreihen fühlt, die Amal, die hier, in dieser Landschaft, zwischen den Ahornbäumen und Stiefmütterchen ihren Anruf aus Bagdad erwarten wird.

Clara läuft so schnell, dass sie das Fahrrad erst spät bemerkt, das mit lautem Klingeln scharf an ihr vorbeischert. Clara springt zur Seite, sieht ihm nach, sie sieht die Haare der Fahrerin unter dem Fahrradhelm hervolugen und muss lächeln über diesen Zufall, diese Wiederholung, die keine Wiederholung ist, eher ein Echo … Fahrräder, denkt Clara, nachdem das Fahrrad verschwunden ist, gibt es in Bagdad laut klingelnde Fahrradfahrer auf den Straßen, in den Gassen, vor Ischtars Garten und Tariqs Bäckerei?

Bereits zu Beginn ihres Gesprächs benimmt sich Rauya merkwürdig. Sie ist ungewöhnlich emotional und schreckt auch vor pathetischen Formulierungen nicht zurück: »Amal, wie würdevoll du Ischtars Haarknoten trägst! Stolz und tatkräftig siehst du damit aus, wie Ischtar auf den Fotos kurz vor meiner Geburt, auf denen sie mit Großvater durch die Straßen von Bagdad zieht …«

Dann wieder ist Rauya fahrig, kurz abwesend, nicht so aufmerksam und ruhig wie sonst. Auf Amals Bitte, für Clara zur Begrüßung doch das Injari zu kochen, das Amal selbst so gern isst, reagiert Rauya nur flüchtig: »Mal sehen«, dafür vergewissert sie sich zweimal, dass sie die Ankunftszeit von Clara in Bagdad richtig notiert hat, und fragt, als sie den Stift niederlegt, ob Clara eigentlich Angst vor der Reise habe.

»Angst, wieso?«, gibt Amal zurück, die sich eingestehen muss, dass sie diese Frage bislang nicht gestellt hat.

Rauya hebt die Schultern: »Der Irak ist nicht unbedingt ein idyllisches Reiseziel.«

Natürlich nicht, denkt Amal. Sie versteht nicht, worauf Rauya hinauswill, sorgt sie sich um Claras Sicherheit?

»Ich glaube«, erwidert Amal, »dass du dir keine Sorgen machen musst. Clara ist intelligent, und sie scheint zu wissen, was sie tut. Sie ist Ärztin und als solche an Gefahren gewöhnt, und sie handelt überlegt, so wie du –«, sagt Amal in der Hoffnung, Rauyas Bedenken damit zu zerstreuen.

Rauya fasst sich an ihre Brille und schweigt. »Dann ist gut«, sagt sie plötzlich sanft, »das beruhigt mich.«

Zwischen ihnen entsteht ein Schweigen, doch ist es kein friedliches Schweigen. Amal hat das Gefühl, etwas beschäftige Rauya, nage an ihr.

»Gibt es Neuigkeiten von Vater?«, fragt Amal, plötzlich alarmiert.

Rauya schüttelt den Kopf, schüttelt ihn lange und sagt dann: »Es gibt keine Neuigkeiten, Amal, und trotzdem ist mir klar geworden, dass wir auf Hassans Leben nicht mehr hoffen können.«

»Wieso?«, fragt Amal erstaunt.

»Weil es unrealistisch ist. Und lähmt.« Rauya holt tief Luft: »Sollte dein Vater eines Tages vor unserer Tür stehen, umso besser, aber hoffen dürfen wir das nicht. Du kennst doch die Geschichten von hier.«

Natürlich kennt Amal die Geschichten. Die kannte sie bereits, als sie noch in Bagdad war, und da hörte Rauya sich anders an! Ihre plötzliche Düsterkeit beunruhigt Amal. Hat Rauya vielleicht wieder Albträume, wie kurz nach Vaters Verschwinden?

»Ich habe nachgedacht«, sagt Rauya, »über unser Gespräch letzte Woche, am Tag von Ischtars Tod.« Rauya richtet sich auf. »Du weißt, Amal, dass ich dich in deinem Leben nur um weniges gebeten habe. Eines jedoch ist mir sehr wichtig: Ich möchte –«, Rauya hält kurz inne, »dass du die Freiheit lebst. Lebe nicht nur ein freies Leben, sondern lebe die Freiheit, verstehst du? Die Freiheit ist eine Idee, eine innere Haltung, und mehr als das, sie ist ein Gut, vielleicht das wertvollste, das wir haben. Ich möchte, Amal, dass du dieses Gut verinnerlichst, dass du Folgendes nicht vergisst: Nicht nur, was wir tun, macht uns frei, sondern auch, wie wir es tun. Verstehst du mich? Tue das, was du tun musst, so, dass du dir und deinen Werten treu bleibst«, sagt Rauya und drückt sich kurz auf die Augenlider, »begreife es als Chance, als ein Glück, dass du deine Fähigkeiten entwickeln kannst, und entfalte sie dort – in Deutschland, in diesem freien, sicheren Land, das dir hoffentlich schon bald nicht mehr fremd sein wird.«

Aber Rauya – will Amal den offenbar sorgsam vorbereiteten

Vortrag ihrer Mutter unterbrechen, doch Rauya redet unbeirrt weiter: »Hier, bei uns, Amal, kannst du das, was in dir steckt, nicht entwickeln, du weißt das. Hier herrscht die Willkür, Unrecht wird zu Recht. Gewalt ist unsere Ordnung«, sagt Rauya und ballt ihre rechte Hand zur Faust. »Irgendwann vielleicht, wenn du mein oder sogar Ischtars Alter haben wirst, vielleicht wirst du dann zurückkehren können in ein Land, das deins und ein anderes sein wird, wer weiß. Für den Augenblick aber möchte ich, dass du dort in Deutschland frei bist, dass du dir dieser Chance bewusst bist –«

»Moment!«, unterbricht Amal unwirsch, »Rauya, hör du mir jetzt zu: Du redest, als sei sicher, dass ich hier in Deutschland Asyl bekommen werde. Aber das weißt du doch gar nicht!«, ruft Amal aufgebracht, »mehr noch, du redest, als läge das alles in meiner Hand, als sei es eine Frage des Willens!« Amal schüttelt den Kopf, ihr wird schwindelig bei dem Gedanken an ihre Fluchtgeschichte, die Anhörung … *Ja, ich bin noch in der Türkei in den Lastwagenboden geklettert und habe erst in Deutschland wieder gewusst, wo ich mich befinde. – Wieso sicher Deutschland? Die gelben Ortsschilder, im nächsten Bahnhof stand ein Regionalzug: Aufschrift BRB. – Der Name der Station? Irgendwas mit –*

»Amal«, erwidert Rauya beschwichtigend, »ich bin sicher, dass du Asyl bekommen wirst. Deutschland ist ein Rechtsstaat, und du bist Irakerin. Was hier los ist, weiß doch die Welt, zumindest die kritisch informierte, freie Welt.«

Rauyas Überbetonung der Begriffe »frei« und »Freiheit« beginnt Amal zu nerven. »Du bist dir sicher, Rauya, weil du nicht hier bist, weil du die Gesetze und Menschen in Deutschland nicht so gut kennst wie ich! Weißt du, dass ich hier im Heim mehr als einmal Menschen, ganze Familien erlebt habe, die in ihre Heimat abgeschoben wurden?«

»Aus welchem Land kamen die Leute?«, will Rauya wissen.

»Aus Tschetschenien –«

»Na eben.«

»Was soll das heißen? Haben die etwa kein Asyl verdient?«

»Das ist nicht die Frage«, erwidert Rauya, plötzlich wieder ganz die Professorin, sachlich und bestimmt, Kraft aus vernünftigen Argumenten ziehend. Argumente, die jedoch auf einer Wirklichkeit beharren, denkt Amal wütend, die mit Idealen und historisch gewachsenen Bildern mehr zu tun hat als mit jener Realität, die sich ihr hier tagtäglich offenbart. Wer sagt, dass Deutschland gänzlich frei wäre von Willkür? Rechtsstaat hin oder her –

»Amal?« Rauyas Stimme klingt bereits sanfter, und ihr Blick wirkt unsicher.

»Vertrau mir einfach«, sagt Amal gereizt, »dass ich versuche, mich korrekt zu verhalten. Garantieren kann ich dir, was mein Asyl betrifft, aber nichts, das kann niemand hier, auch die Leute vom Flüchtlingsrat nicht, die uns wirklich helfen wollen.«

»Natürlich«, beeilt sich Rauya zu sagen, »das verstehe ich doch. Entschuldige, Liebes, ich wollte nicht – ich wollte nur …« Plötzlich hat Rauya wieder, wie schon zu Beginn ihres Gespräches, dieses leicht Abwesende, man könnte auch sagen: Ergebene in ihrer Stimme, das Amal so gar nicht an ihr kennt. »Ich wollte dich nicht verletzen, Amal. Du bist doch – meine Tochter …« Und für einen winzigen Moment trauert Amal der strengen, dabei jedoch voll präsenten Rauya nach.

»Selbstverständlich vertraue ich dir, Amal. Gerade deshalb habe ich dich doch gebeten, dein Leben in Deutschland –«

»Lassen wir das einfach«, unterbricht sie Amal, »lass uns einfach abwarten. In Ordnung?«

Rauya senkt den Blick, und eine Stille entsteht am anderen

Ende der Leitung. Eine derart lange Stille, dass Amal irgendwann unruhig wird.

»Rauya? Bist du noch da?«

»Ja, meine Tochter. Ich bin noch da«, antwortet Rauya in einem Ton, der so kläglich, traurig klingt, dass Amal erschrickt und Rauya am liebsten an sich gezogen hätte.

»Und ich bin hier, Rauya, ich bin bei dir, das weißt du doch?«

»Ja«, erwidert Rauya matt, »ja, mein Kind, ich weiß.«

Eine Woge der Erschöpfung legt sich auf sie beide, macht es schwer, Weiteres zu sagen. Es fallen noch ein paar vertrauliche, liebevolle Worte, beide zeigen sie dem anderen ihr Verlangen, nicht im Streit auseinanderzugehen.

»Pass auf dich auf, Amal. Ja?«

»Versprochen.«

Erst nachdem Rauya aufgelegt hat und Amal sich das Gespräch noch einmal als Ganzes vor Augen führt, wird ihr bewusst, dass sie Rauya nicht explizit versprochen hat, um was ihre Mutter sie so nachdrücklich bat. Beim nächsten Mal, denkt Amal. Vielleicht.

Nachdem sie ihren Koffer aufgegeben und die Passkontrolle mitsamt des blühenden Veilchens in ihrem Rucksack passiert hat, setzt sich Clara im Abflugbereich auf einen Stuhl am Fenster und überlegt, was sie in der verbleibenden Stunde tun sollte: noch einen Kaffee trinken, Tarun eine Nachricht schreiben oder den Irak-Reiseführer lesen, den sie wie das Veilchen erst heute Vormittag abgeholt hat. Die Verkäuferin in der Buchhandlung hatte sich entschuldigt, laut Aussage des Großhändlers sei das Buch »länger nicht bestellt worden«, daher die verzögerte Lieferung. »Aber wie ich sehe, sind Sie ja noch da!« Ja, das ist sie, und auch, dass sie in einer guten Stunde nicht mehr da sein, Deutschland verlassen haben wird, wird weitestgehend unbemerkt bleiben, wissen doch nicht einmal ihre Eltern von der Reise. Nur Amal und Tarun und Rauya ist bekannt, wohin sie sich heute aufmacht, ruft sich Clara in Erinnerung und spürt nun doch so etwas wie Aufregung.

Im Krankenhaus hatte sie sich gestern Vormittag krank gemeldet und von ihrer Freundin Janine, einer Allgemeinärztin, bereits den erforderlichen Krankenschein bekommen. Janine hatte ihr während des Mittagessens, zu dem sie sich im Bistro des Ärztehauses, in dem sich Janines Praxis befindet, getroffen haben, den unterschriebenen Schein über den Tisch geschoben, ohne auch nur eine Frage nach den Gründen für Claras ungewöhnliche Bitte zu stellen. Claras am Telefon angeführtes Argument, sie müsse schnell für eine Woche verreisen, könne aber nicht sagen, warum und wohin genau, genügte Janine offenbar. »Viel Erfolg bei dem, was du vorhast«, hatte Janine nur gesagt, und Clara hatte noch überlegt, ob Erfolg bei dieser Reise ein passender Begriff sei. Wenn etwas Erfolg haben konnte, dann wohl am ehesten das Einpflanzen des blühenden Veilchens in die Erde neben Ischtars Grab. Was ihr Treffen mit Rauya, und vielleicht auch mit Nahrin, ihre Ankunft und Rückreise betrifft, sind »Glück« oder »Geschick« wahrscheinlich näherliegende Wünsche.

Der Abflugbereich füllt sich mittlerweile rasch, ein Geschäftsmann in einem beigen Anzug, mit Schnurrbart und einer eleganten, sandfarbenen Uhr an seinem durchtrainierten Unterarm setzt sich neben sie und beginnt umgehend, in seinem Smartphone zu lesen. Clara schaut sich um und überlegt, wer von den hier Wartenden wohl wie sie von Istanbul nach Bagdad weiterfliegen wird – mehr als eine Handvoll Passagiere?

Das Telefon in ihrer Hand zeigt keine neuen Nachrichten an. Mit Tarun hat sie seit seiner Abreise nur ein einziges Mal telefoniert, kurz nach seiner Ankunft in Kolkata, als er im Taxi auf dem Weg zu seinem Hotel war. Danach kamen nur noch kurze Nachrichten, er sei sehr beschäftigt, auf der Baustelle gehe es vorwärts, die Sitzung mit den Auftraggebern sei »gut und erhellend« gewesen, gleichzeitig sei alles sehr »komplex«, »politisch in vielerlei Hinsicht«. Ob diese Komplexität Tarun jedoch stimulierte oder vielmehr erschöpfte, war seinen Nachrichten nicht zu entnehmen. Clara vertraut darauf, dies bei ihrem nächsten Telefonat herauszufinden, und beschränkt sich jetzt auf eine kurze Nachricht: »Ich warte«, schreibt sie, »auf den Abflug und merke, dass ich keine Ahnung habe, was mich im Irak erwarten wird. Und doch fühle ich mich gut«, tippt sie, löscht dann das »doch« und ändert den letzten Satz in: »Und ich fühle mich gut.« Sie beendet die Nachricht mit »einem Kuss und einem Winken in den Smog«, denn mit »einem Kuss und einem Winken aus dem Smog« hatte Tarun seine letzte Nachricht geschlossen.

Der Flug nach Istanbul wird aufgerufen, Clara erhebt sich, greift nach ihrem Rucksack und läuft zum Schalter.

Kein Kontakt. Seit über siebzig Stunden. Zwei Nächte und jetzt der dritte Morgen. Am Sonntag hatten sie das letzte Mal miteinander gesprochen, am Montag war Rauya nicht erreichbar und gestern, am Dienstag, ihrem langen Tag an der Universität, auch nicht. Amal ist nur deshalb ruhig geblieben, weil sie davon ausging, Rauya sei bestimmt mit den Vorbereitungen für Claras Besuch beschäftigt, sie kaufe frisches Gemüse auf dem Markt, koche das Injari für Clara in der Küche oder beziehe Amals Bett frisch, sodass sie das Klingeln ihres Telefons nicht hört. Schon wieder blickt Amal auf die Uhr oben rechts auf dem Bildschirm: In zwanzig Minuten wird Clara auf dem Flughafen von Bagdad landen. In ungefähr anderthalb Stunden sollte sie dann bei Rauya eintreffen, und noch ein paar Stunden später, nach dem Essen, irgendwann am Nachmittag, werden sie dann miteinander am Bildschirm sprechen: ihre Mutter und sie, dazu Clara, dieses Mal neben Rauya, auf der »anderen Seite« sozusagen. Amal lächelt, sie freut sich darauf, ist aufgeregt und unruhig. Über siebzig Stunden. Hat Rauya vielleicht bei Nahrin übernachtet und kehrt erst heute Vormittag in ihre Wohnung zurück? War Rauya in den letzten Tagen auf einer Konferenz? Oder – bei einem Mann? So kurz nach Großmutters Tod? Oder vielleicht gerade jetzt, nachdem Ischtar nicht mehr ist … Amal greift sich an die Stirn: Deshalb Rauyas Gerede am Sonntag, dass sie auf Vaters Rückkehr nicht mehr hoffen sollten? Amal nimmt ihre Hand vom Kopf. Und wenn es so wäre, wenn Rauya tatsächlich in den letzten Nächten bei einem Mann geschlafen hat, wie könnte sie ihr das verübeln, sie sollte sich für Rauya freuen, denkt Amal und reibt mit ihren Fingern über den Schreibtisch. Es ist nur alles so unklar, schwer zu erfassen. Schon ihr Gespräch mit Rauya am

Sonntag hat doch deutlich gezeigt, was sich über die Distanz verliert. Sosehr sie sich auch bemühen, am Bildschirm über all das zu sprechen, was sie bewegt, was wichtig ist in ihrer beider Alltag und in ihrem Inneren, es bleibt doch immer etwas auf der Strecke, etwas, von dem Amal zuweilen nach dem Auflegen das Gefühl hat, es sei vielleicht das Wichtigste, das, was eine Familie ausmacht: Auch ohne viele Worte zu wissen, wie es dem anderen geht. All die Stimmungen, Gesten, jene kleinen Dinge, über die man nicht direkt spricht, die man aber, sofern man unter einem Dach wohnt, trotzdem mitbekommt, bekommt sie hier, in der Ferne nicht mehr mit. Sie weiß nicht, ob Rauya nachts von Hassan träumt, ob sie zum Einschlafen Tabletten braucht und das Haus am Morgen nur widerwillig oder geradezu fluchtartig verlässt. Sie weiß nicht, was Rauya veranlasst hat, nicht mehr auf Vater warten zu wollen, warum sie sich die Hoffnung verbietet. Sie weiß, dass ihre Mutter keine Spur, die Hassan betrifft, vor ihr, seiner Tochter, geheim halten würde, also muss der Grund für Rauyas Wandlung etwas anderes sein. Ist sie einfach ausgezehrt? Ist Rauya das Warten leid, strengt es sie an und brennt es sie aus? Ist es wirklich so, wie Nourig letzte Woche gesagt hat, dass die Hoffnung eine Option ist, zu der uns der Verstand zwingt, die aber auch Kraft verlangt, eine Kraft, die manchmal einfach fehlt? Oder irgendwann aufgebraucht ist?

Sie selbst jedenfalls hat die Vision, Vater könne eines Tages freigelassen werden und zurückkehren, noch nicht aufgegeben. Auch wenn ihr dieses Szenario nicht immer gleich realistisch erscheint, ihr zuweilen abwegig, dann wieder wahrscheinlich vorkommt; trotz dieser Schwankungen im Blick auf die Möglichkeit hat sie die Möglichkeit selbst, Vater könne irgendwann abgemagert, aber lebendig bei Rauya klingeln, nie endgültig verworfen. Weil sie – im Gegensatz zu Rauya – die Hoffnung braucht?

Draußen auf dem Flur nähern sich Schritte, und jemand hämmert gegen ihre Tür.

»Amal!«, ruft eine Stimme draußen, »can you hear me? You have got a letter!«

Ihr Herz beginnt zu rasen, Amal springt vom Stuhl auf, läuft zur Tür und reißt sie auf. Nuradin draußen nickt, als könne er ihre Frage vorausahnen: »I just saw it in our letterbox – you have got a letter from the Amt.«

Heute also. Heute ist der Tag der Entscheidung. Amal spürt ihren Herzschlag hart in ihrer Brust, Schweiß tritt auf ihre Stirn, sie nickt, außerstande, etwas zu erwidern. Nuradin legt ihr seine Hand auf die Schulter und sagt gleichzeitig lächelnd und ernst: »Good luck.«

Das Linoleum rutscht, die Türen öffnen zu langsam, die Treppe ist voller Menschen, der Gang – erst unerträglich lang, dann auf einmal zu Ende. Amal sieht das Brieffach im Eingang, den hochkant stehenden Umschlag.

Die Landschaft, die sie während des Anflugs auf Bagdad hinter dem Flugzeugfenster erkennt, ist erschlossener, als es Clara nach der Lektüre des Reiseführers erwartet hat. Zwar dominiert auch hier die Natur, große Rasenflächen wechseln sich mit hellbraunen Feldern ab, und manchmal ist unweit einer Siedlung auch ein kleiner Wald zu erkennen, die Siedlungen selbst aber sind durch mehrspurige, betonierte Schnellstraßen miteinander verbunden, und an ihren Ausfahrten erkennt Clara immer wieder eingezäunte Gelände, auf denen längliche Flachdachhallen eng nebeneinanderstehen. Wahrscheinlich Lagerhallen. Mehrere weiße Kreise daneben lassen auf Silos schließen, kleine blaue Rechtecke auf Wasserbecken. Und weiter hinten, in der Ferne, glitzert der breite, türkisblaue Tigris im Mittagslicht.

Wahrscheinlich ist es ein Schutzreflex, mutmaßt Clara, als sie die Karte des Reiseführers zusammenfaltet: Je gefährlicher das Land ist, in das man reist, oder je gefährlicher sein Ruf, desto reflexartiger gleicht man das, was man sieht, mit dem ab, das man vorher schon gehört oder gelesen hat. Ein Versuch, das Risiko zu minimieren, indem man das Überraschende, Unerwartete herausfiltert und so besonders im Blick behält.

Als die Räder des Flugzeugs auf dem irakischen Boden aufsetzen, wirbelt Sand neben der Landebahn auf. Sand, der bei Clara sofort zu der Frage führt, ob dieser trockene Boden das Veilchen in ihrem Rucksack ernähren kann? Natürlich nicht, das weiß sie doch bereits. Ohne Schatten und Wasser und ein wenig nährstoffreiche Erde hätte das Veilchen hier keine Chance. Die Frage ist, ob es mit all dem überleben wird. Die trockene Luft im Flugzeug und die Wässerung mit stillem Mineralwasser hat es zumindest gut überstanden, stellt Clara zufrieden fest.

Die Halle mit den Gepäckbändern ist übersichtlich klein und leer, und ein Blick auf die elektronische Anzeigetafel bestätigt Clara, dass außer den Gästen ihrer Maschine zurzeit niemand sein Gepäck erwartet. Die ankommenden Flüge beschränken sich hier auf ein bis zwei Flugzeuge pro Stunde. Clara stellt sich an das noch stehende Gepäckband, zieht ihr iPhone aus der Tasche und schaltet den Flugmodus aus. Erstaunlich schnell flackert ein Signal auf, Clara kann zwischen zwei Netzbetreibern wählen, entscheidet sich und ist kurz darauf verbunden. Ein Glücksfall, weil sie sich am Flughafen befindet? Warum auch immer es so gut funktioniert, Clara nutzt die Chance, öffnet ihr Mailprogramm und fordert die während des Fluges eingegangenen Mails an. Das allerdings dauert. Die Mails werden geladen, heißt es, werden geladen, geladen … Clara sieht sich um und bemerkt, dass der Junge mit dem irakischen Pass in seiner Hemdtasche, der vorhin im Flugzeug ganz vorne in der Business Class gesessen hat, jedoch als Allerletzter aus dem Flugzeug ausgestiegen ist, sie jetzt von dem offenen Fenster aus, an dem die Raucher stehen, unverhohlen anstarrt. Ein Blick, der zu dem, was Clara über den Umgang zwischen Männern und Frauen in diesem Land weiß, nicht passt. Oder doch? Macht der Junge auf diese Weise klar, dass sie hier eine Fremde ist, auf die die heimischen Regeln nicht zutreffen, dass sie durchaus angestarrt werden kann, die Albinofrau, als wäre sie ein Alien? Ein Fremdkörper? Will er sie mit diesem Blick, der nicht offenkundig sexuell, vielmehr prüfend und misstrauisch ist, zwingen, sich zu rechtfertigen, zu erklären, warum sie – eine junge Frau, die offenbar alleine reist – in den Irak kommt? Wartet er darauf, dass sie beflissen einen Stoffbeutel aus dem Rucksack zieht, der mit dem Logo einer NGO, der *Médecins Sans Frontières* oder einer UN-Organisation bedruckt ist? Eins jedenfalls ist klar: Der Junge, der bestimmt keine achtzehn, allenfalls fünfzehn oder sechzehn Jahre alt ist, wirkt ungewöhnlich selbstsicher. Er tut nicht selbstsicher, wie viele seiner Altersgenossen, sondern strotzt in seiner Gelassenheit geradezu vor Selbstbewusstsein. Wie kommt er, fragt sich Clara, zu dieser Selbstsicherheit, um nicht zu sagen Selbstgefälligkeit? Der Junge ist teuer und konservativ angezogen, gestreiftes Hemd und graue Flanellhose – trotz der angekündigten neunundzwanzig Grad draußen –, dazu trägt er dunkelrote Wildlederschuhe. Vielleicht kommt er aus einem exklusiven englischen Internat und fährt zu seinen Eltern, spekuliert Clara und verwirft den Gedanken gleich wieder. Was weiß sie schon, sie will es gar nicht wissen, sie will das Spiel, das sein insistierender Blick mit ihr spielt: ›Was machst du denn hier? Erkläre dich!‹, gar nicht erst mitspielen.

Clara schaut wieder auf ihr iPhone, als ihr plötzlich bewusst wird, dass Amal nie von irakischen Jungen, einem Freund oder Geliebten erzählt hat. Weil es da niemanden gab in ihrem Leben? Oder weil Amal vor ihrer Flucht jede Verbindung oder Möglichkeit, die es in dieser Richtung gegeben haben mag, abgebrochen hat und es jetzt, in der Ferne zu schmerzhaft wäre, davon zu sprechen?

Das Gepäckband setzt sich ruckartig in Bewegung, und wenige Sekunden später fallen Koffer aus einer Klappe in der Wand, knallen auf das Band und machen sich auf den Weg. Claras Koffer ist bereits der dritte in der Reihe. Sie hebt ihn zu sich, stellt ihn auf den Marmorboden und begibt sich zum Ausgang. Kurz bevor sie die Flügeltür erreicht hat, hört sie in ihrem Rucksack jenes »Pling«, mit dem ihr iPhone erklärt, es habe jetzt sämtliche neuen Mails geladen.

Hinter der Absperrung am Ausgang sieht Clara einen Mann um die fünfzig, mit Brille und in kariertem Hemd, der ein Schild mit ihrem Namen, geschrieben in lateinischen Großbuchstaben, vor der Brust hält. Clara geht auf ihn zu und stellt sich vor, der Mann nickt höflich und lächelt, offenbar erleichtert, Clara so schnell gefunden zu haben. Er stellt sich als »Jassir, der Fahrer« vor, nimmt ihr den Koffer ab und erklärt in passablem Englisch, sein Auto befinde sich unmittelbar neben dem Ausgang auf dem Parkplatz.

Clara folgt Jassir durch die Haupthalle des Flughafens, die mit ihrer Gewölbedecke aus weißem Stahl und den goldenen Spiegelsäulen auf Clara wie der etwas angestrengte Versuch wirkt, gleichzeitig pompös, extravagant und modern auszusehen. Das ist er also, der ominöse schlechte Geschmack Saddams, über den sich Amal so wortmächtig echauffieren kann.

Draußen in der Hitze parkt Jassirs Wagen tatsächlich nur wenige Schritte vom Ausgang entfernt. Während Jassir den Kofferraum öffnet und Claras Koffer zwischen Decken, mehreren Wasserkanistern und ein paar Taschenlampen verstaut, öffnet Clara ihr iPhone und ruft die ungelesenen Mails auf. Zuoberst eine Nachricht von Tarun. Clara freut sich, endlich!, tippt auf die Mail, die kurz darauf erscheint und mit: »Meine liebe Clara« beginnt. Eine lange, sehr lange Nachricht, wie Clara beim hastigen Herunterscrollen feststellt, viel zu lang, um sie jetzt – »We can go –«, sagt Jassir und hält ihr die Wagentür auf. Clara steckt das iPhone zurück in ihren Rucksack und steigt in den Wagen.

Der Adler der Bundesrepublik Deutschland prangt links oben auf dem Briefumschlag. Seine Flügel sind geöffnet, und er blickt nach rechts, weg von den Wörtern »Bundesamt für Migration und Flüchtlinge«. Doch das ist kein Zeichen, weiß Amal. Den Umschlag hat sie bereits geöffnet, jetzt wartet sie auf den richtigen Moment, um den Bescheid herauszuziehen. Sie will nicht, dass ihre Hände zittern, wenn sie es erfährt. Sie will ruhig sein, auf alles gefasst. Außer dem Briefumschlag hält sie noch den Zettel in der Hand, den der Flüchtlingsrat Brandenburg für diesen Augenblick vorbereitet hat. Auf dem Zettel stehen zwei Wörter in Großbuchstaben, jene zwei Wörter, auf die es ankommt: STATTGEGEBEN und ANERKANNT. Amal kennt diese Wörter auswendig, jeder Bewohner im Heim kennt sie und kann sie, sofern er das lateinische Alphabet lesen kann, auch entziffern. Trotzdem hat Amal den Zettel dabei, denn auf ihm steht auch noch anderes, in Groß- und Kleinbuchstaben. Wörter und Informationen für den negativen Fall. Amal schließt die Augen, legt den Kopf in den Nacken und blickt dann in den Himmel: Er ist weiß, voller Nebel und doch hoch. *Es wird alles gut, Amal. Was macht dich so sicher, Großmutter? Du bist schließlich auch gestorben. Ich war alt, Amal, und als alte Frau sage ich dir: Es wird sicher alles gut. Sei wachsam, ja, aber hab auch Vertrauen!* Der Himmel über ihr spaltet sich in zwei Hälften, links erkennt Amal sich selbst, mit einer hellbraunen Ledertasche auf den Stufen der Universität in Berlin, Archäologie, was sonst, gerade hier … Rechts daneben ein anderes Bild, eine offene Haustür, vor der Rauya, eine Zeitung in der Hand, auf sie wartet.

Amal zieht den Bescheid aus dem Umschlag und entfaltet die bedruckten Blätter.

STATTGEGEBEN. ANERKANNT.

ANERKANNT.

Ich habe Asyl bekommen, flüstert Amal. Asyl! In Deutschland.

Die Autobahn, die sie ins Stadtzentrum von Bagdad führt, ist von Palmen gesäumt und wird sorgfältig bewacht. In unregelmäßigen, aber nie sehr großen Abständen stehen Polizeimilizen am Straßenrand und beobachten, ihre Gewehre vor der Brust, die näher kommenden Fahrzeuge. Ab und an winken die Milizen einen Wagen zu sich heraus, lassen alle Fahrgäste aussteigen und führen den Fahrer des Wagens zu einem der Geländewagen auf dem Seitenstreifen. Jassir, dem nicht entgeht, dass Clara jedes Mal aufmerksam den Kopf wendet, wenn ein Wagen vor ihnen an den Rand gewunken wird, deutet auf die Polizisten und erklärt: »Es werden jeden Monat mehr.« Er seufzt. »Wenn das so weitergeht, wird es bald wieder so sein wie unter den Amerikanern.«

Clara dreht sich zu Jassir, sieht ihn an und will wissen, ob er sich denn generell sicherer fühle als unter der Besatzung.

Jassir neigt den Kopf und antwortet: »Wenn die Amerikaner noch länger geblieben wären, wären der Hass und die Gewalt in unserem Land immer schlimmer geworden. Und jetzt, wo die Amerikaner weg sind, wird es trotzdem nicht besser. Im Gegenteil.« Jassir blickt aus dem Fenster, er wirkt ratlos und enttäuscht.

Clara will diesem so höflichen und gutmütig wirkenden Menschen ihre Anteilnahme zeigen, überlegt noch, was sie sagen könnte, als Jassir von sich aus fortfährt: »Die blutigen Kämpfe in unserem Nachbarland Syrien dauern an, und auch hier bei uns steigt die Aggressivität; Nervosität und Angst nehmen zu. Und die Regierung –«, Jassir winkt ab, »manchmal fragt man sich, wie Stabilität, friedliche Stabilität hier überhaupt gelingen kann …« Jassir schüttelt den Kopf und verstummt. Clara sieht die vielen

CDs in den Seitenfächern des Wagens und versucht, sich vorzustellen, wie Jassir fröhlich bei lauter Musik und offenem Fenster über die Straße braust.

Jassir verlässt die Autobahn und folgt einer Spur in Richtung »City Centre«. Dass die Straßenschilder zumindest auf den Schnellstraßen nahezu alle zweisprachig sind, beruhigt Clara, hat Amal doch gesagt, Orientierung sei in dieser Stadt besonders wichtig. Als sie wenig später in eine belebte Einkaufsstraße einbiegen, fragt Clara dann auch gleich nach dem Namen des Viertels und erfährt, dass sie sich in der Nähe der Universität befinden, an der Rauya unterrichtet. Gespannt betrachtet Clara die Menschen auf den Bürgersteigen, auffallend viele junge Leute kann sie nicht erkennen, dafür Männer in engen, bunten T-Shirts, viele Frauen in langen, weiten Hosen, nur wenige von ihnen verschleiert. Sie sieht einen Hund mit einer aufgebissenen Orange im Maul und immer wieder, in den Händen der Jungen und der Alten, der Gehetzten und Herumstehenden, der verschleierten wie auch der tätowierten Iraker: Mobiltelefone. Fast jeder zweite Passant spricht in sein Telefon, hört nickend zu oder reißt aufgebracht seine freie Hand in die Höhe. Als Clara Jassir nach den Telefonen fragt, deutet der nur auf sein eigenes Telefon in der Mittelkonsole und erklärt, auf das Festnetz verlasse sich hier schon lange niemand mehr. »Die Kinder«, sagt Jassir und deutet auf einen Jungen an der Hand seiner Mutter, »wachsen ja mittlerweile bereits mit mobilen Telefonen auf, und die älteren Einwohner hier haben alle schon mehrere Kriege miterlebt. In jedem Jahrzehnt mindestens ein Krieg«, Jassir reibt sich die Schläfe, »wissen Sie, da verlässt man sich als normaler Mensch nicht auf den Telefonanschluss zu Hause.«

Clara überlegt noch, was genau Jassir mit »normalen Menschen« meint, wem gegenüber er sie abgrenzt, als sie unerwartet, kurz nach dem Abbiegen, in eine Kontrolle kommen, genau gesagt in den Rückstau einer Kontrolle. Jassir flucht auf Arabisch, kurbelt sein Fenster herunter und streckt den Kopf heraus: »Vier Wagen vor uns, das sollte nicht zu lange dauern«, informiert er Clara und fügt schnell hinzu: »Es tut mir wirklich leid, aber diese Kontrollen sind einfach nicht vorauszusehen.«

Clara nickt nur und blickt aus dem Fenster. Jetzt, wo sie stehen, fühlt sie sich schlagartig weniger sicher, obwohl sie sich noch immer in demselben Viertel befinden. Wahrscheinlich liegt es daran, dass hinter ihnen bereits weitere Wagen zum Stehen gekommen sind und sie so – im Notfall – nicht im Auto entkommen könnten. Die entgegenkommende Spur ist stark befahren und dazu durch einen betonierten Mittelstreifen von ihnen getrennt. Jassir fährt ein paar Meter, aus den vier Autos vor ihnen sind offenbar schon drei geworden. Clara greift nach dem Rucksack zwischen ihren Füßen, sie will die Wartezeit nutzen, um Taruns Mail zu lesen. »Meine liebe Clara«, diese selbst für Tarun ungewöhnlich liebevolle Anrede hat sie noch im Gedächtnis. Clara zieht ihr iPhone aus dem Rucksack, entsichert es und tippt auf ihr Mailpostfach, als sie Jassirs Zeigefinger auf das iPhone deuten sieht: »Ich weiß nicht«, sagt Jassir vorsichtig, »ob das eine gute Idee ist. Wenn die Polizisten ein so teures, amerikanisches Telefon sehen, kontrollierten sie es meistens, und auch wenn solche Geräte nur in Ausnahmefällen konfisziert werden, kann man ja nie wissen –«, Jassir räuspert sich. »Vielleicht stecken Sie das Telefon besser wieder ein, zur Vorsicht, bis wir die Kontrolle passiert haben.«

Clara nickt, zögert dann aber, blickt auf das Display und ruft Taruns Mail auf, liest zum zweiten Mal: »Meine liebe Clara«, als Jassir den Wagen erneut in Bewegung setzt. Clara schaut auf, wartet, dass das Auto wieder anhält, und erst die Art, wie sich der Polizist vor ihnen an der Beifahrertür des nun kontrollierten Wagens zu schaffen macht, wie er selbst die Tür öffnet und den Beifahrer auffordert, auszusteigen, führt dazu, dass Clara ihr iPhone umgehend, mit der noch immer nicht gelesenen Mail von Tarun im Display, in ihrem Rucksack verschwinden lässt und stattdessen nach ihrem Pass greift, ihn mit ihren Fingern geradezu umklammert.

Meine liebe Clara,

aus der dunstigen Abendhitze Haoras schreibe ich dir, aufgewühlt, hoffend, dass du mich verstehen wirst.

Hier läuft es so weit ganz gut, jeden Morgen und oft auch abends bin ich auf der Baustelle und begutachte das Fundament, ich klettere über Gerüste und rede mit den Leuten. Meine Strategie ist: zuhören und erzählen. Weißt du, Clara, dass viele Arbeiter gar nicht wissen, was sie da genau bauen? Ich habe Informationsveranstaltungen mit Freigetränken neben einem Kleinbus, der als Stehimbiss funktioniert, eingeführt; der Bauleiter lächelte nur schnöde und sagte: während der Arbeitszeit? Ob das die Effizienz erhöht? Beim ersten Mal waren zehn Leute da, beim zweiten Mal schon über zwanzig. In den nächsten Wochen will ich auch die Gewerke und die Lieferanten, die wir in den nächsten Monaten brauchen werden, einladen. Es macht Spaß, vor den Leuten zu sprechen, zu beobachten, wie sie aufmerksamer werden, am Ende sogar Fragen stellen.

Gestern Abend habe ich bei meinen Eltern gegessen. Priya hat bereits einen ziemlich dicken Bauch, für die Entbindung in Delhi ist jetzt alles vorbereitet, und Madri, stell dir vor: Madri hat gestern ein altes, bengalisches Gedicht vorgetragen! Es war wunderschön, ihrer Stimme und dem rhythmischen Fluss der Worte zuzuhören. Dass kleine Kinder schon solch einen Sinn nicht nur für Schönheit, sondern auch für Würde haben.

Alle lassen dich herzlich grüßen.

Und du, Clara, wie geht es dir? Ich kann mir nur schwer vorstellen, wo du jetzt bist, Bilder aus den Nachrichten kommen mir in den Sinn, die vermutlich – hoffentlich nicht repräsentativ sind. Ich hoffe, du bist gesund, erfüllt und ein wenig von deinen Eindrücken berauscht, so wie ich dich auf Reisen kenne.

Clara, ich schweife nicht länger ab, auch wenn es mir schwerfällt, komme ich zur Sache: Ich muss länger, wesentlich länger in Haora bleiben als geplant. Um den Bauprozess zu begleiten und um mich bei unseren Auftraggebern für den Turm einzusetzen. Die letzte Sitzung mit Vertretern der Landesregierung und der Stadt hat gezeigt, dass wichtige Entscheidungen, die wir, Andreas und ich, für Formalitäten hielten, nicht so einfach sind, wie wir dachten. Es gibt zwar einen Zeitplan, und offiziell wollen auch alle, dass der Turm wie geplant gebaut wird, dennoch müssen – oder wollen die Politiker über jeden Schritt informiert und von ihm überzeugt werden. Das heißt, Mehrheiten müssen gesichert, falsche Gerüchte müssen ausgeräumt, dafür Transparenz und Vertrauen geschaffen werden. Der Zeitungsartikel, der vor Kurzem über den Turm erschienen ist, hilft dabei zwar, viele erinnern sich an ihn, an mich, sind respektvoll und offen, aber überzeugen muss ich die Herrschaften trotzdem – mit Leidenschaft und den richtigen Argumenten. Clara, wenn ich an all das denke, werde ich nervös, aber ich weiß, dass ich es schaffen kann. Wir müssen es einfach schaffen. Andreas und ich haben über die Situation gesprochen, und wir haben gemeinsam entschieden, dass ich, der die Sprache der Leute spricht, hierbleiben werde. Wir werden in Haora ein kleines Büro, eine Art Zweigstelle des Berliner Büros, einrichten, eine Anlaufstelle für alles, was mit dem Turm zusammenhängt.

Kannst du das nachvollziehen, Clara? Ich habe das Gefühl, zum ersten Mal in meinem Leben etwas bewegen zu können, etwas, von dem ich weiß, dass es gut und wichtig ist. Der arrogante Amerikaner damals auf dem Kongress in Kolkata darf nicht recht behalten, als er behauptete, diese Region kämpfe erfolglos; es lohnt, sich anzustrengen, zu kämpfen, es gibt doch gar keinen anderen Weg.

Wenn ich abends die Wanderarbeiter sehe, die sich ihre Füße im Flusswasser waschen, ihre Sohlen, fast alle vernarbt, die Zehennägel oft eingewachsen und die Waden voller Striemen, wenn du diese Füße sehen würdest, Clara! Oder wenn ich morgens am Straßenrand an den schuhputzenden Jungen vorbeilaufe, die schon fast taub sein müssen vom Straßenlärm, trotz der Wattepfropfen in ihren Ohren – dann frage ich mich unwillkürlich, wie man den ›Saal der Stille‹ im Turm all denen zugänglich machen könnte, die ihn nötig haben. Auch wenn das utopisch anmutet, es geht um die Denkrichtung, verstehst du, Clara? Es geht um einzelne Schritte in die richtige Richtung, und einer von diesen Schritten ist unser Turm. Damit der Turm jedoch so wie geplant, in der Zeit und mit dem Budget, das wir veranschlagt haben, wachsen kann, braucht es Überzeugungskraft, braucht es mehr Ausdauer, effizientere Koordination auf der Baustelle und, vor allem, noch mehr gemeinschaftlichen Willen, als ich vor ein paar Monaten bei Baubeginn gedacht hätte.

Wo genau ich wohnen werde, weiß ich noch nicht, Haora wäre praktischer, Kolkata näher an meiner Familie, das hängt aber auch von anderen Faktoren ab. Denn da gibt es noch etwas, Clara.

Du erinnerst dich an den Hochschulprofessor, der sich am Tag meiner Abreise bei Andreas gemeldet hat und mich kennenlernen wollte? Vorgestern traf ich ihn in Kolkata. Biren ist ein paar Jahre älter als ich, er ist klug, weitsichtig und sehr sympathisch, und er leitet eine landesweite Reformbewegung im Bildungswesen. Biren hat mich gefragt, ob ich bei seiner Bewegung mitmachen, ihr Programm unterstützen und mit entwickeln wolle, was den Architekturbereich und die Öffnung zum Ausland hin betrifft. Ich habe um Bedenkzeit gebeten, ich weiß noch nicht, ob ich das tun werde, tun kann, dazu muss ich mich mit dem Grundsatzpapier der Bewegung erst noch genauer beschäftigen; vorstellen kann ich mir aber schon, mich auf solche Art zu engagieren. Dieses Land ist schließ-

lich, obwohl ich so lange fort war, meine Heimat, und ich habe das Gefühl, sowohl in Westbengalen als auch in ganz Indien bricht gerade etwas auf, bewegt sich. Es gibt hier einen »Drive«, wie die Engländer sagen würden, eine Dynamik, die ich in meiner Jugend vermisst habe oder die ich damals – aufgrund meiner Position? – nicht spüren konnte. Jetzt aber spüre ich sie, und ich weiß, wie ich mein Wissen und meine Fähigkeiten in diese größere Bewegung einbringen kann.

Grundsätzlich geht es bei den von Birens Gruppe geforderten Reformen auf der universitären Ebene um mehr Austausch mit ausländischen Hochschulen, etwas, das die kommunistische Landesregierung jahrelang vernachlässigt beziehungsweises nur sehr bedingt gewollt hat. Biren hofft, dass sein Programm vom Trinamool Congress auf Landesebene unterstützt wird, dass sein Reformpapier im Idealfall sogar Teil des nationalen Wahlprogramms des Trinamool Congress werden wird. Die Chancen dafür stehen anscheinend nicht schlecht, Gespräche laufen, entschieden ist aber noch nichts. Dabei bringen sich die Parteien bereits für die Nationalwahlen im nächsten Jahr in Stellung, stell dir vor, Clara, die BJP, die nationalistische Hindupartei, droht bereits damit, im Falle eines Wahlsieges die illegalen Immigranten aus Bangladesch, die oft schon seit Jahren hier leben, aus Westbengalen hinauszuwerfen, diese »Infiltratoren« sollten ihre »Koffer gepackt halten«, war von der BJP zu hören, was zum Glück von der bengalischen Regierung umgehend scharf kritisiert wurde. Als ob dieses Land nicht schon zur Genüge erlebt hätte, zu was religiöse Säuberungen führen; nur zu mehr Flucht und wahrscheinlich neuen Unruhen.

Apropos, als ich auf der Versammlung am Stehimbiss der Baustelle letzte Woche das Bild vom Kantaji-Tempel gezeigt habe und erwähnte, dass der Tempel im heutigen Bangladesch steht, merkte ich, wie sich einige Arbeiter verstohlen ansahen; auch sie kommen vermutlich von dort. Als ich dann mehrfach von »unserer« Kultur sprach, sah ich, wie sich ihre Gesichter vorsichtig entspannten.

Clara, ich weiß nicht, wie lange ich hierbleiben werde, bleiben muss. In jedem Fall so lange, bis der Turm fertig ist, das heißt mindestens zweieinhalb Jahre, vielleicht mehr. So, jetzt ist es heraus. Und ich hoffe, ich habe die Lage hier und meine Entscheidung ein wenig verständlich gemacht. Ist mir das gelungen, Clara, kannst du mich verstehen? Oder überwiegt in dir die Wut, fragst du dich zornig, warum ich diese Entscheidung gefällt habe, ohne vorher mit dir zu sprechen, warum ich dich aus dieser Entscheidung ausgeschlossen habe, obwohl sie uns doch beide betrifft? Fragst du dich das, Clara? Willst du eine Antwort? Ich habe alleine entschieden, Geliebte, weil nur ich mein Leben kenne, in seiner gesamten Geschichte, und weil nur ich wissen kann, wo als ganzer Mensch jetzt mein Platz ist. Ich musste fortgehen, um zu werden, was ich heute bin, und als der Architekt, der ich geworden bin, als der »Bengale aus Europa«, wie mich manche hier scherzhaft nennen, ist mein Platz jetzt hier, nah meiner Geburtsstadt, dort, wo gerade ein neues, hoffentlich menschenfreundliches Wohnviertel entsteht. Ich habe im Westen viel gelernt, man kann sagen, ich habe vom Westen profitiert, so wie der Westen lange Zeit von uns profitiert hat. Jetzt geht es darum, dieses Wissen hier in Stein zu hauen, in Terrakotta und Teakholz und Glas. Ob ich dabei »typisch deutsch« oder »post-imperial«, wie der Norweger auf dem Kongress es nannte, oder noch einmal anders denke, ist mir herzlich egal, wahrscheinlich ist es eine Mischung aus allem, der ein einziger Begriff ohnehin nicht beikommen könnte; wichtig ist, dass der Turm, den ich nach bestem Wissen und Gewissen geplant habe, weiter wächst.

Verstehst du das, meine Liebe? Kannst Du meine Entscheidung nachvollziehen? Als es um das Geld für Priyas Entbindung ging, hatte ich den Eindruck, du könntest oder wolltest nicht verstehen, dass es Dinge gibt, die man nur selbst beurteilen und entscheiden kann. Das erstaunte, ärgerte und verwirrte mich. Als du mir dann jedoch wenig später von deiner Entscheidung erzähltest, in den Irak zu reisen, »weil du es tun musst«, weil nur du diese Reise machen kannst, und dich kein Argument der Welt hätte abhalten können, da hatte ich doch den Eindruck, auch dir sei dieser Gedanke nicht fremd, auch du weißt: Man kennt sich letztendlich nur selbst vollständig und kann gewisse Dinge daher nur alleine entscheiden.

Welche Auswirkungen meine Entscheidung auf uns hat, Clara? Fragst du dich das auch? Kannst du es mir sagen? Ich weiß es, ehrlich gesagt, nicht. Ich weiß nicht, was das Beste ist, ich weiß nicht, ob man das heute überhaupt schon wissen kann, ich weiß nur, dass ich jede Entscheidung, die du treffen willst oder wirst, verstehen werde. Heute Morgen, als es auf der Baustelle heiß wurde und ich die Stahlstäbe im Sonnenlicht glänzen sah, dachte ich: Clara, komm her, um mich zu besuchen, um mit mir in Kolkata zu leben und von hier aus als »Ärztin ohne Grenzen« zu arbeiten … Aber würdest du das wollen? Oder du bleibst in Berlin, ich hier in Haora, wir besuchen uns und schauen, wie es läuft? Findest du das sinnlos, Clara? Oder klug? Bist du genauso ahnungslos wie ich, vereint uns unser Nichtwissen, müssen wir vielleicht einfach abwarten? Was denkst du?

Clara, meine Clara, ich liebe dich und küsse dich, auf deine hohe Stirn, deine wunderbar weichen Locken, auf deinen Mund, dein Schlüsselbein, die Mulde daneben, auf dass du kurz zitterst, dich windest, auf deine wohlgeformten Brüste … Genug.

Es grüßt dich aus dem fast schon nächtlichen Haora

Dein

Tarun

Sie lässt den Brief sinken und schaut auf, blickt in den Himmel, in dieses Weiß, das es nur in Nordeuropa gibt: hell und strahlend, aber nicht stechend, gerade so hell, um mit offenen Augen hineinschauen zu können. ASYL. *Ich habe Asyl bekommen, hier, in Deutschland, Großmutter, hast du gehört? Freust du dich? Du hast recht gehabt – und wirst du auch weiterhin recht behalten, wird alles gut, ist Vertrauen wichtig? Rauya, Mutter, was sagst du? Was wirst du tun, wenn du erfährst, was du dir so gewünscht hast, für mich, wirst du aufspringen von deinem Stuhl, die Arme hochreißen und dabei fast Clara umstoßen, die neben dir im Arbeitszimmer sitzen wird, jetzt gleich, in wenigen Minuten? Werden wir drei gemeinsam jubeln, vor dem Bildschirm tanzen, uns drehen, so wie ich mich hier auf der Wiese, wie von einem Wind erfasst, zu drehen beginne, das Gras unter meinen Füßen, den Ahorn und die Mauern des Heimes kreisend im Blick, dieses strenge Gebäude, dem ich schon bald den Rücken kehren werde, auf meinem Weg nach Berlin … Sprachkurs, Hörsaal, Kellnerjob oder Museumsführungen, und die hellbraune Ledertasche – ja? Darf ich das jetzt alles denken, mir vorstellen und mich darauf freuen? Darf ich das, wer kann es mir sagen? Wer kennt die Gefahren falscher Sicherheiten besser als du, Vater, darum sag mir, was du von der Nachricht, dieser schwindelerregenden Nachricht hältst, freust du dich? Kannst du dich noch freuen?* Keuchend bleibt Amal stehen. Sie steckt die herausgefallenen Haarsträhnen zurück in ihren, in Ischtars Haarknoten, hebt die zu Boden gefallenen Papiere und den Umschlag auf, läuft in schnellen Schritten zum Haus, hastet hoch, zu Claras Computer, in ihr Zimmer, das schon bald nicht mehr ihr Zimmer sein wird.

Amal, murmelt Clara, wartet doch. Erschöpft setzt sich Clara in den Schatten nah der Hauswand, zieht das noch leere Buch und einen Stift aus ihrem Rucksack und beginnt.

Amal,
ich schreibe an dich, und mich. Ich schreibe in das Buch auf meinen Knien, mein Reisetagebuch, da ich mich nur hier, auf den weißen, widerstandslosen Seiten traue, die Worte zu suchen, in denen ich dir berichten werde, was ich heute gesehen habe. Hier in Bagdad, in deinem Viertel, deinem Haus. Ich werde dir nicht die Stadt beschreiben, die du so viel besser kennst als ich, auch werde ich vermutlich nicht mehr lange bleiben, jetzt, nachdem ich gefunden habe, was mich hergeführt hat.

Clara stockt, zwingt sich aber, den Stift nicht aus der Hand zu legen.

Eines vorweg, Amal: Ich habe das Veilchen eingepflanzt, neben das Grab von Ischtar, unter den Orangenbaum. Die blauen Blüten waren etwas faltig, blühen aber, wie du auf dem Foto, das ich gemacht habe, sehen wirst. Und nicht nur das Veilchen blüht, Amal, stell dir vor: Es blüht auch der Oleanderstrauch im Garten von Ischtar! Obwohl, wie Jassir erzählt hat, schon seit über einer Woche kein Regen mehr gefallen ist. Ich frage mich: Wer gießt den Strauch? Vermutlich jeden Tag, die Erde über den Wurzeln war, als ich sie berührte, sogar noch ein wenig feucht. Wer betritt am Abend oder frühen Morgen Ischtars Garten? Das Tor am Eingang wird, wie du weißt, Amal, nur mit einem Riegel verschlossen, jeder kann ihn öffnen, jeder kann hinein. Doch wer tritt tatsächlich durch das Tor, bahnt sich den Weg durch die Dattelpalmen, läuft über den Pfad, hebt den Schlauch vom Boden und dreht den Was-

serhahn auf, um den pinken Oleander, die Lieblingspflanze deiner Großmutter zu versorgen? Rauya ist es nicht, Amal, glaub mir, dazu später mehr. Ist es vielleicht – über Umwege dein Vater? Schickt dein Vater, wenn er noch lebt, aber selbst nicht kommen kann, nachts einen Boten und sendet euch ein Zeichen? Oder ist das abwegig, ist es eher Nahrin, die auf ihrem Weg von der Arbeit noch kurz im Garten vorbeischaut? Aber dann würde Nahrin doch auch bei euch klingeln … Oder gießt den Oleander Tariq aus der Bäckerei?

Amal, wie bereits erwähnt, kann es Rauya nicht sein, die den Oleander pflegt. Deine Mutter – was mit ihr passiert ist,

Rauya hing an einem Seil. In ihrem Arbeitszimmer, unter der holzvertäfelten Decke. Sie hing dort schon eine Weile, mindestens zwei Tage, vielleicht drei, der Geruch, ihre Haut, ich bin Ärztin, ich kann so etwas beurteilen. Rauya hing da, deine Mutter, dachte ich, und mir wurde kalt. Eine Weile stand ich im Türrahmen, trat dann vorsichtig näher, sah sie besser, ihr entstelltes Gesicht, den Bluterguss am Hals, die herabhängenden Arme, das Grün unter der Haut, ihre nackten Füße mit den fleckigen Zehen … Eine Leiche, deren Starre sich bereits zu lösen begonnen hat, eingesetzte Autolyse, erfolgtes Eindringen saprotropher – Clara hält inne und schaut auf: Was soll Amal mit diesen Begriffen? Sie streicht die letzten Sätze ab: »*das Grün*« und fährt fort: *Du hättest sie so nicht sehen wollen, Amal, glaub mir. So, wie du deine Mutter vor deinem inneren Auge siehst, so, wie ich sie am Bildschirm erlebt habe, kämpferisch und voller Kraft, war sie Rauya.*

Ich sagte mir: Du musst ein Messer in der Küche suchen, dich auf Rauyas Stuhl stellen und mit dem Messer das Seil durchtrennen, das mehrfach durch ein Loch im Deckenbalken gezogene Seil.

Ich sagte mir: Du musst, vorsichtig, die Leiche abhängen, sie reinigen und in Leinentücher wickeln, die vermutlich im Schlafzimmer oder im Bad zu finden sind. Ich habe das alles getan, später. Zunächst stand ich nur da und begriff, dass es für die rituelle Totenwaschung und eine rechtzeitige Beerdigung, die in eurem Land doch so wichtig sind, schon zu spät war, viel zu spät. Das hier war ein Desaster für jeden Muslim, auch wenn deine Mutter selbst nicht gläubig war. War das Desaster geplant? Wollte Rauya mit diesem Leichnam provozieren, ausrufen: Seht, was ihr aus den Menschen macht!? Oder hatte Rauya an den Zustand ihres Leichnams, dann, wenn ich ihn finden würde, gar nicht gedacht? Ist für sie allein wichtig gewesen, es rechtzeitig zu tun, so zeitig, dass sie sicher sein konnte, jede Hilfe käme zu spät …? Wenn Rauya aber doch wusste, dass ich kommen werde, hat sie vielleicht etwas hinterlassen, eine Nachricht, dachte ich plötzlich und beschloss, erst einmal nach Spuren zu suchen.

Ich untersuchte Rauyas Schreibtisch, der war leer und aufgeräumt, die Papiere und Stifte in den Schubladen geordnet. Ihren Computer habe ich nirgendwo gesehen. Weißt du, Amal, wo Rauya ihn gelassen haben könnte, ist er vielleicht in ihrem Büro? Stattdessen fand ich Bettwäsche, ordentlich gefaltet, auf dem Sofa im Arbeitszimmer, neben dem Bücherregal. Rauyas Brille lag noch neben der Leselampe in einem Regalfach. Es sah aus, als habe sie ihre letzten Nächte auf diesem Sofa verbracht.

Ich bin daraufhin durchs Haus, ins Schlafzimmer und das Zimmer gegangen, das offenbar dein Zimmer gewesen ist. Ein merkwürdiger Moment – ich zwischen deinen Büchern, deinen Fotos, Halsketten und Aktenordnern. Eine Oud stand, ordentlich verpackt, neben dem Sessel in der Ecke, ich habe das Instrument an seiner Form erkannt. Kannst du die Oud spielen, Amal? Dein Schreibtisch und dein Bett waren mit sandfarbenen Tüchern zu-

gedeckt, ebenso die Betten im Schlafzimmer und die Sitzgruppe im Salon. Alle diese Räume sind offenbar schon länger nicht benutzt, wahrscheinlich nicht einmal betreten worden. Auf den Türklinken lag Staub, die Luft in den Zimmern war abgestanden, und die Schlagläden vor den Fenstern waren, mit Ausnahme der Läden vor Rauyas Arbeitszimmer, alle verschlossen. Nur in der Küche drang noch Licht durch die unverriegelten, bloß angelehnten Schlagläden, fiel auf die Küchenzeile, den Herd. Neben den Herdplatten stand Geschirr, ein blauer Keramikbecher, ein Teller und einmal Besteck im Abtropfbecken. Erst als ich auch hier das Licht anknipste, entdeckte ich auf dem Küchentisch den Brief. Beschriftet auf Arabisch und in lateinischen Buchstaben: AMAL. Ich verstand sofort, für wen die lateinischen Buchstaben waren, für den Boten, für mich. Neben dem Umschlag lag eine Haarspange, edel und etwas altmodisch, eine Hornfassung, mit honigfarbenen Steinen durchsetzt und mit einem Stab aus Elfenbein, um den Haarknoten festzustecken. Vermutlich eine Spange von Ischtar.

Vorsichtig nahm ich den Umschlag in die Hände, betrachtete die schwarze Tintenschrift und fühlte innen gefaltete Blätter, mindestens zwei. Ich meinte, auch etwas sehr Feines, Schmales und Langes fühlen zu können, ein paar Haare vielleicht? Vielleicht täusche ich mich. Ich stand da, den Brief in meinen Händen, und wollte nicht, wollte erst später, draußen daran denken, was wohl in dem Brief geschrieben steht, ich fürchtete mich davor und konnte doch nicht nicht daran denken, stellte mir vor, was Rauya auf den Blättern schreibt, von einem Leben in Freiheit und Frieden, und vermutlich auch von deiner Zukunft, Amal … Aber wer weiß, vielleicht steht in dem Brief auch etwas ganz anderes, nichts Abgeklärtes, sondern etwas Wütendes, Verzweifeltes? Eine Anklage an alle, die Rauyas geliebtes Land so unbewohnbar gemacht haben?

Du, Amal, wirst den Brief lesen und mir vielleicht berichten.

Als ich euer Haus verließ, die Eingangstür hinter mir ins Schloss fiel und ich mich draußen, geblendet vom Sonnenlicht, erst einmal orientieren musste, fiel mir Tariqs Bäckerei ins Auge, die »Tasse mit heißem Kaffee« auf deiner Karte. Der Vorhang im Eingang war zur Seite geschoben, eine grüne Markise versprach Schatten, und auf einmal hatte ich Durst. Ich ging auf die Bäckerei zu, trat in den Laden und staunte über die hohen Regale an den Wänden, bis zur Decke gefüllt mit grünen Schachteln, pyramidenförmig gestapelten Keksen, Sesamkonfekt, Konfitüren, aber was schreibe ich, du kennst schließlich den Laden. Ein älterer Herr, offenkundig Tariq, trat aus dem Raum hinten links, in dem sich der Ofen befindet, heraus an die Theke, nickte mir zu und lächelte freundlich. Er schien nicht sonderlich erstaunt darüber, eine Ausländerin in seinem Laden zu sehen, noch dazu eine, die außer »Marhaba« nahezu kein Wort Arabisch spricht. Hat Rauya ihm vielleicht erzählt, dass sie Besuch aus Deutschland erwartet? Jedenfalls gelang es mir, dir, Amal, die größte Schachtel mit Baklava zu kaufen, die im Laden aufzutreiben war, dazu nahm ich Melonensaft, einen Kaffee und zwei Stück Baklava auf einem Papptablett, für mich. Mit all dem beladen trat ich aus dem Laden, suchte mir einen Platz unter der Markise und setzte mich nah an die Wand.

Und hier sitze ich immer noch, das Buch mit den immer noch vielen, weißen Seiten vor mir, rechts daneben, im Rucksack, sind die Haarspange, der Brief und deine Karte, Amal, mit den Telefonnummern von Jassir und Nahrin. Neben dem Rucksack steht die grüne Schachtel mit Baklava. Meine zwei Baklava habe ich bereits gegessen und währenddessen überlegt, wie ich dir am besten das Gebäck und die Nachricht überbringen werde. Es gibt, wie mir klar geworden ist, nur eine mögliche Reihenfolge: erst die Süßigkeiten, dann erzählen. Nachdem ich dir von Rauya berichtet haben werde, wirst du nichts mehr essen können, du wirst eine Zeit lang keine Zeichnungen mehr machen und auch keine Tänze bei Festen auf dem Rasen vor dem Heim. Es wird kein Zurück in das Unwissen mehr geben, und gerade deshalb ist es wichtig, dass du vorher die Schachtel bekommst. Eine dieser unendlich wertvollen, wie Ischtar sagte »magischen Schachteln«, die du, Amal, schon als Kind über diese Straße nach Hause, zu Ischtar und Rauya und deinem Vater Hassan getragen hast. Sie wird ein Gruß aus der Heimat sein. Wir werden die Schachtel gemeinsam öffnen und uns die Finger klebrig machen. Wir werden den Zuckersirup auf der Zunge spüren, das Rosenwasser in der Mandelmasse erschmecken, Pistazienstücke werden auf unseren Zähnen zerknacken, du, Amal, wirst die Augen schließen und einen letzten Augenblick lang nichts hören wollen, nur kosten, schmecken, genießen und kostend wiederfinden, was du so lange entbehrt hast.